KB178253

김 영관 단편소설 모음 14

원효

김 영관 (소설가, 문학박사)
1960년 대구에서 태어남.
1998년 미국 크랩 오쳐드 리뷰 아시아 특집에 단편소설 <황색도시> 실음.
1999년 슬로바키아 디멘션5 시디에 단편소설 <곱사등이> 실음.
2008년-2009년 소설집 <허균과 홍길동> 한국 청소년 신문에 실음.
2016년 김 영관 단편소설 모음 11 <비 내리는 4.19 혁명>
2018년 김 영관 단편소설 모음 12 <길을 찾는 그대에게>
2020년 김 영관 단편소설 모음 13 <소설 안평대군>

속판

김 영관 단편소설 모음 14

원효

그는 마음을 놓을 수가 있을까?

2020년 12월 16일 서울 영하 10도.

이날 그가 더 적을 수 있는 것은 무엇일까?

그는 예순 살의 글쟁이다.

날은 맑았고 벌써 해가 기울며 저녁이 오려 한다고?

그는 밥을 먹으면서도 오른 손등이 시려 자꾸 주머니에 손을 넣었다. 그러고 보니 염통에서 가장 먼 오른 발꿈치와 오른 손등이 자주 시렸다. 젠장. 그래서 그는 웬만하면 씻지 않으려고 했지만, 그것도 하루 이틀이지, 사흘이 되면 냄새가 나서 씻어야만 했다.

다음 날 영하 12도.

날은 맑고, 하늘은 찼다.

이날 그가 더 적을 수 있는 것은 무엇일까?

그는 아침에도 많은 일을 했다.

그것도 따지고 보면 글자를 적어 넣는 일이었다. 그 일로 그는 돈을 벌어 산다.

해는 아직 하늘 한가운데 떠 있지만 금세 기운다.

어제와는 달리 그는 오른 손등이 시리지 않았다. 아침부터 한 번도 창문을 열어놓지 않아서 그런지도 모른다. 그는 얼굴을 씻었으니까 손도 씻었다고 봐야 한다. 오늘이 어제 말한 그 이틀째다. 그도 오늘 하루를 잘 살면, 다음날은 몸을 씻고 옷도 갈아입을 것이다.

코로나19 독감에 새로 걸린 사람이 드디어 1000명을 넘었다. 세균이 빙하기 때도 살아남아서 그런지 겨울에 더 잘 퍼진다. 모두 사람이 모이는 데만 가지 않고 올 겨울을 넘기고 나면 괜찮을 것이다.

그러나 저녁이 다시 찾아왔고, 잠깐 나갔다 온 그는 다시 오른 손등이 시렸다. 그러고 보니 그는 오른쪽 옆구리도 시린 것 같았는데, 날이 너무 차서 그렇다는 생각이 들었지만, 기분은 좋지 않았다.

그는 이 자리 바로 여기서 늘 즐겁도록 해야 한다, 아니 즐겁지는 않더라도 괴롭다거나 기분이 나쁘지는 않도록 해야 한다는 말이다.

12월 17일, 목요일이라는 날은 얼마나 잘 잊히는 날이겠느냐만, 기분이 괜찮도록 그 스스로를 다스려야 하는 것이다. 그래서 그는 다시 이야기를 썼고, 뭔가 보람찬 일을 하고 있다는 생각이 조금씩 들었다.

무상 교육, 무상 치료, 무상 주택, 무상 취직, 을 하면 자살률 1위, 산업 재해 1위, 노인 빈곤 1위도 사라질 것이다.

그가 그런 글을 통신망에 올려도 사람들은 잘 읽지 않았다.

북유럽 쪽에서는 거의 그렇게 하는 나라도 있다. 덴마크, 네덜란드, 오스트리아, 핀란드 같은 나라는 취직자리 알려주는데 세 군데를 모두 다 싫다고 하면, 여섯 달 동안 다른 일을 가르치면서 본디 받던 돈의 8할을 받게 하고, 그 다음에는 반드시 그 한 곳에 가도록 한다. 그리고 집도 거의 다 아주 싸게 몇 십 해 동안 빌려주고, 모든 배움터는 거의 다 공짜로 다닌다. 이게 정말 어려운 일일까?

그러니까 여느 사람은 그의 생각처럼 생각하지 않는 것이다. 핀란드는 우리나라보다 조금 더 잘살 뿐이다. 그게 정말이지 힘든 일일까? 그렇지 않을 것이다. 핀란드에서 살다가 비슷하게 사는 미국에서 짝을 지은 어느 아낙은 핀란드가 얼마나 좋은 나라였는지 알게되었다고 한다. 왜냐하면 미국에는 거의 공짜가 없기 때문이다. 그러니까 그의 말은 거의 그렇게 사느냐, 그렇지 않느냐, 만 다를 뿐이다. 우리는 어느 쪽을 따라야 할까? 핀란드처럼? 미국처럼?

썩지 않기 위해 물은 흘러야 되고, 사람은 바뀌어야 된다고 어느스님이 말했듯이, 우리나라도 생각을 바꾸어야 하지 않을까?

눈이 조금 내리며 날이 잠깐 풀렸다.

'난 사람을 위해서 일하고 있는가?'

그는 늘 그런 생각을 했다.

해가 가장 짧아진 이맘때가 되면 사람도 힘을 잃는다고 한다. 그래서 그런지 그도 늘 그랬다. 지난 열흘 동안은, 있는 힘을 다 내어 내게 배우는 이들이 보낸 글을 매기었다. 그리고 어제 이야기를 하나끝냈고, 그는 다시 새 이야기를 쓰고 있었다. 그러면 여러분은,

"힘이 있었네."

하고 말할 것이다.

그런데 그는 어제오늘부터 야릇하게 힘이 빠져 있었다.

그래도 힘을 내야겠지.

'힘이 빠져도 내가 할 일은 사람을 위해서 이야기를 쓰는 것이다.'

그렇게 생각하자 그는 다시 힘이 조금 솟는 것 같았다.

마음이 곧 생각이라고 한다. 그러니까 그런 생각이 들자 그는 마음이 좀 바뀌었던 것이다. 해는 기울고 있었지만, 햇빛은 길 건너 쪽을훤히 비추고 있었다.

그러나 그 마음이 오래 가지는 못했고, 그는 저녁에는 몸도 안 좋았다.

'마음을 어떻게 지킬 수가 있을까?'

하루 동안에는 새벽 해가 떠오르기 바로 앞에 사람의 마음이 가장

약하다고 한다. 그래서 나쁜 놈을 잡으러 갈 때는 그 때를 노린다고 한다.

새벽 6시, 그는 일어나지는 않았지만 라디오를 틀어놓았는데, 그랬더니 다시 잠이 들어, 눈을 떴을 때는 8시가 넘어서 있었다. 어제 새벽은 밤새 라디오가 켜진 라디오가 그대로였지만, 그는 그런대로 잘 잤다.

그가 괜히 기분이 좋을 때는 낮에 그의 아내에게 너스레를 떨 때나, 이야기가 술술 잘 쓰이거나, 아무도 없는 차디찬 거리를 걷거나 바닷가로 갔을 때뿐이었다.

'마음을 어떻게 지킬 수가 있을까?'

그는 어제 몸이 안 좋았던 게 속이 안 좋아서 그랬던 것인데, 아무래도 몸과 마음은 하나인 것 같았다. 그리고 그는 좀 더 움직이고 햇볕도 쬐어야겠다고 생각했다. 그는 옷을 입고 문 밖에 나가 앞집 지붕 위로 마지막 해가 넘어갈 때까지 서 있었다. 낮 2시인데도 해는 10분도 못 되어 그의 얼굴에 그림자를 드리웠다.

'추워서 손을 안 씻었더니 노로 바이러스라도 옮았나?'

그는 거북한 배를 손으로 한 번 문질렀다.

그래도 햇볕을 쬐고 나니, 그는 기분이 아까보다는 좀 나아졌다.

'마음을 어떻게 지킬 수가 있을까?'

그는 다시 생각에 빠졌다.

뒷집 지붕 위에 올라온 한 아이는 얼음 한 조각을 발로 깨고 차며 즐겁게도 놀고 있었다. 그도 그럴 때가 있었을 것이다. 나이가 들면서도,

'마음을 어떻게 지킬 수가 있을까?'

그는 마음이 놓이지 않았지만, 그 아이는 좀 더 높은 곳에 올라가 다시 얼음 한 조각을 떼어 와서는 바닥에 놓고 깨더니 추운지 아래쪽으로 쏙 내려가고 말았다.

'마음을 놓을 수가 있을까?'

그는 그 아이가 더 높이 올라가면 창문을 열어서 내려오라고 해야
겠다고 생각했다.
 '마음을 놓을 수가 있을까?'
 마음을 놓을 때는 놓고, 지킬 때는 지킨다? 그가 마음을 지킨다는
것은 마음을 붙잡고 있는 것과는 다른 것이다. 어떤 것에 매달리지
않고도 그는 마음을 지킬 수가 있을까?
 마음을 놓고 살 수가 없으면, 마음을 붙잡고 있어야 하는 것이 아
닐까?
 요즘 그가 차를 몰 때는 전혀 마음을 놓을 수가 없었다. 사람들이
일부러 부딪칠 듯 차를 몰았기 때문이었다.
 '그래, 그렇다면 마음을 다잡는다고 해두지.'
 그는 먼저 그렇게만 생각해두기로 했다.
 그가 사람을 위해서 글을 쓴다는 생각은 바뀌지 않았다.
 '늘 바람처럼 바뀌고, 나뭇잎처럼 흩어지는 마음을 어떻게 다잡을
수가 있을까?'
 무소(코뿔소)의 뿔처럼 홀로 서서, 그물에도 걸리지 않는 바람처럼
살려고 하지만, 그는 진흙 속에 피는 연꽃처럼은 살지 못했던 것이
다.
 어젯밤에도 그는 라디오를 틀어놓고 잤다.
 노래가 시끄러워서 그는 이야기를 들으며 겨우 잠이 들었다. 그는
엊저녁도 여느 때보다 많이 먹어서 그런 것 같았다. 그는 몇 천 번
이나 그런 어리석은 짓을 되풀이하고 있었다. 그물이 아니라 그는
제 덫에 걸린 것이다. 밤엔 마음을 턱 놓고 자야 하는데, 그는 그걸
못하는 것이다. 뱃속이 그를 붙잡고, 온갖 생각이 그를 붙잡았다. 새
벽에 다시 잠이 든 그는 늦잠을 잤고, 일어났을 때는 아침 10시가
다 되어 있었다. 그는 아무리 늦어도 8시면 일어났는데, 요즘은 밤
잠을 설쳤던 것이다.
 마음을 놓을 때 놓고, 다잡을 때 다잡을 수 있다면 그는 좀 더 자

유로워 질 것이다. 그는 두려워서 마음을 놓지 못했고, 헛되고 들떠서 마음을 다잡지 못했던 것이다.

그러면 어제 그 아이가 지붕에 올라갔을 때 마음을 놓지 못했던 것은 오히려 그가 마음을 다잡았다고 할 수 있지 않을까? 밤에 잠이 들 때는 마음까지 놓아주어야 한다, 마치 날이 새는 줄 모르게 새고, 저무는 줄 모르고 저물 듯이. 훌륭한 사람이 깨치는 것도 그렇다고 한다. 그렇게 하다보면 마음을 그냥 풀어놓아도 어디로 달아나지도 않고 매달리지도 않는다고 하지만, 그는 아직 그렇게는 못하고 있었다.

그는 어제 멀리 어디를 다녀와서 그랬는지 밤에 잘 잤다.

스무 살이던 그가 군대에 갔을 때도 밤에 잠을 못 자면 어떻게 하지 생각했지만, 아침부터 뛰고 일하고 낮에 또 뛰다보니까 밤에는 잠에 곯아떨어졌다. 마음이 아니라 몸이 지치면 잠들게 되는 것이다.

그러면 그가 그의 아내와 싸우는 것은 둘 가운데 누가 마음자리를 잡지 못했기 때문인가? 그도 나이가 들면서 잘 안 싸우게 되었지만, 가끔은 싸운다. 그럴 때는 누구 탓인가? 그의 탓인가, 그의 아내 탓인가, 다른 탓인가, 반반씩인가?

아아.

괴로워서 그는 머리를 흔들었다.

코로나19 독감으로 미국은 2차 대전 때보다 더 많은 30만 명이 숨졌다.

우리나라는 오늘 또 세 사람이 일하다가 떨어져 숨졌다. 산업 재해 1위, 그는 그걸 바로잡으려고 글을 썼던 것이다. 그의 생각은 곧 그의 마음이며, 그는 스스로가 그렇게 잘못되었다고 생각하지 않았다.

프랑스 인상파 화가 세잔은 말했지.

자기 긍정의 용기, 자기 신념의 용기를 가지라고.

오늘이 동짓날이니까, 그도 이제 서서히 힘이 날 것이다.

그는 그의 마음을 지킬 수 있을까?

그걸 끝까지 지키기가 어려운 것이다.

그가 지키고자 하는 것은 무엇인가?

사람을 위한 일이라면서, 그는 그의 아내와 싸운다는 말인가?

그가 하루에 술을 두 통 마시지 않겠다는 것과 담배를 피우지 않겠다는 것은 스무 해 앞부터 지키고 있다. 차를 더 천천히 몰자는 것도 요즈음 지키고 있다. 그럼 그가 지키지 못한 것은 햇볕을 쬐며 더 걷자는 것과 그의 아내와 싸우지 말자는 것이다.

"그것 말고 정말 그가 지키지 못한 것이 없다는 말인가?"

여러분은 그렇게 물을 것이다.

"그렇다."

그는 그렇게 말할 것이다.

아무리 봐도 그는 안 지킨 게 없었다.

어젯밤은 라디오도 시끄러워서 끄고 그는 잤다. 그는 몇 번 깨기는 했지만, 그런대로 잘 잤다.

"아니, 그런 이야기가 아니라 안 지킨 걸 말하라니까요."

여러분은 다그칠 것이다.

그러나 그는 오늘 마음을 더 잘 지키기 위해서 잘 잤다는 이야기를 하는 것이다. 어제 것은 어제 것이고, 그는 또 오늘을 잘 살아야 하는 것이다.

날은 풀렸고, 해가 가장 짧은 날도 지나갔다.

아직 밤이 길지만, 오늘부터는 해가 조금씩 길어지는 것이다. 그러면 그도 더 힘이 날 것이다. 사람은 그렇게 살아야 한다고 그는 이야기하는 것이다. 그렇게 살아서 그런지 몸속의 피가 잘 흘러서 그런지 그의 두 새끼손가락 끝마디가 딱딱하게 굳어지며 휘어지던 것이 바로 펴졌다. 그리고 몇 해 앞만 하더라도 그는 허리가 아파서 아침에 양말을 잘 신지 못했는데, 이제는 다리를 구부리지 않고도 땅바닥에 있는 것을 쑥 집게 되었다. 그는 그게 저녁 늦게는 무얼 먹지 않겠다는 것을 지켰기 때문이라고 생각했다.

앞으로 그가 해야 할 일은 무엇인가?

'늘 하던 대로 더 사람을 위해 글을 써야 한다.'

그는 그렇게 생각했다.

"자, 이제 여러분은 제 마음자리를 지킬 수 있겠는가?"

그가 그렇게 물었다고 치자.

그러면 여러분은,

"아니, 그건 좀."

하고 말하거나,

"갑자기 무슨 말을?"

하며 어쩔 줄을 몰라 할 것이다.

자, 이제 이 이야기도 마칠 때가 되었다.

나는 결코 그가 다 잘하고 있다고 말하는 것이 아니며, 본 대로 느낀 대로 이야기한 것이다. 내가 보기에 그는 그 나이에 아직 덜 떨어진 데가 많으며, 게으르고, 잘 안 씻고, 술도 마시지만, 너스레를 떨면서도 그런대로 올바르게 살고 있으며, 때로는 부지런하고, 이틀이 지나 씻을 때는 씻고, 술은 조금만 마신다는 것이다.

여기까지 이 이야기를 읽은 사람은 그를 좋아하는 사람이며, 그렇지 않은 사람은 그를 딱 싫어하는 사람이다. 어느 쪽을 고를지, 어떤 삶을 살지는 여러분이 고르면 된다. 하지만 다른 사람을 위해서도 살아야 하지 않겠는가!

그도 가끔 왼쪽 머리가 지끈지끈하며, 아직 오른쪽 손등도 시리다. 이야기를 쓰는 그의 오른쪽에 창문이 있어서 그렇겠지만, 그걸 조금 열고서 밖을 내다보지 않고 그가 어떻게 이야기를 쓰겠는가.

날은 그렇게 춥지 않았지만 먼지로 하늘은 시뿌옜다.

그라고 요즘에 왜 기분 나쁜 날이 없겠는가!

입 가리개를 해도 옆에서 빤히 쳐다보는 것도 있고, 저 갈 길 가지 않고 괜히 부딪칠 듯 걸어오는 것도 있고, 힘든 사람들 쳐다보지도 않는 벼슬아치나 큰 장사치도 많다. 다 제 마음자리를 찾지 못해서 그런 것이다.

 그럼 그는 제 마음을 잘 지키고 있는가?

 그는 거의 그렇다고 생각하지만, 여러분이 헤아려도 어느 만큼은 알 수 있을 것이다.

 그는 언던 아래 우체국에 가서 무얼 좀 부치고 올라왔더니 숨은 찼지만 손발이 시리지는 않았다. 그는 오랜만에 햇볕도 좀 쬘 수 있어서 마음은 가뿐했다.

 '바다는 온 강물을 받아들여도, 훌륭한 이는 많은 사람을 도와주어도 티가 나지 않는다고 한다. 더 바라지도 말고 마음을 내려놓을 줄도 알아야지.'

 그는 마음을 놓을 수가 있을까?

                              - 끝 -   2020/12/24

난 그렇게 서른 해를 살았다.

내가 아내를 피해 글을 쓴다는 말은, 그래도 누군가 있을 때 이야기를 쓴다는 말이다. 예를 들어 아내가 부엌에서 먹을거리를 만들 때, 난 이때를 놓치지 않고 안방으로 가서 이야기를 쓴다.

왜 그럴까?

사람은 서로 견준다.

나는 아까도 아내가 늦잠을 자고 있을 때는 혼자 방송을 보다가 그것도 지겨워져 물을 마시고 그러다가 배가 고파져 우유를 마셨고, 이야기를 쓰려 했지만 전혀 쓰이지 않았다. 그러던 것이 아내가 일어나,

"뭐 먹을래?"

하면서 먹을거리를 만들 때부터 나는 야릇하게도 안방으로 와 이야기를 썼는데 그게 술술 쓰였다.

왜 그럴까?

사람은 사람 속에서 살아야 한다고 하지만, 나는 그 사람을 곧잘 피해서 이야기를 쓴다. 잘난 척을 하는 걸까? 꼭 그렇지만은 않을 것이다. 그렇다면 왜 그럴까?

그건 바로 그때그때 내가 느끼는 게 있어야 한다는 것이다.

비바람, 눈보라, 바다에서도 난 많은 걸 느꼈지만, 그 속에 사는 사람을 보면서도 느낀 게 많았다. 더 거슬러 올라가 옛날에는 어떻게 살았으며, 무슨 일이 그들을 웃고 울게 만들었는가, 난 그걸 이야기로 썼던 것이다. 그러고 보면 난 아내를 바라보며 느낀 게 많아서 그런 이야기도 꽤 썼다. 왜냐하면 난 사람이 많은 곳에는 잘 가지 않고, 일부러 누구를 만나러 가지도 않는다. 그러니까 내 이야기에는 아내가 자주 나올 수밖에 없다.

미국은 하루에 3, 4만 명이 코로나 독감에 새로 걸리고, 걸린 사람이 200만 명을 넘어섰다. 우리나라는 하루에 30명쯤 새로 걸리고, 걸린 사람은 12000명이다.

'사람을 피해서 빨리 이야기를 써야 하니까 머릿속에서 느끼는 게 확 떠올랐다?'

나는 뭔가 야릇했다.

본디 야릇하니까 글쟁이가 되었겠지만, 홀로 빌빌거릴 때는 쓰이지 않던 글이 갑자기 그렇게 쓰인다는 것은 참 야릇한 일임에 틀림없었다. 그렇다고 사람이 많이 모인 곳 한가운데서도 내가 글을 쓸 수 있다는 것은 아니다. 그럴 때 나는 사람이 없는 곳으로 일부러 걸어서 집으로 돌아오곤 한다.

글쟁이가 사람은 피하면서도 사람 이야기를 쓴다?

그래도 난 늘 사람을 바라보고 있다. 가슴 아픈 사람이 언제 어디서 무얼 하는지, 난 그들을 바라보며 느낀 걸 이야기로 쓰려고 했다. 그게 옛날이든 요즘이든 난 그걸 이야기로 만들어서 썼다.

다음 날은 쉬는 날이라 모두 다 놀러 나갔는데, 나만 집에 남았다.

그러면 조용하니까 이야기가 잘 쓰여야 하는데 영 그렇지가 않았다.

왜 그럴까?

일부러 사람을 피해 글을 쓸 때는 뭔가 생각을 한 곳에 쏟을 수 있었다. 아니, 억지로 그렇게 쏟아낸 것인지도 모른다. 빨리, 급하게 무얼 해치워야 한다는 생각이 마음을 한 곳에 쏟게 했던 것이다. 그렇다면 그게 이야기를 쓰는 나한테는 오히려 잘된 일이다. 그렇게 이야기를 쓰면 글이 괜찮았으니까!

미국은 하루에 코로나 독감에 걸리는 사람이 4만 명을 넘어섰다. 그런데도 괜찮다고 말하는 그들 벼슬아치를 보고 난 참 딱하다는 생각이 들었다. 그들은 사람을 생각하는 것이 아니라 오로지 돈과 힘을 바라는 것이다.

그래서 그랬는지 1905년 미국은 필리핀을, 왜는 대한제국을 차지하기로 태프트 가쓰라 밀약을 맺었다. 그러더니 왜가 1941년 하와이에 쳐들어간 다음에 둘이 죽으라고 싸우다가, 마침내 1945년 미국이 원자탄을 왜에 터뜨려 이기긴 이겼다. 그러니까 그들 탓에 가난해진 필리핀을 우리가 잘 도와주어야지, 미국과 왜가 정말 돕겠는가?

왜는 하루에 60명쯤 코로나 독감에 걸리고, 우리나라도 오늘은 50명이나 걸렸으니까, 우리나 잘하자.

1908년 왜와 동맹을 맺은 영국도 믿을 만한 나라는 아니다. 그들은 산업 혁명으로 남아도는 옷감을 팔려고 비단을 짜는 인도 사람의 팔을 자른 나라다. 나는 러시아도 중국도 믿지 않는다.

장마는 주춤하고 다시 남쪽으로 내려갔다.

나는 며칠 동안 꿉꿉해진 이불을 널었고 신발을 말렸다. 나 말고는 이 동네에서는 좀처럼 그렇게 하지 않았다. 내가 보기에 그들은 너무 서로 눈치를 보는 게 아닌가, 싶었다. 그들은 봄부터 벌써 냉방기를 켰다. 그러니까 문을 열고 선풍기를 틀기보다 문을 닫아놓은 채 냉방기부터 켜는 것이다. 그러면 정말이지 누가 사람을 피하는 것인가? 그들인가, 난가?

내가 사람이 모이는 곳에 가지 않는 까닭은 정말 배울 게 없어서 그렇다. 그런 데를 다녀오면 왠지 늘 머리가 무거웠다. 그런데도 내가 사람 모이는 곳에 가야 하겠는가, 아니면 가지 않고 이런 이야기를 쓰는 게 낫겠는가? 그렇다고 내가 쓸쓸한 포구를 가지 않을 사람이 아니다. 난 그런 곳을 누구보다 더 자주 다녔다.

또 요즘 코로나 독감 때는 사람이 모이는 곳에 가지 말라고 하니 오히려 잘된 일 아닌가? 그런데도 사람들은 모이고 모여서 웃고 떠든다.

글쟁이가 외롭게 글을 쓰지 않으면 무얼 하겠는가?

미국은 기울고 있다.

우리는 겁내지 말고 우리의 길을 가야 한다. 거기에 미국이 막고 있다면 부딪쳐야 한다. 아니, 부딪치지 않더라도 미국은 이미 기울고 있다.

내가 나를 믿듯이 우리는 우리를 믿어야 한다. 남북한은 서로를 믿어야 한다. 다른 나라가 아니라 우리나라를 믿어야 한다는 말이다. 유럽에서 길을 바로 이끌고 있는 것은 도이칠란트이며, 아시아에서는 중국이 아니라 우리나라다. 중국은 우리나라에 몇 십 번이나 쳐들어 왔다. 북미와 남미와 아프리카는 휘청거리고 있다. 북미를 바르게 이끌 나라는 미국이 아니라 캐나다다.

나는 모든 사람이 잘 살기를 바라며, 못 사는 사람이 잘 살기를 바라는 이야기를 쓰는 글쟁이다. 그러니까 나는 늘 사람을 생각하고 있다는 말이다. 그리고 나는 못 믿을 놈들 빼놓고, 사람이 하늘이라고 생각하고 있다.

다시 본디 이야기로 돌아가자.

여러분이 보기에 난 사람을 피하는 글쟁인가, 이야기를 쓰려고 사람을 피하는 것인가?

어찌 되었든 이야기만 잘 쓰면 되지 않을까?

아내와 다투면 난 힘이 빠지고 말지만, 야릇하게도 이야기는 더 잘 쓰인다. 괴롭기 때문에 이야기가 더 잘 쓰인다는 것은 난 글로 마음을 풀어낸다는 것이다. 난 이야기라도 쓰지 않으면 괴로워서 외로워서 견딜 수가 없을 것이다.

그런 글쟁이가 오늘은 길을 걷지도 사람을 바라보지도 않았으므로, 한 줄의 이야기도 쓰지 못했다. 난 집 안에만 있었던 것이다.

밤새 장맛비가 쏟아졌다.

난 두 통이나 마신 맥주 탓에 몸이 안 좋았다. 그래서 새벽에 깨어나서는 비가 쏟아지는 창밖을 바라보았다. 창문에 빗줄기가 흘러내리고 있었다.

여섯 달이나 이어지고 있는 코로나 독감 탓에 이제는 모든 이가 성이 나 있었고, 나도 어느새 그렇게 되고 말았던 것이다. 그래서 나는 자꾸 아내와 싸우게 되었다.

나는 올해 예순 살인데, 벌써 몇 해째 혈압 약을 먹고 있었다.

내 피에 찌꺼기가 많은 것이다.

그건 아마 젊은 날부터 피운 담배와 마신 술 탓일 것이다. 두해 반 동안 군대에 있었을 때는 내 몸도 깨끗했을 것이다. 그때도 담배는 피웠지만, 술은 거의 마시지 못했고, 날마다 뛰었으니까.

어느 스님이 말했지, 두려워 할 것은 늙고 병드는 것이 아니라 지금의 녹슨 삶이라고. 난 녹슨 삶을 바꾸려고 참 애를 썼지만, 술을 끊지는 못했다. 그래서 어제도 맥주를 큰 걸로 두 통이나 마셨고, 밤새 몸이 안 좋아서 참 괴로웠다. 나는 늙고 병드는 것이 두려웠다.

나는 괴로운 삶에서 달아나려고 술을 마셨지만, 그건 밤새 나를 더 괴롭혔다. 그렇게 많이 마신 것도 아니었지만, 이제 난 맥주 두 통도 당해내지 못하게 된 것이다.

'그러면 그렇게 마시지를 말아야지.'

난 다시 다짐을 했다.

그래, 따지고 보면 맥주 한 통은 아무리 마셔도 괜찮았지. 아니 그것마저도 몇 해 앞에는 마시지 못했으니까.

누구를 위해서 난 왜 글을 쓰는 것일까?

나와 사람을 위해서다.

누구를 위해서 난 왜 이야기를 쓰는 것일까?

나와 사람을 위해서다.

그렇다면 뚜렷한 그 일을 위해서, 몸과 마음이 아프면 안 되겠지.

뚜렷한 그 무엇, 나와 사람을 위해서 스스로를 괴롭히지 말아야 한다.

아침까지 비는 내리고 있었다. 그러다가 난 잠이 좀 들었나보다. 깨고 나니 몸이 한결 가벼워져 있었다. 나는 그런 나에게 고마웠다.

7월로 들어섰지만 장맛비는 오락가락해서 낮에도 덥지 않았다.

그런데 이제 와서 하는 말이지만, 헤아려 보면 아내가 있을 때도 이야기가 안 쓰일 때는 있었고, 없을 때도 글이 잘 쓰일 때는 있었다. 그러니까 핑계 그만 대고 쓰고 싶을 때, 잘 쓰일 때 이야기를 쓰면 된다는 것이다.

방송을 보니까 모든 나라에서 사람들이 코로나 독감 탓에 안절부절 못하고, 기분이 안 좋다고 했다. 그건 내가 보기에 우리나라도 우리 집도 마찬가지였다. 그래서 난 아내와 다투었고, 그게 여느 때보다 더 오래 갔다.

그래서 난 일부러 글도 더 쓰려고 했지만, 그게 마음먹은 것처럼 그렇게 쉽게 되지 않았고, 일부러 밖으로 잘 나가지도 않으니까(지난 해만 하더라도 글을 가르친다고 곧잘 나갔지만), 나도 기분이 좋지 않았다.

그렇다면 앞으로 난 어떻게 해야 하는가?

첫째, 어떻게든 이야기를 더 써본다.

둘째, 밖으로 나가 걷는다.

셋째, 나를 잘 다스린다.

나는 한 달에 150만 원밖에 못 버니까 돈은 더 버는 게 낫고, 배가 덜 불러야 몸과 마음이 편해서 이야기는 더 잘 쓰였다. 그래서 난 여기저기에 글을 가르치러 가겠다고 전자우편을 보냈지만, 아직 더 오라는 데는 없고, 오히려 한 군데가 줄어들고 말았다.

제기랄!

'또 생기겠지.'

난 그렇게 생각하며 지난 서른 해를 살았다. 그러니까 앞으로도 잘 될 것이다. 게다가 짧은 이야기도 한 1000편은 썼으니까, 논 것은 아니다.

이번 가을에는 웬만하면 배움터에 나가서 글을 가르치게 될 것이다. 나도 그게 좋다. 집 안에서 맴돌아보아야 마음을 크게 먹을 수는 없는 것이었다. 밖으로도 좀 나돌아야 이야기가 잘 쓰였다. 사람은 (짐승도 마찬가지지만) 꽃잎이 떨어지는 봄, 소낙비 쏟아지는 여름, 나뭇잎이 뒹구는 가을, 눈 내리는 겨울 거리를 걸어야만 한다.

난 잘 자지 않던 낮잠이 또 들었고, 깨어나니 머리가 시원했다.

'너무 힘들게 살 것도 없어.'

난 그렇게 생각했다.

오랜만에 햇볕이 나서 난 밖에 이불을 널었다.

지붕 위에서 어제 새벽에 내린 빗물이 아직 뚝뚝 떨어지고 있었다. 빗방울은 꽃잎 아래로 줄곧 떨어졌다. 나는 거기에 몇 분 동안 서 있었다. 그 나무는 더 잘 자랄 것 같았다.

따지고 보면 코로나 독감이 휩쓸기 그 앞에도 집에만 들어앉아 있는 사람이 많았다. 어떨 때는 거리엔 나만 홀로 걸어 다니는 것 같았으며, 사람들은 좀처럼 텅 빈 거리를 걷지 않았다. 난 그 쓸쓸한 거리가 좋았다.

그러면 밥이나 술을 덜 먹으면 배는 부르지 않지만, 돈은 어떻게 더 벌 것인가?

첫째, 더 많이 나가서 글을 가르친다.

둘째, 씀씀이를 더 줄인다(난 거의 밖에서 밥을 먹지 않았고, 옷, 신발 따위도 사지 않았다).

셋째, 복을 더 많이 지으면, 하늘에서 돈 복이 쏟아지기도 하리라.

난 그렇게 서른 해를 그렇게 살았다.

서른 해 앞에는 밖에서도 밥과 술을 많이 먹었고, 담배도 피웠으며, 옷도 신발도 가끔은 샀다. 그런데 그게 아내를 만나고부터 집에서만 밥을 먹었고, 옷도 신발도 아내가 다 사주었으며, 아들딸이 태어나고 얼마 지나지 않아 난 담배를 끊었다. 빨래도, 쓰레기 버리는 일도 내가 다 했다.

난 그렇게 서른 해를 살았다.

요즘 방송에는 하나도 도움이 안 되는 쓸데없는 소리가 왜 그렇게 많이 나오는지(내가 글을 가르치는 것도 그런가), 그건 내가 슬기롭기 때문에 그렇게 들리는 게 아닐까? 그래서 난 옛날이야기나, 요즘 부지런히 살고 있는 사람 이야기가 아니면 잘 듣지 않는다.

그래서 난 하루에도 몇 십 번 다른 방송을 틀다가 그만 지쳐버리고 만다. 그러면 난 안방으로 돌아가 꼭 글을 쓴다. 하지만 그것도 이내 지치고, 아니 더 쓸 이야기가 없어서 그렇겠지.

여러분이 보기에 내가 슬기롭게 보이는가, 아닌가?

아니라는 것을, 나는 바로 알았다.

아내와 앞산에 올랐는데, 난 숨이 찼고 다리가 후들거렸다. 겨우 산에 오르자마자 그랬다면, 난 그동안 얼마나 걷지 않았던가! 길을 걷지 않고는 글을 쓸 수 없다고 스스로 말해놓고도 난 걷지 않았던 것이다. 그러니까 난 집 안에만 틀어박혀서 답답한 이야기만 늘어놓았던 것이다.

그러니까 아무리 똑똑하다고 해도 세상을 우습게보지 말라는 것을 나는 새삼 느꼈다. 그러니까 난 그다지 슬기로운 사람이 아니라는 말이다.

 그렇다면 앞으로 내가 헤쳐 갈 길은 무엇인가?

 첫째, 어떻게든 걷도록 한다.
 둘째, 어리석게 굴지 않도록 한다.
 셋째, 슬기로운 길을 찾도록 한다.

 아내는 산에서 주운 노란 살구를 물에 씻어놓았다.
 나보다 아내가 더 슬기롭다는 생각이 들었다. 그리고 아내는 늘 얼굴이 밝았다. 나는 얼굴을 찡그릴 때가 많았다.
 누가 슬기로운가? 난가, 아낸가, 여러분인가, 훌륭하다는 사람인가?
 러셀은 말했지, 훌륭한 사람이나 책에도 재미없는 데가 있기 마련이라고. 처음부터 끝까지 불꽃 튀는 소설은 훌륭한 이야기가 아니라고. 훌륭한 사람은 그 삶에 한두 번을 빼고는 다 조용히 살았다는 것이다.
 그렇다면 내가 쓴 이 이야기는 너무 밋밋하지 않은가?
 아예 이야기도 하지 말라고?
 그래, 그게 맞겠다.

                    - 끝 -   2020/7/2

코로나 비루스

그가 창가에서 내려다보았을 때, 비둘기 한 마리가 지붕에 고인 물을 마시고 있었다.

어제 저녁부터 비가 조금 내렸다.

한 달 만에 내린 비였다. 날은 뿌옜지만 물기가 느껴졌다.

바람에 목련 꽃잎이 떨어졌다.

그는 베란다로 나가서 몇 번이나 쳐다보았다.

아, 그리고 큰 목련 나무는 거기 말고도 두 군데나 더 활짝 꽃을 피우고 있었다.

'봄은 왔는데 온 나라가 코로나 독감으로 쥐 죽은 듯하군.'

그도 그렇게 기분이 좋은 건 아니었다.

본디 그는 바깥에 잘 나가지는 않지만, 그래도 글을 가르치러 갈 때는 잘도 돌아다녔는데 그게 한 달 보름이나 미루어지는 바람에 그는 거의 집에만 붙어 있었다.

봄은 왔지만, 아침저녁으로는 날이 찼다.

목련과 개나리는 이미 지고 있었고, 벚꽃만 피어나고 있었다.

그는 올해 예순 살로 어느 시골에서 글을 가르치고 있었지만, 한 달이 넘도록 코로나 독감으로 배움터 문이 닫혀 있어서 가지 못하고 있었다.

이번 여름까지 배움터에는 나오지 말고 집에서 통신망으로 가르치세요.

그가 가르치는 곳 한 군데에서 그런 전자우편이 왔다.
그래서 그는 집에서 손전화기로 그가 가르치는 모습을 찍어서 통신망에 올려 놓았다. 처음에는 그도 주저했지만, 몇 번 그렇게 해보고는 기꺼이 힘을 내서 그가 칠판에 글을 쓰며 가르치는 것을 열 번도 더 찍었다. 다른 한 군데는 다음 달에 나가서 가르치지만, 이 달까지는 마찬가지로 손전화기로 찍어서 통신망에 올려야 했기 때문이었다.
'이렇게 글을 가르치기도 처음이군.'
그는 그렇게 생각했지만, 올해는 코로나 독감 탓에 거의 모든 나라가 그렇게 가르칠 수밖에 없었다.
1만 명을 넘어서던 코로나 독감에 걸린 사람이 팍 줄어들어서 이제는 하루에 열 사람 남짓만 걸리고 있었지만, 다른 나라는 몇 만 명씩, 미국은 몇 십 만 명이 걸렸다. 우리나라는 거리에 사람이 부쩍 늘어났지만, 입 가리개는 아직 하고 있었고, 거의 모든 공장이 돌아가지 않으니 기름 값이 뚝뚝 떨어졌지만, 하늘은 맑았다.
그는 무슨 일을 새로 하려면 늘 주저하고 망설였고, 본디 사람을 잘 만나지 않았다. 그리고 이번에도 나라에서 시켜서가 아니라 글을 가르치러 가는 날을 빼고는 그는 본디 늘 집에만 있었다. 그가 어제 밖에 나간 일이라고는 찌꺼기 통을 들고 나가 비운 일뿐이었다. 그것 말고는 그다지 밖에 나갈 일도 없었으며, 그는 집 안에서도 글을 쓰고 방바닥을 쓸고 닦는다고 그렇게 심심하지도 않았다.
앞으로 보름은 지나야 그는 글을 가르치러 가게 될 것이다. 그렇다고 그게 그렇게 기다려지는 것도 아니고 보면, 그는 본디 집에서 글이나 쓰는 게 꽤 버릇처럼 되었다는 말일 게다.

방을 쓸고 닦는다고 그가 날마다 그럴 만큼 부지런한 것도 아니다. 게을러서 이불 속에 들어간 바닥에 배를 깐 채 그는 글을 썼다. 이야기를 쓰다가 막히면 잠깐 생각한다고 눈을 감고 있다가 스르륵 잠이 빠지려다 그는 몇 번이고 눈을 떴다.

"와, 그렇게도 자나?"

그의 아내가 누워서 컴퓨터를 바라본 채 잠이 드는 그를 보고 한 말이다.

"그러지 말고 우리 차를 타고 어디 한번 가보자."

그의 아내 말에 그도 어쩔 수 없이 임진강 쪽으로 차를 몰았다.

임진강은 비가 적게 내려 개펄이 아주 넓게 드러나 있었지만, 유유히 흐르고 있었다.

"아."

그는 거기만 나오면 언제나 깊이 숨을 내쉬었다.

그곳은 나무 잎사귀마저 바짝 날을 세우고 숨을 죽이고 있는 것 같았다.

언젠가는 하나로 이어져야 될 땅이 갈라져 있었다. 그 강에는 자유의 다리와 돌아오지 않는 다리가 하얗게 서 있었다. 쌀쌀한 북서풍이 불면서 하얀 구름은 남동쪽으로 흘러가고 있었다.

"4월인데도 오늘 눈발이 날렸다는데?"

그의 아내가 추운지 옷깃을 여미며 말했다.

"그래? 저기 송악산에도 눈이 왔는지 하얗군."

그가 북쪽을 바라보며 말했다.

"저 봐, 임진강 쪽으로 들어가는 냇물이 깨끗하지?"

벌판은 아직 모내기를 하지 않았지만, 땅을 갈아두었다.

"북한에도 코로나 독감이 퍼졌겠지?"

무심코 말한 그의 아내의 말에 그가 갑자기 눈을 반짝이며 말했다.

"그럴 거야. 아 참, 북쪽 우두머리가 위독하다는 것도 혹시 코로나 독감에 걸린 게 아닐까? 미국 방송에서는 무슨 심혈관 수술을 했다지만 그건 잘 모르지."

"에이, 설마?"

그의 아내가 못 믿겠다는 투로 말했다.

"아냐, 알 수 없지. 북한에 대해 가장 빨리 잘 아는 곳은 미국이나 일본이 아니라 바로 우리나라야, 가까워서 감청도 할 수 있고, 또 북쪽을 드나드는 사람도 꽤 있거든."

"그렇다면 우리나라는 알고 있다는 거야?"

"글쎄, 알고 있을지도 모르지."

그는 그렇게 말하면서 진짜로 북한의 우두머리가 코로나 바이러스에 걸려 죽는다면 어떻게 될지 생각해보았다.

그날 밤, 그는 방송에서 북한 우두머리가 타는 기차는 원산에 있지만, 비행기는 평양 공항에 있다는 말을 들었다. 그리고 방송에서는 아마 그가 원산에서 쉬고 있을 거라고 했고, 정부에서도 별일이 아니라고 말했다.

정말 그럴까?

온 나라에서 코로나 독감에 걸린 300만 명 가운데 100만 명이 미국 사람이다. 미국은 중국에서, 중국은 미국에서 먼저 코로나 바이러스가 생겨났다고 말한다.

'독감을 낫게 하는 새로운 약을 만들어 어마어마한 돈을 벌려고, 어느 나라가 코로나 바이러스를 만들지 않았을까?'

그는 갑자기 그런 생각이 들었다.

중국 우환에서 코로나 독감이 돈다는 말이 나왔을 때는 지난해 12월이었고, 그들은 우환으로 들어가는 모든 길을 막아버렸다. 그리고 올해 1월에는 미국에서 알 수 없는 독감으로 1만 명이 숨졌다. 프랑스는 중국 연구소에서 코로나 바이러스를 만들었다고 말했다.

그는 이제 미국은 이제 해가 지고 있다고 생각했다.

미국은 1929년 대공황보다 더 많은 1000만 명이 일자리를 잃으며 몇 조 달러를 퍼붓고 있었고, 코로나 독감으로 숨지는 사람이 몇 만 명이 되었다.

만약 앞으로도 몇 해 동안 그렇다면 미국은 힘을 잃을 것이고, 그다음은 어느 나라가 뜰까? 1500년대 포르투갈, 1600년대 스페인, 1700년대 네덜란드, 1800년대 영국, 1900년대 미국이 지난 몇 백 년 동안 힘을 자랑했다. 그러다 2000년대 들어 중국이 뜨고 있지만, 코로나 독감으로 휘청거리고 있다. 그러면 그다음은 어느 나라일까? 일본? 천만에, 모든 걸 숨기고 오로지 제 힘만 키우려던 왜는 이미 기울고 있다. 2011년 지진 해일로 후쿠시마 원전이 터지면서 몇 십만 명이 죽었고, 그런데도 올해 올림픽을 열어 방사능과 코로나 독감을 덮으려고 했지만, 이미 몇 백 명이 숨졌다.

'그러면 본디 으뜸의 자리를 차지하려는 생각도 하지 않았던 우리나라가 그다음이 아닐까?'

그는 갑자기 그런 생각이 들었다.

우리나라는 코로나 독감에 걸린 사람이 1만 명이 넘었지만, 이제는 1천 명만 남았고, 다른 나라와는 달리 그 숫자는 날마다 줄고 있다. 그리고 모든 나라가 마이너스 5, 6퍼센트의 성장률을 보이고 있지만, 우리나라는 마이너서 1퍼센트다.

핵무기를 가진 인구 1억의 나라 통일 한국.

우리나라는 으뜸의 자리를 차지하려고 일부러 설치지만 않았지만, 코로나 독감에 걸린 다른 나라를 도우면서 그렇게 될지도 모른다.

북한의 우두머리가 숨지면서 그 아우와 누이 사이에서 싸움이 일어났고, 군사정변마저 일어나면서 그들은 서로 남한의 힘을 빌리려 했다. 그러다 마침내 민중 봉기마저 일어나자 북한 군부에서 남한에 밀사를 보냈다.

북조선은 코로나 비루스가 걷잡을 수 없이 퍼져 이미 인민을 통제할 수 없게 되었습니다. 남조선과 함께 이 사태를 수습해 평화로운 나라를 이룩합시다.

밀사를 보냈다는 것은 중국과 미국이 모르게 북한이 남한과 힘을 모아 혼란을 막으려는 것이리라, 그는 그렇게 생각했다.

그러나 미국과 중국은 이미 북한에서 군부가 정권을 잡았다는 것을 알고 있었고, 어떻게든 저희 쪽으로 끌어들이려 하고 있어서 우리나라가 끼어드는 것을 바라지 않았다.

미국은 휴전선을 가로막고 있었지만, 우리나라가 북한에 의료진과 의료품을 보내려는 것마저 막을 수는 없었다. 1953년 7월 27일 북한과 미군이 휴전 협정을 맺어서 그렇지, 그들도 눈치는 봐야 하는 것이다.

신의주, 원산, 해주, 개성, 북한 곳곳에서 민중 봉기가 일어났고, 코로나 독감에 걸리고 먹을 것마저 떨어진 인민군 부대마저 평양으로 모여들고 있었다.

"이제 돌아가야지?"
임진강을 바라보고 있던 그의 아내가 말했다.
"음."

그가 집으로 돌아왔을 때도, 미국 대통령은 북한의 우두머리가 탈 없이 잘 있을 것이라고 말했다. 그건 미국 방송에서 나온 이야기와는 다른 말이었다. 러시아는 아는 바가 없다고 말했고, 일본은 모르면서도 아는 척했고, 중국은 미국과 같은 말을 했다. 우리나라에서는 그가 원산이나 평양에 있을 것이라고만 했다.

그는 이제 열흘만 지나면 글을 가르치러 갈 것이다. 코로나 독감도 그때쯤이면 괜찮을 테지만, 그래도 입 가리개는 해야 할 것이다.

그가 보기에 북한 방송에서 입 가리개를 한 사람들은 보였지만, 벼슬아치들은 하지 않고 있었는데 그래서 그 우두머리가 코로나 독감에 걸린 게 아닐까? 더군다나 뚱뚱한 사람은 더 위험하다고 했으니까.

창가에는 며칠 때 바람이 세게 불고 있었다. 낮이면 20도를 웃돌던 기온도 10도로 뚝 떨어지고 말았다.

북한에서는 코로나 독감에 걸려 죽으나 굶어 죽으나 마찬가지라면서 들고일어난 사람들이 이제는 인민군과 맞서서 버티고 있었다. 하지만 인민군 사이에서도 서로 총을 쏘아대고 굶주린 탈영병들이 늘어만 갔다.

그때 중국군이 북한으로 들어오려는 움직임이 있자 인민군 총사령관이,

"우리는 모든 권력을 북조선 인민에게 바치며, 하루빨리 북남 통일위원회를 만들 것을 제의한다."

라고 말하면서 중국도 미국도 섣불리 나설 수가 없게 되어버렸다.

왜냐하면 그 나라 사람들이 그 나라 사람들의 뜻대로 살겠다는데, 어떻게 힘이 세다고 마음대로 쳐들어 갈 수가 있겠는가? 그런 건 1965년 베트남 전쟁 때로 끝이 났다.

아니라고?

세상은 코로나 독감 앞뒤로 바뀌었다.

큰 것이 작은 것을 잡아먹던 시대에서 빠른 것이 느린 것을 잡아먹는 시대로, 이제는 사람을 위해 사는 나라가 그렇지 않은 나라를 도와주는 시대가 된 것이다.

이제 남한과 북한은 1990년의 서독과 동독처럼 한 나라가 되었다. 그때의 소련과 미국이 끼어들지 못했듯이, 이번에도 중국과 미국은 끼어들 수 없었다.

2020년 4월 25일 저녁, 그는 국제 통신망에서 북한 우두머리가 갑

자기 손으로 가슴을 쥐어짜면서 쓰러져 심장 수술을 받던 도중에 뇌사 상태에 빠졌다는 글을 읽었다.

그게 정말일까?

그리고 두만강과 압록강 가까이로 밤마다 중국군의 전차가 움직이고 있어서 거기에 사는 중국 사람이 잠을 이루지 못한다, 전투기 소리가 시끄러워 수업을 할 수 없다는 이야기도 있었다. 거기에 북한 우두머리의 누이가 정권을 잡는다고 해도 몇 달을 버틸 수 없다는 말도 있었다.

'그게 정말일까?'

그는 생각에 잠겼다.

그런 것 치고는 우리나라가 너무 조용했다.

게다가 국제 통신망에 떠도는 이야기는 왜놈 쪽에서 나온 것이 많았다. 왜는 결코 믿을 수 없는 나라다. 방사능과 코로나 바이러스와 거짓이 꽉 찬 나라에서 나온 말을 어떻게 믿을 수 있겠는가!

하지만 중국도 의료진을 북한에 보내놓고서 아무 알도 하지 않는 것 같았다. 미국은 '죽음의 백조'라는 전략 폭격기를 우리나라 하늘에 날마다 띄워놓고 있었다.

이제 북한은 '자유 인민 운동'의 손에 들어간 것이나 다름없다고 남한 방송에서는 말하고 있었다. 그리고 그들은 곧 남한과 손을 잡을 것이라고 말했다.

자, 그렇다면 거꾸로 북한의 우두머리가 아직 살아 있고, 일부러 숨어 있었다면 어떻게 될까? 그건 그 앞에도 몇 번이나 그들이 써먹었다. 많은 나라가 북한의 우두머리가 어떻게 되었는지 알고 싶어 하고 있다면, 코로나 독감으로 흔들리는 나라를 다스리기가 쉬워질 것이다. 그쪽으로 북한 사람들의 눈을 돌릴 수가 있을 테니까, 그리고 아무 일이 없었다는 듯이 나라를 다스리면 될 테니까.

며칠만 있으니 그의 어떤 생각이 맞는지 드러날 것이다.

어느 쪽이 맞든 사람을 위해 살 수 있는 나라가 되면 좋을 것이다. 그리고 중국과 미국은 끼어들지 말아야 할 것이다. 왜는 미국을 꼬드겨 어떻게든 우리나라 일에 끼어들려고 할 것이다. 왜가 1592년에 안에서 터지는 불만을 밖으로 돌린 것이 바로 임진왜란이다. 그때 칼을 쥔 왜놈들이 1910년에는 총으로 바꾸어 우리나라에 쳐들어 온 것이다. 그건 요즘의 왜도 마찬가지다. 왜와 미국은 싸우지 못해 안달하는 나라임을 알아야 한다.

러시아?

러시아는 가만히 있을까?

두만강 북쪽에는 러시아가 있다.

그러나 러시아도 중국 눈치를 보느라 섣불리 나서지는 못할 것이고, 미국이 북한에 미군을 주둔시키지 않겠다고 하면 중국도 북한에 들어올 명분이 없을 것이다.

이제 며칠 뒤면, 그의 어떤 생각이 맞는지 드러날 것이다.

                - 끝 -   2020/4/26

백마고지

14000명의 중공군과 국군 4000명이 숨진 강원도 철원 백마고지.
1952년 10월 6일부터 15일까지 아흐레 동안 아홉 번이나 서로 백마고지를 뺏고 빼앗겼다.

2020년 5월, 나는 아내와 백마고지가 빤히 보이는 언덕에 올랐다. 거기는 남방한계선 바로 위로 우리 땅이었다.

중공군은 이미 1950년 10월에 압록강을 넘어 북한에 들어와 있었다. 국군과 유엔군이 이미 평양을 되찾고 중국 국경 쪽으로 다가서고 있었기 때문이었다.

하지만 10만 명의 중공군이 인해전술로 밀고 내려오는 바람에, 국군과 유엔군은 눈앞에 압록강을 두고 영하 30도의 추위 속에 흥남으로 물러날 수밖에 없었다.

1951년 1월, 북한군과 중공군이 다시 서울을 차지했지만 3월에는 국군과 유엔군이 되찾았다. 그해 7월부터 북한군과 유엔군 사이에 휴전 회담이 열렸지만, 전쟁이 멈춘 건 그로부터 두 해가 지나고 나서였다.

백마고지.

포탄에 깎여 백마가 누운 것처럼 평평해진 산(400미터).

중공군 38군 밑의 세 사단은 국군 9사단을 백마고지에지 내몰아 철원 김화 평강을 잇는 철의 삼각지대를 차지하려고 기를 썼다. 백마고지 아래는 모두 평평한 땅이었기 때문에, 거기만 차지하면 국군과 유엔군의 움직임을 손바닥 보듯 살필 수가 있었기 때문이었다.

1952년 10월 6일 새벽 4시, 1만 명의 중공군이 395고지(백마고지)를 살금살금 기어오르고 있었다. 가장 앞에는 고량주를 마신 중공군들이 손에 수류탄만 들고 올라갔다.

"쏴라!"

중대장 이 중위의 말에 기관총이 불을 뿜었다.

타다 타다타.

그러나 1만 명의 중공군은 그날 저녁까지 벌 떼처럼 오르고 또 기어 올라왔다.

"탄약이 없습니다, 중대장님!"

기관총을 잡고 있던 김 하사가 소리쳤다.

"무전병! 29연대에 연락해 가지고 오라고 해! 빨리!"

이 중위가 소리쳤다.

"아니다, 포병에 무전 쳐, 그냥 여기 다 때리라고! 빨리!"

"여기를 말입니까?"

무전병이 놀라 말했다.

"그래, 여기, 이 395고지 다 때리라고 해! 빨리!"

"옛!"

절체절명의 위기에 처했을 때, 아군이든 적군이든 가리지 않고 포격을 퍼붓는 것이었다.

그날 밤 그렇게 우리 28연대는 중공군을 막아냈지만, 날이 밝을 무렵 두 번째 중공군의 기습에 백마고지를 적에게 내주고 말았다.

1952년 10월 7일, 395고지(백마고지)를 차지한 중공군이 진지에서 아래를 살피고 있었다.

"우리가 먼저 저 놈의 기관총을 없애야 한다. 알았나?"

어젯밤 전투 때 파편이 박힌 팔에 붕대만 감은 중대장 이 중위가 말했다.

"예."

김 하사와 박, 최, 하 일등병 셋이 조용히 대답했다.

김 하사와 박 일병이 수류탄을 던지며 기관총 진지 안으로 들어갔을 때, 중공군은 말뚝에 다리가 묶인 채 숨져 있었다. 그들이 달아나지도 못하도록 그렇게 묶어둔 것이었다.

백마고지는 이미 피범벅이 된 송장으로 뒤덮였다.

10월 8일, 그 395고지는 우리가 차지하고 있었지만 언제 중공군이 다시 쳐들어올지 알 수 없었다. 우리 병사들은 모두 진지에 고개를 묻고 졸음에 빠져들었지만, 하늘에는 밝은 달이 떠올라 있었다.

얼마나 지났을까?

어디선가 구슬픈 피리 소리가 자꾸 들렸다.

삐리, 삐리, 삐리리릭.

"정신 차려! 적이다!"

이 중위가 소리쳤다.

바로 그때, 중공군이 꽹과리를 치면서 수풀 속에서 일어나 새카맣게 산등성이를 타고 올라왔다.

타다 타다타.

최 일병과 하 일병이 기관총을 갈겼다.

그러나 중공군은 쓰러지고 또 쓰러지면서도 밀물처럼 몰려왔다.

총도 없이 꽹과리를 치며 앞 사람이 쓰러지면 그 총을 주워서 중공군은 백마고지를 올라오고 있었다.

밤이 새도록 우리는 중공군과 싸웠다. 총알이 떨어지면 수류탄으로 그것마저 떨어지면 칼과 야전삽과 개머리판으로 적을 물리쳤다.

그날 우리 중대에서 살아남은 이는 김 하사와 박 일병 둘뿐이었다.

10월 9일, 중공군은 새벽에 다시 쳐들어왔다. 그때마다 들리는 구슬픈 피리 소리와 귀를 울리는 꽹과리 소리는 우리를 두려움에 떨게 만들었고, 이윽고 터지는 포탄에 치를 떨었다.

중과부적.

우리는 백마고지를 다시 적에게 내어주었지만, 30연대가 기다리고 있었다.

10월 10일, 밤 12시가 되자 길을 잘 알고 있는 김 하사와 박 일병이 30연대의 앞을 이끌었다.

"저기 기관총 진지 아홉 개를 먼저 부셔야 합니다."

김 하사가 30연대 대대장에게 말했다.

"저와 박 일병, 그리고 몇 사람 더 지원해 주시면 저걸 부수어 보겠습니다."

김 하사가 어금니를 꽉 다물며 말했다.

하지만 마침내 우리가 다시 백마고지를 차지했을 때, 김 하사는 거기에 없었다.

1952년 10월 11일에는 하루에도 세 번 고지의 주인이 바뀌었다. 아침에는 국군 9사단이, 낮에는 중공군이, 밤에는 다시 우리가 백마고지를 탈환했다. 산등성이에는 아군과 적군의 송장이 뒤엉킨 채 나뒹굴고 있었다.

10월 12일, 중공군 38군 세 사단 20000명이 국군 9사단 29연대 2000명이 지키고 있던 백마고지를 새까맣게 기어오르고 있었다.

"포 때리란 말이야! 무조건 때려!"

29연대장이 국군 포병 연대에 무전기로 소리쳤다.

"미군에도 포격 요청해! 38군 모두가 올라온다! 빨리!"

그날 하루에만 중공군 1만 명과 국군 2000명이 숨졌다.

10월 13일, 국군 9사단 29연대에서 아직 살아남았던 박 일병은 아래에서 백마고지를 쳐다보고 있었다.

'오늘 저 고지를 빼앗지 않으면, 내일 또 뺏어야 할 것이다.'

박 일병은 이제 눈물은 나지 않았지만, 중대장과, 김 하사, 최 일병, 하 일병이 자꾸 더 올랐다.

아래쪽에서 위쪽을 치려면 세 배의 병력이 있어야 했지만, 국군은 이제 3000명만 남았고 고지를 지키고 있는 중공군은 5000명이나 되었다.

하지만 국군은 포병 연대가 아직 살아 있었고, 거기에 미군까지 포격을 지원했기 때문에 싸움은 해볼 만했다.

그러나 그날 박 일병은 한쪽 다리에 중공군이 던진 수류탄 파편을 맞고 만다.

"악!"

박 일병은 피를 철철 흘리면서도 고지를 기어올랐다. 그리고 그에게 수류탄을 던진 그 중공군 진지에 그도 수류탄을 기어코 던져 넣고는 쓰러지고 말았다. 박 일병이 다시 눈을 떴을 때, 얼굴이 온통 진흙투성이가 된 의무병이 그를 지켜보고 있었다.

"괜찮아?"

"적은?"

"물러갔어. 그러나 곧 다시 들이닥칠 거야."

의무병의 말을 들으며 박 일병은 가물가물 다시 눈을 감았다. 국군이 다시 고지를 차지한 것이었다.

1952년 10월 14일.

쾅, 쾅.

터지는 포탄 소리에 박 일병은 눈을 떴다. 새까만 밤하늘에는 총소리와 함께 불이 번쩍거렸다.

박 일병이 고개를 옆으로 돌렸을 때, 그 의무병은 피범벅이 된 채 이미 숨져 있었다. 박 일병은 손을 뻗어 의무병의 소총을 집었다. 그리고 몸을 뒤집어 시커멓게 올라오는 무리 쪽을 대고 방아쇠를 당겼다.

탕, 탕, 탕.

박 일병이 쏘고 쏘아도 시커먼 적은 오르고 또 올라왔다.

탁.

박 일병은 이제 마지막 총알마저 떨어지고 말았다.

날이 새고 있었다.

"탄알, 탄알!"

그가 아무리 외쳐도 그 소리는 포탄과 총 소리에 묻혀 들리지도 않았다.

적이 그의 바로 코 밑까지 올라오자, 박 일병은 차고 있던 대검을 소총 끝에 달았다. 박 일병은 일어서려고 했지만 다리가 말을 듣지 않았다. 그는 그대로 누운 채 올라오는 적을 찌르고 또 찔렀다.

바로 그때, 미군 폭격기가 나타나 중공군이 새까맣게 뒤덮은 백마고지 위에 포탄을 퍼부었다.

쾅, 쾅, 쾅!

1952년 10월 15일 아침, 그렇게 우리는 아흐레 만에 백마고지를 지켜냈던 것이다. 이 싸움에서 중공군은 세 사단 14000명이, 우리는 4000명이 숨졌다. 1953년 7월 27일, 휴전선은 백마고지 2킬로 앞 북쪽에 그어졌다.

나와 아내는 그 백마고지가 빤히 보이는 언덕에 올라섰다. 거기는 백마고지 기념관이 있는 곳이었다.

푸른 하늘 높이 솟아 있는 백마고지 전사자 기념탑.

나는 거기에 새겨져 있는 이름에 손을 가져다 대었다.

중위 이ㅇㅇ. 하사 김ㅇㅇ. 일병 최ㅇㅇ. 하ㅇㅇ.

나는 그들에게 경례를 하면서 가슴이 북받쳐 올라, 눈물이 자꾸 흘러내렸다.

그때 스무 살이었던 나는 이제 아흔 살이 되었다.

- 끝 -   2020/5/28

남북한

비 오는 화요일 낮 그는 빈 방에서 제 손전화기로 글을 가르치는 모습을 찍고 있었다.

그건 가난했던 때의 모습을 그린 우리나라 이야기인데, 글쟁이인 그가 그걸 이야기하고 있었던 것이다.

아침부터 보슬보슬 내린 첫 여름비가 나뭇잎을 적셔 놓았다.

그가 그렇게 글을 찍어서 가르치는 것은 올봄부터 벌써 석 달째였다. 그가 배움터에 가서 글을 가르친 건 그 가운데 딱 하루뿐이었고, 다시 코로나 독감이 좀 퍼지면서, 그는 집에서 그렇게 글을 가르치고 있었다.

그런데 그게 서너 편까지는 괜찮아도 다섯 편을 넘어가면 통신망이 꽉 찼다고 올라가지를 않는다. 그래서 그는 이리저리 다른 전자우편 주소를 만들어 올렸지만 그것마저 그때마다,

그대는 너무 많이 만든 것 같습니다.

라고 한다.

제기랄!

그가 지난 석 달 동안 글을 가르치는 모습을 찍은 것은 아마 스무 편은 될 것이다. 그래서 그는 차라리 배움터에 나가서 글을 가르치는 게 훨씬 낫다고 생각했지만, 코로나 독감 탓에 그럴 수가 없었다.

그는 글을 배우는 이가 많아서 전자우편을 만들고 또 만들어야 했다. 그렇게 해야만 그가 글을 가르치는 모습을 겨우 국제 통신망에 올려놓을 수가 있었다. 하지만 그때마다 또,

진짜 그대가 통신망에 들어오려는 게 맞습니까?

하고 컴퓨터는 그에게 물어댔다.

젠장!

그래서 그는 누워서 손전화기로 전자우편을 읽기도 하고, 그가 그인가 라는 물음에, 배우는 이가 많이 들어오니 제발 잘 봐주기를 빌면서 몇 번이나, 네, 그렇습니다, 라고 쓰인 곳을 눌렀다.

그런데 그가 글을 가르치는 모습을 손전화기로 찍은 네댓 개만 올려도 꽉 차서 더는 쓸 수 없다고 했지만, 그가 쓴 이야기는 몇 백 편을 써도 괜찮았다. 그러니까 마치 종이게 글을 쓰듯 컴퓨터에 쓴 것은 그만큼 작아서 그는 마음 놓고 이야기를 쓸 수 있었던 것이다.

6월에 들어서면서 우리나라도 낮이면 30도를 웃돌고 있었다.

그는 더워서 선풍기를 켜고 누워서 이야기를 썼다.

그가 열 번쯤 손전화기로 찍던 일도 이제 슬슬 마칠 때가 다가오고 있었다.

한 곳은 보고 배우고 느낀 것을 전자우편으로 써서 부치라고 했지만, 다른 한 곳은 그가 몸소 가서 배운 이들에게 시험을 치르게 되

었다.

그는 어느 쪽이 나을까?

시험을 치는 게 낫다.

왜냐하면 전자우편으로 백 통이나 오는 것도 그는 눈알이 핑핑 도는 것 같았기 때문이다.

처음에는 뜸하던 배우는 이들의 전자우편이 마감 날이 가까워 오면서 하루에 서너 통씩 들어왔다. 그는 그걸 놓치지 않고 그때마다 읽어보고는 점수를 매기었다. 그렇지 않으면 그건 금방 산더미처럼 쌓이고 만다.

그는 나흘 동안 그렇게 글을 찍어 국제 통신망에 올리고 사흘은 쉬었는데, 쉬는 그날 북한이 갑자기 북쪽 개성에 있는 남북 연락 사무소를 폭파했다는 방송이 나왔다.

"빌어먹을!"

그는 저도 모르게 그런 소리가 튀어나왔다.

그것도 그럴 것이 남북한이 사이좋게 지내자고 힘들게 만들어놓은 것을 왜 부순다는 말인가!

"제기랄!"

그가 쉬는 날에도 배우는 이들의 전자우편은 날아들었다.

그리고 그도 이제 글을 가르치는 모습을 찍지는 않았지만, 시험 문제를 내고 있었다.

'하나에 10점씩 여덟 문제면 80점. 아니야, 하나에 8점씩 열 문제면 80점, 그리고 출석이 20점이면 꽤 크지.'

그는 하루에 한 번쯤은 혼자서 그런 생각을 하는 것이었다.

'그런데 그건 왜 부순 거지? 아무리 생각해도 알 수가 없군. 아니야, 틀림없이 북한에 아주 안 좋은 일이 있는 거야. 뭔가 틀어져도 단단히 틀어진 거지. 코로나 독감이 막을 수 없을 만큼 퍼졌거나, 지난 며칠 동안 보이지 않는 그 우두머리가 아프거나, 더는 북쪽 사람들을 먹여 살릴 돈이 없는 게지.'

그는 혼자 그렇게 생각했다.

'북한을 다 틀어막은 건 무엇보다도 그들 스스로와 미국과 코로나 독감이다. 그 길은 우리나라가 열어주고자 했지만, 미국이 늘 가로막고 나섰다. 그렇다면 그 길을 여는 것도 그들 스스로와 미국이며, 코로나 독감을 막으려면 우리나라가 도와주는 것밖에 없다.'

글을 파헤치지 말고 스스로 느낀 바를 쓰라고 했지만, 배우는 이들은 자꾸 파헤친 글을 그에게 써서 보냈다. 무엇을 어떻게 느꼈고, 그건 사람의 삶을 어떻게 도울 수 있는가가 값진 게 아닐까?

느낀 게 없다고?

그렇다면 그건 그가 잘못 가르친 것이다.

그래서 배우는 이들이 점수라도 받으려고 그에게 파헤친 글을 보냈다고?

그렇지는 않을 것이다.

여태껏 여러분이 느낀 그의 이야기는 어떤가?

느낀 게 없다고?

그렇지는 않을 것이다.

그는 북한에 틀림없이 무슨 일이 벌어졌다고 생각했다.

그렇지 않고서야 그렇게 배짱 좋게 큰일을 저지를 수는 없기 때문이었다. 요즘 북한 우두머리는 그가 알기로 한 보름 통 보이질 않았고, 그 누이가 휘젓고 다니고 있었다.

'그렇다면 너무 뚱뚱한 북한의 우두머리가 염통이 안 좋아 쓰러졌거나 숨진 게 아닐까?'

그는 그런 생각이 들었다.

'아니면, 올 11월에 우두머리를 새로 뽑는 미국한테 북한이 으름장을 놓으며 2018년 싱가포르에서 나눈 이야기를 지키라고 말하는 게 아닐까? 북한은 이미 원자로도 하나 부수었으니까, 미국도 정말이지 뭔가를 해주어야 하지 않을까? 그런데 미국은 결코 그렇게 하지 않았다. 그래서 북한이 성이 날 만도 하다.'

마감 날짜가 더 가까워지면서 배우는 이들이 더 많은 전자우편을 그에게 보내고 있었다. 그래서 그는 돌아서면 손전화기나 컴퓨터를 켜서 새로 전자우편 온 게 있는가를 살피곤 했다. 그들은 느낀 게 많았다고 그에게 썼다. 그렇다면 그가 생각한 게 그렇게 틀린 것도 아니었으며, 그렇게 잘못 글을 잘못 가르친 것도 아니었다.

그러면 북한에 대해서 그가 생각했던 것도 맞을까, 잘못 되었을까? 그건 좀 더 두고 보면 안다. 그리고 그건 머지않아, 빠르면 며칠 안에 알 수 있는 것도 많았다.

'우리나라가 주는 방위비 1조 원을 5조 원으로 올려 받으려고 미국이 북한과 짠 것은 아닐까? 북한이 남한을 따끔하게 으르면 미국은 10월에 북한과 종전 협정을 맺을 것이라고. 그러면 올 11월에 미국 우두머리를 뽑는데 이로울 테니까.'

그는 그 생각이 맞을 것 같았다.

왜냐하면 2010년에 북한이 우리나라 연평도를 포격했을 때도 그는 그런 생각이 들었기 때문이었다. 그때도 그는 미국이 우리나라를 구슬려 더 많은 무기를 팔려고 북한과 짠 것은 아닐까, 하고 생각했기 때문이었다.

그러나 미국은 요즘 이미 한 흑인의 죽음으로 나라꼴이 말이 아니다. 어떻게 경찰이 사람을 그것도 많은 사람이 보는 앞에서 무릎으로 짓눌러 죽일 수가 있는가! 우리도 몇 십 해 앞에 그랬듯 그게 나라가 할 일인가! 우리는 들고 일어나 그런 나라를 바꾸었다. 그런데도 미국은 한 번도 옳게 바뀌지 않았던 것이다.

'그러니까 남한과 북한은 서로를 믿어야 하지 않을까? 어떤 일이 있더라도 우리는 우리를 믿어야 하지 않을까?'

그는 그렇게 생각했다.

'모든 나라 가운데 열 번째로 잘사는 5500만 명의 남한이 핵무기를 가진 2500만 명의 북한과 한 나라가 되는 것을 미국과 중국과 러시아와 왜(일본)는 결코 바라지 않는다. 그렇다면 우리는 먼저 개

성과 파주를, 그다음에 평양과 서울을 열어 자유롭게 오고가면 되지 않을까?'

미국이 막을 것이라고?

구더기 무서워 장 못 담글까?

미국은 구더기가 아니라고?

낡은 허물을 못 벗었으면, 구더기가 아닐까?

그러면 우리는 장을 담그면 된다. 구더기가 슬더라도 장은 먹을 수 있다.

'휴전은 북한과 중국과 유엔이 한 것이지 미국과 한 것이 아니다. 그때 남한은 통일을 바라며 서명을 하지는 않았지만, 종전 협정은 우리나라가 앞장서서 이끌 수 있을 것이다. 중국은 굳이 거기에 끼지 않겠다고 말했다. 중국이 압록강까지 우리나라 군과 미군이 오는 걸 바라지 않는다면, 유엔군이 있으면 되지 않을까?'

다시 보름째 북한의 우두머리는 보이지 않고 아직 그 누이가 설치고 있었다.

아직 6월인데도 35도나 되어서 그는 웃통을 벗고 드러누워서 이야기를 썼다. 그날 아침까지만 해도 그는 막바지에 오는 전자우편을 받았고, 마지막 시험 문제를 내었다. 그렇게 몇 시간을 하고 나면 그는 눈이 침침하고 아파서 조금 쉬었지만, 이내 이야기를 썼다.

'글쟁이는 어떻게든 글을 써야지. 그게 해야 할 일이야.'

그는 그렇게 생각했다.

간밤에 마감 날짜를 지킨 배우는 이들의 마지막 전자우편이 다 들어왔다. 그는 눈이 빠지도록 그걸 하나하나 읽어보고는 점수를 매겼다. 85, 80, 80, 85, 그는 조금 더 잘 쓴 것에만 85점을 주었다.

북한은 우두머리의 모습이 스무날째 보이지 않고, 조금씩 조용해지고 있었다. 그는 틀림없이 북한에 무슨 일이 일어난 것 같았다. 미국은 며칠 사이에 또 100명도 넘는 사람이 총에 맞아 죽었다. 그게 제대로 된 나라인가? 그걸 마치 아무 일도 아닌 것처럼 넘어가는 게 더 야릇하다.

굳이 아직 냉방기를 켤 것까지는 없다고 생각한 그는 선풍기를 켜고도 더워서 웃통을 벗어젖혔다. 어제는 35도였지만, 오늘은 32도로 좀 나았는데도 그는 아까 들이킨 맥주 탓인지 더워서 윗옷을 벗어버렸던 것이다.

그는 한 곳은 채점을 다 했지만, 아직 한 곳이 더 남아 있었고, 거기는 며칠 뒤 몸소 가서 둘러보아야 했다.

다음날은 장맛비가 내리고 있었고, 비바람이 조금씩 들어와 그는 창문을 닫으려다 고개를 내밀어 그 비를 바라보았다. 그의 얼굴에 가는 비가 튀었다.

북한은 점점 더 조용해지고 있었다.

왜는 미국과 북한이 종전 선언을 하는 것을 끝까지 막았다는 이야기가 나왔고, 한국이 거기에 끼지 말기를 바랐다는 말도 나왔다.

그는 뒷산을 오르는 데 입 가리개를 할 것까지는 없다고 생각하고, 그냥 그의 아내(입 가리개를 씀)와 함께 갔는데 사람들은 그를 보면 입을 가렸다. 그건 그렇게 기분 좋은 일은 아니었지만, 어쩔 수 없는 일이라고 그는 생각했다. 그의 아내는 산딸기와 버찌와 살구를 보며 그에게 즐겁게 이야기를 했다.

그러나 우리나라나 다른 나라나 모두 다 코로나 독감 탓에 본디 짜증스럽던 사람들은 더 짜증스럽게 굴고 있었다. 그도 그의 아내보다는 훨씬 더 짜증을 잘 내는 사람인데, 여러분이 보기에도 그렇게 느껴지는가? 그렇다면 우리는 그의 이야기나 생각을 믿을 수 있을까?

아무리 깨우친 사람이라고 해도 그 때 그 자리의 몸과 마음의 상태에 따라서 사람은 달라진다. 아마 꽃과 나무도 짐승도 그럴 것이다. 그러니까 그도 마찬가지였다. 마음을 달랠 수 있는가, 없는가, 그것만 다른 것이다.

아무리 보아도 그는 짜증을 그의 아내보다 더 낸다.

그는 스스로 그의 아내보다 더 깨친 사람이라고 하지만, 짜증은 더 낸다는 말이다. 그건 그의 몸과 마음이 그의 아내보다 더 비뚤어져 있어서 그럴 것이다. 그런데도 깨쳤다고 생각하는 것은, 뒤늦게 뉘우치고 깨닫고 하다 보니까 그렇게 되었다는 말일 것이다.

'장맛비도 오늘은 멈칫하듯이 말이다.'

여느 사람들은 메마른 날은 비를 기다리다가도 비가 사흘만 내리면 그만 내리길 바라지만, 그는 적어도 엿새는 갔다.

'맑은 하늘만 보아도, 메마른 날 끝에 비가 내려도, 시뿌연 먼지만 사라져도 우리는 마음이 가벼워지는 게 아닐까?'

그는 그렇게 사는 사람이었다.

요즘은 코로나 독감 탓에 어느 나라나 시뿌연 먼지가 줄어들었다고 한다.

'그건 잘된 일이지.'

그는 그렇게 생각했다.

북한은 어찌된 일인지 남쪽에 뿌리겠다던 전단도 안 뿌리고, 확성기도 거두어들였다. 그 우두머리가 나서던 누이와 다투었을 수도 있고, 우리나라가 북쪽으로 뿌리던 전단을 못 뿌리게 해서 그럴 수도 있고, 미국이 가로막더라도 개성과 금강산을 다시 열어보자고 북한에 말을 해서 그럴 수도 있다.

'그런데 북한이 열흘 앞에 개성 남북 연락 사무소를 부수어놓고 무슨 얼굴로 우리와 함께 만날 수 있을까?'

그는 고개를 갸우뚱했다.

'부끄럽지도 않은가? 우리가 아무리 미국 탓에 북쪽으로 이어진 길도 철길도 이을 수 없었다고 해도, 개성과 금강산을 다시 자유롭게 오고 갈 수 없었다고 해도 말이야. 그러면 우리도 이제 미국 눈치 보지 말고 밀어 붙어야 한다!'

어떻게?

그건 그보다 더 깨우친 슬기로운 사람들이 알아서 할 일이다.

그런데 벼슬아치 가운데는 보기보다 그런 사람이 적었다. 그래서 그는 다음과 같이 생각했다.

 첫째, 남북한 군인들이 지키고 있는 곳에 무턱대고 길과 철길을 낸
다.
 둘째, 그래도 미국이 막으면 미군을 다 데리고 가라고 으름장을 놓
는다(그러면 그 나라는 돈이 더 든다).
 셋째, 남북한이 함께 개성과 파주와 금강산을 자유롭게 오고 갈 수
있도록 한다. 그래도 미국이 끼어들면 남북한은 평양과 서울을 같은
날 같은 때에 열겠다고 말한다.

 어떤가?
 여러분은 그의 생각이 어떤가?
 그는 짜증만 내는 사람인가, 통 큰 사람인가, 깨우친 사람인가?

　　　　　　　　　　　　- 끝 -　　　　2020/6/25

남한 특사

 2020년 10월, 남북미 세 나라는 워싱턴에서 북한과 미국의 종전 협정에 서명했다.
 1953년 유엔군과 북한 사이에 휴전 협정을 맺은 지 67년 만이었다.
 이로써 남북미 세 나라 사이는 더 가까워졌고, 싸울 일도 없어진 것이다. 그래서 우리나라는 먼저 갈라진 남북 철길을 잇자고 했고, 북한도 11월부터 끊어진 경의선부터 놓자고 말했다.
 몇 달 앞 남한 특사로 평양을 다녀온 올해 예순 살의 이결은 모든 걸 방송으로 가만히 지켜보고 있었다.
 미국은 그해 11월에 새 우두머리를 뽑았지만, 다른 사람이 뽑혔다.
 이제 그는 빨리 동해선이 이어져 속초에서 북한의 원산, 청진을 지나 블라디보스토크, 모스코바, 코펜하겐까지 갈 수 있기를 빌었다. 아니, 아예, 그가 차를 몰고 그렇게 갈 수 있기를 더 바랐다.
 2018년 4월 남북한의 우두머리는 판문점 선언으로 서로 평화롭게 지내자고 했고, 그해 가을에는 비무장지대 안에 있는 초소를 서로 부수었고, 판문점 안에서는 권총도 차지 않게 되었다. 그리고 경의선

400킬로미터와 동해선 800킬로미터를 기차를 타고 돌아보면서 어디를 어떻게 잇고 고칠지를 이야기했다.

2018년 6월에는 북한과 미국의 우두머리가 싱가포르에서 처음으로 만나 북한 핵무기를 없애는 대신에 미국이 도와주기로 했지만, 2019년 베트남에서 그들이 두 번째 만났을 때 그 모든 것이 깨어지고 말았다.

그런데 그때부터 갑자기 비무장지대에서 아프리카 돼지 열병이 돌면서 남북한으로 오고 가는 길마저 막혀버렸다. 그는 그게 야릇했다. '저 아프리카 돼지 열병을 미국이 일부러 퍼뜨린 게 아닐까? 그렇지 않고서야 어떻게 그렇게 때를 맞추어 남북한의 문을 닫게 할 수 있을까?'

그는 이미 등줄쥐가 일으키는 한타 바이러스도 1970년대 미군이 휴전선에 퍼뜨렸을지도 모른다는 이야기를 쓴 적이 있었다.

아프리카 돼지 열병이 사라질 무렵, 미국은 1조 원을 내던 주한 미군 방위비를 한국이 5조 원을 더 내야한다고 우겼다. 말도 안 되는 이야기에 우리나라는 그렇게는 못하겠다고 버티었다.

그런데 2020년 6월 북한이 갑자기 개성에 있는 남북 연락 사무소를 폭파하며 우리에게 으름장을 놓았다.

그 뒤에는 미국이 또 있지 않았을까?

2010년 연평도 섬에 북한이 포격을 했을 때도 무기를 우리나라에 더 팔기 위해서 미국이 북한을 구슬려 그렇게 했을지도 모르는 일이지만, 우리나라는 울며 겨자 먹기로 방위비로 2조 원을 내기로 했고, 미국은 북한이 핵 시설을 하나 더 없애면 종전 협정을 맺어 두 마리 토끼를 다 잡으려 했던 것이다.

올해는 코로나 독감이 온 나라를 휩쓸었다. 미국인 300만 명이나 걸렸고, 요즘에도 하루에 6만 명이나 새로 걸리고 있다. 미국은 중국 우한에서 코로나 균이 먼저 퍼졌다고 했지만, 이미 2020년 1월에 독감으로 1만 명이 죽은 미국에서 거꾸로 중국으로 들어온 것이라는 말도 나돌았다. 그리고 올해 여름부터는 중국에서 다시 돼지 독감과 흑사병에 걸린 사람이 나왔다.

1940년 중국 만주에 있었던 일본 관동군 이시이 731 부대는, 바로 그 세균을 중국 사람과 한국 사람의 몸에 집어넣던 곳이다. 바로 몇 해 앞, 왜놈 우두머리가 731이라고 새겨진 전투기를 타고 엄지손가락을 치켜세우던 바로 그 부대 말이다. 그 왜놈들의 실험 자료를 그대로 빼앗은 게 미국이다. 그러니까 그가 우리나라 비무장지대에 나돌던 한타 바이러스가 미국이 퍼뜨린 게 아닐까, 하고 생각하는 것이다. 어떻게든 남북한이 가까워지는 걸 막으려는 나라가 바로 미국과 왜다. 하기야 그들이 바로 남북한을 갈라놓았으니까.

'한타 바이러스, 조류 독감, 아프리카 돼지 열병, 코로나 바이러스, 아프리카 돼지 열병, 그 뒤에는 미국이 있는 게 아닐까, 왜가 미국한테 세균을 넘겨주었는지도 모를 일이지.'

그는 그런 생각마저 들었다.

'어떻게 그렇게 남북한 철길이 열리려고 할 때를 맞추어 세균이 퍼질 수가 있을까? 1972년 남북 7.4 공동 성명이 나왔을 때 한타 바이러스가 퍼졌고, 2000년 남북한의 우두머리가 평양에서 처음으로 만났을 때 조류 독감이 퍼졌으며, 2018년 판문점 선언으로 그해 가을부터 남북한이 비무장지대 초소를 없애고 있을 때 아프리카 돼지 열병이 나돌았다. 그리고 올해 코로나 독감까지.'

2019년, 비무장지대의 초소를 없애고 손을 맞잡는 남북한 군인들의 모습을 뒤에서 빤히 지켜보던 미국인 셋을 그는 잊을 수가 없었다. 그들은 누구였을까? 아마 모르긴 몰라도 미국 중앙정보부원와 국무부, 미군에서 나온 사람이었을 것이다.

미국과 러시아와 중국과 왜는 모든 나라 가운데서 열 번째로 잘살고 군사력이 여섯 번째인 남한이 핵무기를 가진 북한과 한 나라가 되는 걸 결코 바라지 않는다.

그러나 이미 미국과 왜는 기울고 있었다.

남은 것 러시아와 중국이지만, 그들도 코로나 독감으로 뒤로 물러나 있을 수밖에 없었다.

그는 이제야말로 우리나라가 일어날 때라고 생각했다.

이미 남북한의 철길은 열렸다. 그리고 남북한은 이미 올해 말부터 파주와 개성을 열고, 몇 해 뒤부터는 서울과 평양도 열자고 했다. 그걸 미국이 먼저 알았더라면 가만히 있었겠는가? 그건 바로 그가 지난 7월, 남한 특사로 북한에 쥐도 새도 모르게 들어가 이야기한 것이 이루진 것이었다.

지난해부터 그가 쓴 이야기를 읽고 있었던 청와대에서 올해 6월 그를 불렀고, 거기서 그는 뜻밖의 말을 들었다.

"우리나라 특사로 평양에 다녀오실 수 있겠습니까?"

남한의 우두머리(윤익상 대통령)가 글쟁이인 그에게 말했다.

"이 선생의 이야기는 내가 다 읽어보았습니다. 파주와 개성, 서울과 평양을 한꺼번에 열자고 몇 번이나 이야기하셨지요?"

"네? 네, 그렇습니다만."

너무나도 갑작스럽고 뜻밖의 말에 그는 어안이 벙벙했다.

"바로 그 이야기대로 평양에 들어가서 말씀해주면 됩니다. 북쪽과는 이미 이야기를 해두었습니다. 어떻습니까, 이 선생님, 다른 나라가 모르게 이 선생이 북경에서 평양으로 가는 게 가장 낫겠다는 것이 우리 생각입니다. 가실 수 있겠습니까?"

북경 공항에는 장맛비가 쏟아지고 있었다.

그러나 중국도 코로나 독감 탓에 공장이 잘 돌아가지 않았기 때문에 공기는 괜찮았다. 그는 먼저 택시를 타고 북한 대사관을 찾아갔다.

"어떻게 오셨소?"

대사관 문 앞에는 중국 공안이 지키고 있었고, 그 옆에는 북한 안전원이 나와 있었다.

"네, 평양에 가려 합니다."

"뭐 하러 가는 겁네까?"

"평양 관광하러 갑니다."

"들어가시오."

험상궂게 생기지는 않았지만, 눈초리가 날카로운 북한 안전원이 말했다.

"저는 남한에서 온 특사입니다."

그가 북한 대사관 직원에게 나지막하게 말했다.

"예? 뭐라고 하셨습니까?"

"여기 대사에게 알려주시겠소? 이미 이야기가 되어 있을 겁니다."

눈을 동그랗게 뜬 북한 직원이 자리에서 일어나 뒤쪽에 앉은 사람에게 다가가서 귓속말로 무어라고 하자, 그 사람이 이걸을 바라보았다.

"안쪽으로 오시랍니다."

그는 안쪽으로 들어가 그 사람과 함께 골마루를 따라 북한 대사가 있는 곳으로 갔다.

비가 내린 뒤 평양 공항은 맑았다.

그는 비행기에서 내리자마자 반짝거리는 새카만 차를 타고 평양 시내로 들어섰다.

"평양은 처음 오신 게지요. 어떻습니까?"

키가 크고 몸집이 좋은 대남 통일 전선 부장 최태성이 그에게 말을 건넸다.

그는 으리으리하군요, 하고 말하려다,

"아주 웅장하군요."

하고 말했다.

"하하하."

그의 말에 최태성이 웃으며,

"저도 서울에 한 번 가보았지만, 꽤 크더군요."

하고 맞받아쳤다.

이윽고 평양 궁전 안에 북한 국방 위원장과 그와 최태성 셋만 앉았다.

"가까운 길을 멀리 돌아오시느라고 힘드셨지요?"

김 위원장이 먼저 그에게 말을 건넸다.

"예, 그래서 이번에 남북의 철길, 뱃길, 하늘 길마저 이으려고 제가 왔습니다."

"하하하."

이결의 말에 김 위원장이 크게 웃으며 말했다.

"아직 철길도 잇지 못했는데, 어떻게 뱃길과 하늘 길을 잇겠다는 겁니까?"

"우리가 미국에게 방위비를 더 주면서 북한과 철길을 잇겠다고 하고, 미국은 북한과 종전 협정을 맺는다면 그들도 11월에 우두머리를 뽑는데 도움이 될 것입니다."

이결이 말했다.

"그러면 뱃길과 하늘 길은 어떻게 열겠다는 말입니까?"

"그건 철길이 열리고 난 다음 밀어붙일 일입니다."

"음."

김 위원장이 잠깐 생각에 잠기다가 다시 말을 꺼냈다.

"미국이 또 틀지 않을까, 걱정입니다. 지난 번 베트남 회담 때 하도 속아서 말이죠."

"이번에는 미국도 그렇게 하지 못할 것입니다. 이미 제 발등에 불이 떨어져 있으니까요."

미국은 코로나 독감에 걸린 사람이 300만 명을 넘어섰고, 하루에도 7만 명이 새로 걸렸다.

그 다음 달인 8월 이결은 남한 특사로 워싱턴에 들어갔고, 미국 우두머리도 그의 말을 듣고는,

"괜찮은 생각이군요."

하고 말했다.

그리고 두 달 뒤, 미국은 북한과 예순일곱 해 만에 종전 협정을 워싱턴에서 맺었다. 하지만 그해 11월에 뽑힌 미국의 새 우두머리는 다른 사람이 되고 말았다.

이제 남쪽의 파주와 북쪽의 개성 20킬로의 철길만 이으면 서울에서 신의주까지 기차는 달릴 수 있었다. 북한은 그걸 남쪽이 초고속 열차로 놓아주기를 바라고 있었다.

그가 밀사로 다시 평양에 들어가려고 중국의 북경 공항을 내렸을 때였다.

그때부터 모자를 쓰고 입을 가린 웬 녀석 둘이 그의 뒤를 따라붙었다. 야릇하게도 그게 한 놈은 머리카락이 노랗고, 한 놈은 검었다.

'누굴까?'

그때 그의 머릿속에 떠오른 것은 미국 중앙정보부였다.

제기랄.

그는 사람이 많이 타는 전철을 탔다. 녀석 둘은 아무렇지도 않은 모습으로 그와 멀리 떨어져 앉아 있었다. 그는 일부러 손전화기를 꺼내 그들 둘이 있는 곳을 슬쩍 촬영해두었다. 그러자 녀석들이 갑자기 고개를 푹 숙이는 게 보였다.

그는 북경 천안문 쪽에서 내린 다음, 무턱대고 사람 속으로 파고들었다. 그렇게 한 시간쯤 돌아다녔을까, 그는 이제 녀석들을 따돌린 것 같았다. 그리고 그는 곧장 문이 열린 어느 허름한 호텔로 쑥 들어갔다.

"저 이결이라는 사람입니다. 대사 계십니까?"

전화를 걸고 난 한 시간 뒤, 그는 호텔 앞으로 온 파란 승용차를 타고 북한 대사관으로 들어갔다. 거기서부터 그는 북한 대사와 함께 그날 밤 평양 공항으로 들어갔다.

10월이라 그런지 평양은 꽤 쌀쌀했다.

"다시 뵙습니다, 이결 선생."

평양 궁전에서 김 위원장이 밝은 얼굴로 그를 맞았다.

"예, 그동안 안녕하셨습니까?"

이결도 그렇게 말하며 자리에 앉았다.

"우리가 평양까지 초고속 철도를 놓겠습니다."

이결의 말에 김 위원장이 흐뭇하게 웃으며 말했다.

"미국이 막지 않을까요?"

"그건 말입니다, 이번 달 안으로 먼저 남북이 함께 파주와 개성을 자유 도시로 선언하고, 그때 미국이 막으려들면 아예 서울과 평양을 열어버리겠다고 으름장을 놓는 것입니다."

이결의 말에 김 위원장이 놀란 듯,

"하."

하며 한숨을 쉬었다.

그렇게 남쪽의 파주와 북쪽의 개성은 자유롭게 오고 갈 수 있는 곳이 된 것이었다.

그로부터 세 해 뒤.

이결은 초고속 열차를 타고 개성으로 들어갔다. 서울역에서 30분만에 그는 개성에 온 셈이었다. 파주에도 이미 북한에서 온 사람들이 꽤 있었고, 개성에는 그와 함께 타고 온 관광객이 몇 백 명이나 내렸다. 두 도시는 이제 남북한의 자유 도시가 된 것이었다.

그런데 이결은 개성 송악산과 선죽교로 가는 버스를 타지 않고 몇몇 북한 사람과 함께 차를 타고 평양으로 향했다.

며칠 앞, 청와대에서 그를 불렀다.

"이 선생님, 모레 개성에 가시면 평양으로 가는 차가 있을 것입니다. 그다음부터는 거기서 다 알아서 할 것입니다."

윤 대통령의 말은, 이번에는 아예 서울과 평양을 한꺼번에 열자는 것이었다.

이결은 특사로 세 번째 평양에 들어선 것이었다.

"이번엔 뱃길과 하늘 길을 열려고 오셨습니까?"

북한 김 위원장이 반갑게 이결을 맞아주었다.

"이번에도 둘 가운데 하나입니다. 뱃길과 하늘 길을 열든, 평양과 서울을 한꺼번에 열든 이제 미국은 그 어느 하나를 받아들여야 할 것입니다."

이결이 말했다.

"그리고 이제 미국 눈치를 보는 것도 마지막일 것 같습니다."

"언제쯤이 좋겠습니까?"

김 위원장이 물었다.

"우리말에 쇠뿔도 단 김에 빼라는 말이 있습니다."

"하하하."

김 위원장이 웃으며 말했다.

"평양에서 신의주까지는 북남이 함께 철길을 놓아봅시다. 아, 동해선도 그렇게 할 수 있겠습니까?"

"남북이 함께 말입니까?"

"예."

"그건 제가 서울로 돌아가면 말씀을 드리겠습니다."

다음날 이결은 다시 개성으로 돌아와 관광객에 섞여, 초고속 열차를 타고 서울로 들어왔다.

- 끝 - 2020/7/13

그는 바뀌었는가?

열흘 만에 햇볕이 나자, 고추잠자리가 날아다니고 매미가 울어댔다.
'바쁜 게야. 새도 아니고 날개가 젖으면 날 수가 없으니까.'
그는 혼자 창밖을 보며 생각했다.
지난 한 달 장맛비로 많은 곳이 물에 잠겼다.
그런데 왜 자꾸 큰물이 진 곳만 비추고, 왜 세찬 물살에 휘말려 배가 뒤집혀 여덟 사람이나 떠내려간 이야기는 슬쩍 아무렇지도 않게 하고 치우는 것일까? 그러면 사람들이 모르고 지나고 곧 잊을 테니까? 큰비가 내려 물살에 휩쓸릴 걸 알면서도 왜 그 배는 물을 보러 나갔는지, 얼빠진 어떤 우두머리가 시켰는지 그런 것은 헤아리지 않는가!
그가 보기에 몇 달이나 이어진 코로나 독감과 이번 큰물에 모두 갈팡질팡하며 갈피를 잡지 못하고 있는 것 같았다. 그런 걸 올바르게 바로잡으라고 벼슬아치가 있는 게 아닌가? 그렇지 않다면 사람을 위해서 물러나야지.
그는 정말이지 우두머리나 벼슬아치를 믿을 수가 없었다. 그건 언제나 그랬다. 바꾸어도 그들은 똑같았다. 그렇다면 또 바꾸고, 또 바꾸어야지. 그래도 안 된다는 것은 그들이 사람을 위해 살지 않았고, 그런 생각도 하지 않고 있기 때문이다.

그가 할 수 있는 일은 무엇인가?

온 나라가 뜨거워지는 걸 막으려면 벼슬아치가 나서는 것만으로는 안 되고, 그와 같은 글쟁이가 이야기를 써서 사람들에게 알려야 한다고 다른 나라의 어느 방송에서 말했다. 그는 그걸 보며 그동안 이야기를 써서 사람들을 잘살게 할 수 있을까, 싶었는데 생각이 좀 바뀌었다.

장마는 아직 끝나지 않았고, 북한에도 큰물이 졌다.

그는 무엇을 할 수 있을까?

그렇게 끊임없이 생각해보는 것만으로 값진 것이다.

그 여섯 사람은 강물 위에 일부러 꾸며놓은 물풀이 떠내려가는 것을 막으려고 갔단다. 장맛비로 불어난 물살이 모든 걸 휩쓸고 있는데도 누가 그들을 거기로 보냈다는 말인가!

아무리 말해도 벼슬아치는 바뀌지 않았다.

부처가 온 지 2500년이 지나도 사람이 바뀌지 않았다면, 안 바뀌는 것이다.

좋은 사람, 나쁜 사람, 좋지도 나쁘지도 않는 사람이 언제나 섞여 있었던 것이다. 좋은 사람은 모질지 못하고, 나쁜 사람은 어질지 못하고, 좋지도 나쁘지도 않는 사람은 눈치만 본다.

그런데 이제 예순 해가 지난 그가 바뀌겠는가?

그의 성깔은 바뀌었는가?

그는 느긋하면서도 서두르고, 조용하면서도 시끄럽고, 밝으면서도 어두우며, 쓸쓸하면서도 번거롭게 군다. 그는 겨울을 즐기면서도 여름을 사랑하며, 가을을 타면서도 봄을 기다린다.

그는 바뀌었는가?

무엇을, 누구를 위해 그는 왜 바뀌어야 하는가?

스스로와 사람을 위해서!

그런데도 그는 줄였다고는 하지만 하루에 한 통 술을 마시며, 그다지 밖으로 나다니지도 않는다.

장마가 길어지면서 온 나라에 큰물이 졌다.

춘천 의암호에서 떠내려간 여섯 사람 가운데 숨진 한 사람은 찾았지만, 나머지는 아직 찾지도 못했다.

사람이 바뀌지 않는데, 나라는 무엇이 어떻게 바뀔 수 있을까?

바뀌지 않을 거라고?

바꿀 수 없을 거라고?

그런데도 우리는 나라를 몇 번이나 바꾸었다.

다시 바뀔 때가 온 것일까?

사람이 바뀌지 않는데, 어떻게 나라는 좀 바뀌었을까?

이런 말이 있다, 사람의 마음이 모이면 하늘의 마음이 된다고.

자, 그러면 그는 바뀌고 있는가?

그는 술은 여느 때처럼 마시고, 글 쓰고 밖으로 잘 안 가는 것은 똑같고, 봄가을이면 두세 군데 배움터에서 글을 가르치며, 텔레비전을 꿰고 산다. 그는 바뀌었는가?

한 달이면 끝나던 장마가 올해는 두 달이 되도록 그치지 않았다.

그도 해를 본 게 언제인가 싶고 짜증도 났지만 참을 수밖에 없었다.

그런데 참지 못하는 것들은 차를 몰 때도 말을 할 때도 시끄럽게 굴었다. 그런 것들은 머리도 슬기도 모자라서 제발 저 좀 봐달라고 그런 것이니, 여러분은 굳이 보지 말기를 바란다. 한자말에 이런 말이 있다. 비례물청 비례물시. 예의가 아니면 듣지도 보지도 말라!

서른, 마흔 살 때만 하더라도 그는 날이 갈수록 바뀌었다. 그러던 그가 쉰이 넘어서고부터는 그렇게 바뀐 것 같지가 않았다. 더는 새로운 것이 없어서? 새롭게 바꾸어보려고 해도 정말이지 바뀌지가 않더라고? 까닭이야 많겠지. 그래서 예순이 된 그는 바뀌고 있는가? 그는 그걸 정말 알 수가 없었다. 그러니까 부디 여러분이 이 이야기를 읽고 그가 바뀌고 있는지, 마냥 그 꼴 그대로인지 헤아리기 바란다.

장맛비는 내리고 또 내렸다.

남쪽은 불볕더위가 찾아왔지만, 북쪽은 그렇지 않았다. 그래서 그도 웃통을 벗고 이야기를 썼다. 컴퓨터가 뜨겁다고 느껴지는 그 한여름이 찾아온 것이다. 그는 간밤에 처음에는 잘 잤지만, 새벽에 깨고는 영 잠이 달아나버렸다. 아무리 뒤척여도 잠이 오지 않았다, 아무래도 속이 더부룩한 것 같기도 해서 그는 몇 번이고 이리저리 돌아눕다가 날이 밝을 즈음에 다시 잠이 들었다. 밤새 거리는 빗속에 잠겨 있었다. 요즘 그는 그런 날이 많아졌다. 예순이라는 나이 탓인지, 젊었을 때 마신 술과 피운 담배 탓인지, 그는 몸이 썩 좋다는 할 수 없었다. 그나마 그는 가을에 한 배움터에 더 나가게 되었는데, 멀어서 걱정을 했더니 아니나 다를까, 코로나 독감 탓에 거기도 집에서 가르치는 모습을 찍어서 글을 가르치게 되었다. 그러니까 무엇이든 미리 걱정을 할 것은 없다고 그는 새삼 헤아렸다.

그런 그의 모습은 지난해와 똑같으니 바뀐 게 없다.

그는 무엇을 위해, 왜 바뀌어야 하는가?

그가 너무 안달하는 게 아닐까? 어젯밤에도 그는 안절부절못했으니까!

그는 지난 서른 해 동안 글만 가르치고 이야기도 부지런히 썼다. 그런데도 무엇을 위해 왜 바뀌어야 하는 것일까?

그는 사람을 위해 글을 썼다고 했다. 그러면 왜 바뀌어야 하는가? 전철역에 쓰인 어느 스님의 말에 이런 것이 있었다.

썩지 않기 위해, 물은 흘러야 되고 사람은 바뀌어야 한다.

그는 썩고 있는가, 잠도 옳게 못 잘 만큼?

아니면, 도스토옙스키의 말처럼 훌륭한 생각을 지닌 사람에게 아픔과 괴로움은 따라오기 마련일까?

부처가 온 지 2500해가 지났는데도 사람은 바뀌지 않았다.

그래도 그는 바뀌어야 하는가?

그는 아직 날마다 맥주를 한두 통씩 마신다.

썩지 않기 위해?

도시는 빗속에 잠겨 있었다.

그는 썩고 있는가, 아닌가?

그는 아니라고 말하고 싶을 게다.

그래서 도스토옙스키를 찾아 낸지도 모르지. 도스토옙스키는 노름에 빠졌고 간질에 시달렸으니까.

도시는 지난 두 달 동안 빗속에 잠겨 있었다.

그는 이제 이야기를 재미있게 써야 한다는 것조차 잊고 있었다. 지난 두 달 동안 그는 부지런히 이야기를 쓰지 않았다. 왜? 재미가 떨어져서? 그래, 그 말도 맞다. 그가 바라는 만큼 사람도 세상도 그도 바뀌지 않았으니까. 그래서 지난 2500해 동안 세상은 늘 그 모양인지도 모른다.

그러나 지난 2000해 동안 한 번 남을 먼저 치지 않은 이 나라를 지키기 위해 일하고, 목숨을 바친 사람은 많지 않은가! 북쪽의 오랑캐도 남쪽의 왜도 다 먼저 쳐들어 왔기 때문에 우리가 참고 참다가 친 것이다. 그는 그런 나라를 사랑하는 것이다.

이제 그가 무엇을 위해, 왜 바뀌어야 하는지는 뚜렷해졌다.

그가 할 수 있는 일이라고는 이야기를 쓰는 것뿐이었다. 제 몸 하나를 위해, 잘 잠들기 위해 술을 마시지 말아야 된다고? 그래, 그 말이 맞는지도 모르지.

그러나 그 이야기를 짓는데 술술 잘 쓰인다면야 그가 왜 머뭇거렸겠는가. 이야기는 재미있게 써야 하는데, 그게 잘 안 될 때마다 그는 망설일 수밖에 없었다.

핑계? 핑계라고?

그렇게 말하기엔 그도 이제 나이가 들었고, 지쳐 있었다.

더 걷지 않고, 게을러서 그렇다고?

그가 밖에 나갈 일이 있다면, 멀리까지도 왜 일부러 걸어서 가지 않겠는가? 맨숭맨숭 나가는 것도 한두 번이지 그것도 여러 번이면 재미가 없어서 그는 집에서 자꾸 일거리를 찾았다. 글쓰기, 쓰레기 버리기, 빨래하기, 설거지하기, 집 쓸고 닦기, 일부러 전자 기기 고치는 일 따위로 그는 부지런히 움직였지만, 그게 밖에 나가 거리를 걷는 것만 하겠는가!

그러나 언젠가부터 그가 쓰는 글이나 말투를 사람들이 부쩍 따라하고 있다는 것을 알게 되었다. 그런 건 국제 통신망이나 방송에서 뚜렷이 나타났다. 그만큼 그들은 사람들이 저에게 끌리길 바라는 것이다.

그러나 제 갈 길을 가야지.

그가 가야 할 길은 이미 앞에서 말했다.

그는 그 길을 이미 서른 살 때쯤 알았지만 제대로 나아가지 못했고, 마흔 살에는 먹고 사는데 바빴으며, 쉰 살이 되고서부터 그 길을 따라 거침없이 앞으로 나아갔다. 그래서 그는 1000편이나 되는 이야기를 썼으며 보람찼다. 하지만 예순이 되고 앞에서 말했다시피 그는 멈칫거렸다. 그게 지난 몇 달 동안 그에게 이어진 셈이다.

그는 바뀌고 있는가, 썩지 않기 위해!

썩지 않기 위해, 물은 흘러야 되고 사람은 바뀌어야 한다.

'그래, 그냥 대가리 박고 생각날 때마다 이야기를 쓰는 게다, 그러다보면 다시 재미있게 이야기가 쓰일 수도 있으니까.'

그는 그렇게 생각했다.

이제 서울에도 비는 그치고 무더위가 찾아왔다.

두 달 동안 비에 잠겼던 거리에는 따가운 햇살이 비추었다. 긴 장마가 끝난 것이다. 하지만 그러는 사이에 다시 코로나 독감이 퍼져 하루에 200명도 넘게 새로 걸렸다.

그러나 그는 믿었다, 몇 번이나 그런 고비를 이겨낸 나라와 사람을. '나라가 없었을 때 우리는 어떠했는가!'

그는 힘들거나 어려울 때는, 하늘이 무너져도 솟아날 구멍은 있다, 라는 말을 떠올렸다. 그리고 그건 언제나 기가 막히게 들어맞았다. 그리고 하늘은 한 번도 무너지지 않았으며, 그는 어떻게든 어려움을 뚫고 빠져나왔다. 그게 며칠이 걸릴 때도 있었고, 몇 달이 걸릴 때도 있었고, 몇 해가 걸릴 때는 있었지만, 결코 견디지 못할 만큼 오래 걸리지는 않았다. 그가 늘 어떻게 이겨내었느냐고? 먼저 그는 가만히, 곰곰이 오랫동안 어떻게 할 것인지를 생각했다. 그러면 그건 스스로 풀릴 때가 많았다.

그러는 동안 그도 사람이 조금씩 바뀌어 갔다.

그는 여느 사람이 쓸데없이 모이는 곳에 가지 않게 되었고, 괜히 웃거나 떠들지 않았으며 홀로 조용한 길을 많이 걸었다. 그러나 그는 하늘과 바람과 나무와 더 친해졌으며, 길모퉁이에 외롭게 사는 사람들이 눈에 들어왔다. 또, 그는 살기 위해 사람이 부지런해졌고, 이야기를 더 많이 썼다.

그런데 그는 그게 예순 살이 되고 왜 멈추었느냐, 이 말이다.

긴 장마가 끝나면서 남쪽은 37도까지 올랐지만, 서울은 아직 33도였다.

지난 사흘 동안 그는 쓰레기를 버리는 나가는 것 말고는 바깥에 나가지 않았다. 그리고 그는 올해 처음으로 냉방기를 켰다.

그가 바뀌지 않는데 세상이 바뀔까?

사람이 바뀌지 않는데 세상이 바뀔까?

그런데도 그는 사람의 마음이 모이면, 하늘의 마음이 된다는 말을 믿었다.

'한 사람, 한 사람은 바뀌지 않는데 그게 모이면 하늘의 마음이 된다고?'

그는 고개를 갸우뚱하면서도 그렇게 믿었다. 우리나라도 그래서 바뀌었으니까.

그러니까 사람이 모여서 오히려 거꾸로 그 한 사람이 바뀌었지만,

그다음에 물처럼 줄곧 흐르지 않았기 때문에 사람은 바뀌지 않았던 것이다. 그러니까 그도 축구 게임도 그만하고, 술도 덜 마시고, 밖에도 더 나가고 해서 좀 더 바뀌어야 하지 않을까? 그렇지 않으면 그도 썩고 말 것이다. 할 일이 없을 때, 그는 이야기를 쓰거나 축구 게임을 했던 것이다.

'그러니까 그 가운데 하나는 하지 않는 걸로 바꾸어야 하지 않을까?'

그는 그렇게 생각하고 그때부터 그렇게 해보기로 마음먹었다.

그런데 날은 어제보다 더 무덥고, 이야기는 쓰이지 않고, 켜놓은 방송에서는 똑같은 말만 되풀이하고, 집 안에 홀로 남은 그는 다른 할 일도 없었다. 그래서 그는 축구 게임이 하고 싶어져 안달이 났지만 꾹 참고 있었다. 그가 바뀌기 위해서는, 썩지 않기 위해서는 스스로 바뀌어야 할 것 같았기 때문이었다.

그가 웃통을 벗은 채 선풍기를 틀어놓고 이야기를 쓰는 동안에도 창밖에는 매미 소리만 들리고, 고추잠자리가 날고 있었으며, 하늘은 무덥게만 보였다.

그는 바뀔 수 있을까?

두 달이나 빗속에 잠겨 있던 도시는 이제 땡볕에 이글이글 타오르고 있었다. 거리와 하늘은 바뀐 것이다. 그게 한 해가 지나서 또다시 장마가 온다고 해도 바뀌긴 바뀐 것이다.

그런데 야릇하게도 그는 슬슬 두 달이나 빗속에 잠겨 있던 거리가 그리워졌다. 그건 날이 몹시 무더워서 그렇겠지만, 사람이 어떻게 그렇게도 굳세지를 못한지 그는 스스로를 탓할 수밖에 없었다.

지난 몇 해 앞부터 눈도 부쩍 침침해져 그는 이제 돋보기를 쓰지 않으면 잔글씨는 잘 보이지도 않았다. 겨우 나이 예순에 벌써 그런가 싶어 그는 서글플 때도 있었고, 몸도 열 해 앞과는 확 달랐는데, 이것도 사람이 바뀌는 거라면 괜찮은 일일까? 컴퓨터나 손전화기를 한 달만 안 보아도 눈이 좋아진다는 걸 그는 알고 있었다.

'그래, 그렇다면 이제부터 어떻게든 손전화기와 컴퓨터를 적게 보는 것도 내가 바뀌는 것이다.'

그는 그렇게 생각한 다음부터 또 마음을 달리 먹었다.

그건 그 스스로 썩지 않기 위해 바뀌려는 뜻에서였다. 그렇다면 이야기가 떠오를 때마다 쓰던 글도, 손전화기에서 주고받는 글도 그는 어떻게든 적게 쓰도록 해야 한다. 글쟁이가 이야기 쓰는 걸 줄인다?

그러면서 그날 그가 했던 일은 텔레비전을 보다가 스르륵 낮잠이 들고 만 일이었다. 그리고 잠이 깼을 때 눈은 한결 시원해졌지만, 그는 손전화기에 뭐가 왔는지 보지 않으려다 마침내 보고야 말았다. 하지만 손전화기에 온 것은 별 것도 아니어서, 그는 얼른 꺼버렸다. 그리고 그다음 그의 머리에 떠오른 것은 축구였는데, 그는 그 대신에 컴퓨터를 열어 이야기를 쓰고 말았다.

그는 바뀌었는가?

- 끝 -   2020/8/18

황금 풍뎅이

나는 몸통에 파란 빛이 나는 풍뎅이를 살려주었다.

풍뎅이는 매끈매끈한 바닥에 뒤집혀 다시 뒤집지를 못했다.

나는 손끝으로 풍뎅이 다리를 살짝 집었는데, 그게 무는지 나는 깜짝 놀라 다른 손으로 튀겼더니 휙 날아 가버렸다.

풍뎅이가 그대로 있었더라면, 누군가의 발에 밟혔을지도 모른다.

나는 그걸 굳이 황금 풍뎅이라 하지 않겠지만, 풍뎅이의 등껍질은 누런 빛깔이 무엇 때문인지 푸르게 빛났다.

이틀 뒤, 나는 또 한 마리의 풍뎅이를 살려주었다. 그것도 마찬가지로 매끈매끈한 골마루에서 똑바로 뒤집지를 못해서 나는 이번에는 몸통을 집어서 바로 앞 나무로 던졌는데, 휙 날아갔다. 나는 그걸 굳이 황금 풍뎅이라고 하지는 않겠지만, 초록빛이 짙게 감도는 풍뎅이였다.

'어떻게 풍뎅이 두 마리가 똑같이 뒤집혀 있었을까?'

나는 곰곰이 생각해보았다.

아마 풍뎅이가 긴 골마루에 갇혀 못 나갔거나, 어디서 날아오르다가 창문에 비친 나무로 뛰어들었을 것 같았다. 그러고 보면 지난해에도 한 마리쯤, 저지난해에도 한 마리를 풍뎅이를 나는 살려준 것 같았다. 그게 사슴벌레나 장수 하늘소였다면 더 좋았겠지만, 그런 풍뎅이(황금 풍뎅이)도 오랜만에 보는 것이었다.

그런데 한 이틀 난 몸이 안 좋았다.

비딱하게 오래 베개에 기대앉아 있어서 그런지, 등뼈와 목뼈가 아프면서 속까지 메슥거리고 머리도 어지러웠다. 컴퓨터를 보며 이야기를 쓰고, 축구 게임을 너무 많이 해서 그런 것 같기도 했다. 그래서 아파 누워 있는 동안에 괴로움을 잊기 위해서 황금 풍뎅이 이야기를 어떻게 쓸까, 생각해보았지만 이야기가 좀처럼 떠오르지 않았다. 그리고 또 밤새 비가 거칠게 내렸다. 난 그 비와 구름과 불빛과 새벽을 몇 번이나 빤히 바라보았다. 그러는 사이에 난 잠이 들었고, 다시 새벽에 깼다가 아침에 잠이 들었다.

그 다음 날부터 난 다시 몸이 괜찮아졌지만, 황금 풍뎅이 이야기를 쓸 생각은 아직 들지 않았다.

세상은 점점 더 꼬이고 꼬여만 갔다. 장맛비가 두 달이나 쏟아졌고, 코로나19에 걸린 사람은 하루에 300명씩 늘어났으며, 본디 갈피를 잡지 못하던 사람들은 더 힘들어졌다.

"누워 있지 마세요."

의사가 말했다.

"속이 안 좋을 때 누워 있으면 더 어지러워요. 바로 앉아서 텔레비전이나 보세요."

내가 속에 메스꺼워 어지러운지, 어지러워 속이 메스꺼운지 모르겠다고 하자 의사가 내게 한 말이었다. 난 약을 타고 그 의사가 시킨 대로 했더니 몸이 괜찮아졌다. 난 거의 눕다시피 해서 텔레비전을 보고, 축구 게임을 했는데, 그게 지나쳤던 것 같았다.

날은 더 무더워지고 코로나19에 새로 걸리는 사람이 날마다 300명이나 나와 온 나라가 두려워하며 날카롭게 곤두서 있었다. 나도 우리나라에서 하루에 서른 명이 걸릴 때는 괜찮았는데, 이제는 걱정이 되었다.

'제발 좀 줄어들어야지.'

난 그렇게 되기를 빌었다.

황금 풍뎅이는 어디로 갔을까?

난 그날부터 이레가 지나도록 매미는 보았지만 풍뎅이는 보지 못했다.

8월 스무엿새 날도 매미는 울어댔지만, 나는 풍뎅이를 보지 못했다. 남쪽에서 싹쓸바람이 제주도 쪽으로 올라오고 있었지만 서울은 아직 무더웠다.

새벽 4시, 싹쓸바람이 서울을 지나간다고 걱정했지만, 창문 앞 목련 나무만 많이 흔들릴 뿐이었다. 그래도 윙윙 세차게 불 때는 걱정이 되어 나는 창문을 한두 번 닫곤 했다. 야릇한 건 그렇게 바람이 부는데도 덥다는 것이었다.

다음 날, 또 기상청이 그렇게 세지도 않는 싹쓸바람을 잘못 이야기했다는 말이 방송에서 나왔다. 나는 처음부터 기상청을 믿지 않았지만, 그렇게 자주 틀리는 거기에는 뭔가 새로운 길을 찾으려는 사람이 적을 것이라는 생각이 들었다.

몇 달째, 나는 머리카락을 깎지 않아 더벅머리가 되었다. 저지난해 샀던 머리카락 깎는 기계로 내가 한두 번은 깎았지만 자꾸 덥수룩해졌다. 오늘처럼 비가 내리는 날에는 머리를 감지 않는 게 좋았다.

싹쓸바람이 지나간 한강의 하늘이 조금씩 개고 있었다.

나는 거기를 아내와 함께 걸었다. 동호대교에서 중랑천을 지나 성수대교까지 우산과 물통을 들고 걸어갔다. 중랑천 아래에서는 내 팔뚝보다 굵은 물고기들이 펄떡펄떡 보를 뛰어 넘었다. 매미 소리가 들리는 나무엔 지난달 큰물이 진 자국이 남아 있었고, 잠자리는 보이지 않았다.

황금 풍뎅이는 어디로 갔을까?

아니, 황금 풍뎅이는 있기는 있는 것일까?

나는 지난밤에도 잠이 안 와 황금 풍뎅이를 떠올렸지만, 이야기가 이어지지 않고 자꾸 끊겼다.

'그렇다면 굳이 그 이야기를 쓸 까닭은 없는 것이다.'

나는 그렇게 생각했다.

내가 다음에 풍뎅이를 만난다면 난 또 살려줄 테지만, 그것도 가을이 지나면 어려울 것이다. 그때까지 나나 풍뎅이나 무얼 해야 된다는 생각은, 느긋하지 못하기 때문일까? 나는 꽤 느긋하다고 생각했는데, 지난 몇 해는 영 그렇지도 않았다. 무엇 때문에, 왜?

'그래, 생각도 마음도 좀 내려놓고 보자.'

난 이야기에서 멀어졌다.

남태평양 쪽에서 올라온 싹쓸바람이 지나가자, 다시 날이 무더워지고 있었다.

그로부터 닷새 동안 난 풍뎅이를 보지 못했다. 8월도 막바지에 이르렀고, 비는 다시 내렸다. 난 그동안 가르치는 글을 집에서 손전화기로 찍어 배우는 이들이 볼 수 있도록 통신망에 올려놓았다.

풍뎅이는 풍뎅이가 할 일을 하고 있을 것이다.

나는 내가 할 일을 하고 있으면 된다.

'그러나 뒤집힌 풍뎅이는 누가 살려 줄까?'

풍뎅이나 나나 산다면 살 일이고, 할 일을 하면 된다.

그런데 뒤집지 못하는 풍뎅이를 일부러 밟아 버리는 것들은 어떤 놈일까?

그거 하나 내버려두지 못하는, 틀림없이 좀스러운 놈일 것이다.

본디 사람이 모이는 곳에 잘 가지 않는 나는 코로나19 탓을 하지 않았지만, 좀 답답하게 느껴지기는 했다. 그게 올해 1월부터니까 벌써 여덟 달이 다 되었다. 다른 나라는 하루에 3000명씩 코로나19에 걸렸지만, 우리나라는 좀 많아진 게 300명이었다. 그래서 그런지 모두 더 입을 가리고, 짜증스럽게 서로를 바라보고 있었다. 나는 코로나19가 올해 안으로 제발 사라지기를 바라고 또 바랐다.

마흔 살 때부터 난 이미 나대로 살기로 했지만, 그건 예순 살이 된 요즘도 마찬가지다. 난 그래서 더 나아진 게 많다고 생각한다.

 오늘 낮 다섯 시가 지나 우리 배움터에 글을 가르치러 오라고 할지, 말라고 할지 알려드리겠습니다.

 나는 이미 다 끝난 줄 알았는데, 어딘지도 모르는 곳에서 그런 비슷한 글이 날아 왔다.

 나는 손전화기를 아래로 내리고 위로 올려다 본 끝에, 그게 한 이레 앞쯤에 내가 글을 가르치러 가겠다고 컴퓨터에 써넣은 배움터라는 걸 알았다. 난 이번 일이 잘 풀려 몇 십 만 원이라도 더 벌기를 바랐다.
 그리고 나는 이제 마지막으로 나온 듯한 멀고 먼 어느 배움터에도, 글을 가르치러 가면 아니 되겠느냐고 적어서, 전자우편에 덧붙여 보냈다.
 나는 그 두 군데 가운데 어느 한 곳은 잘 되리라 굳게 믿었다. 따지고 보면 난 지난 서른 해를 그렇게 살아온 셈이었다. 그래서 늘 그런 일을 대충대충, 빨리빨리 해놓고는 쓰고 싶은 이야기나 쓰곤 했던 것이다.
 그게 풍뎅이와 이어지는 이야기가 있을까, 싶지만은 야릇하게도 전혀 동떨어진 것은 아니다. 난 풍뎅이를 살려 주었고, 풍뎅이는 훨훨 날아갔으며 둘 다 잘 살아 있다고 믿는 것이다.
 날은 개고 싹쓸바람은 다시 올라오고, 가을은 그 뒤에 어디쯤에서 서성거리고 있었다. 가을이 지나면 난 풍뎅이를 볼 수 없을 것이다. 굳이 황금 풍뎅이가 좋은 운을 가져다 줄 거라고 믿는 게 낫지 않을까?
 그날 다섯 시가 넘어 알려 준다던 배움터에서는 마침내 나를 오라고 하지 않았지만, 아직 한 곳은 남아 있었다. 올해는 코로나19 탓에 거의 모든 배움터가 영상으로 글을 가르치게 되었다.

 아침에 나가보니 싹쓸바람이 지나간 간밤에 잔가지가 차 위에 떨어져 있었다.

 난 그 가운데서도 조금 굵은 가지 몇 개만 손으로 집어서 풀숲에 던졌다.

 하지만 남태평양 쪽에는 또 하나의 싹쓸바람이 올라오고 있었다. 그것도 며칠 뒤 우리나라 동해 쪽으로 올라올 모양이었다. 올해는 참 장맛비도 많이 내렸고, 싹쓸바람도 바로 우리나라 쪽으로 올라왔다.

 어제부터는 바람도 차서 나는 긴 바지를 찾아 입었지만, 가만히 있으면 발꿈치가 시렸다. 이대로 가을이 올 것 같지는 않았지만 이미 9월이었다.

 지난여름 난 무엇을 했을까?

 두 편의 이야기를 썼고, 풍뎅이 두 마리를 살려주었다.

 그렇게 여름이 간 것은 아니겠지만, 아직 가을이 온 것도 아니었다.

 "살고 있는 데를 안 적었네요."

 그 멀고 먼 배움터에서 전화가 왔다.

 "네?"

 "불러 주세요, 내가 적을 테니까."

 저쪽의 아낙은 일부러 퉁명스럽게 말하는 것 같았다.

 난 또박또박 내가 살고 있는 데를 말해 주었다.

 '거기에서 날 부른다는 말일까, 아닐까?'

 나는 고개를 갸우뚱하며 헤아려 보았다.

 '일은 잘 될 거야.'

 나는 그쯤 생각해 두기로 했다.

 이제 밤에는 쌀쌀해서 난 이불을 끌어다 덮곤 했다. 그리고 집 안에서 반바지를 입고 있으면 방바닥이 차갑게 느껴졌다.

 어느 쪽이든 좀 들떠 있지 않으면 이야기를 쓸 수 없다.

다음 날, 또 그 멀고 먼 배움터에서 전자우편이 왔다.

우리 배움터에서 가르치게 되어 기쁩니다.
몇 가지를 갖추어서 내어 주세요.

나는 서둘러 이리저리 갖출 것 갖추어서 전자우편에 덧붙여 보냈지만, 다 보낸 것은 아니었다. 며칠 뒤까지 그 일을 해야 할 것 같아서 마음이 좀 무거웠지만, 어떻게든 풀릴 것이라고 생각했다. 또 막힌다면, 그거야 어찌 할 수 없는 일이니까. 난 그런 일을 지난 서른 해 동안 되풀이했다. 그래도 잘 살아 있는 걸 보면, 난 그런 대로 잘 버틴 것이다.
'이렇게 되든, 저렇게 되든 막힌 것은 어떻게든 풀린다.'
난 이미 그런 일을 많이 겪어 보았다.
그 일이 잘 되면 좋은 거고, 잘 되지 않았다면 또 다음에 잘 하면 된다.

하늘이 무너져도 솟아날 구멍은 있다.

나는 힘들 때 그 말만 떠올렸다.
날은 하루하루 가을로 들어서고 있었다.
그 뒤로 난 풍뎅이를 보지 못했다.
어젯밤부터 또 새로운 싹쓸바람이 우리나라에 몰려오고 있었다. 남쪽으로는 거센 비바람이 몰아쳤지만, 서울은 견딜 만했다. 나도 창문을 거의 다 닫았지만, 조금 열어둔 틈으로 빗물이 들어왔다. 창밖 목련이 비바람에 휘청거리곤 했다.
나는 올해 다시 풍뎅이를 볼 수 있을까?
난 올해 안으로 황금 풍뎅이를 다시 볼 수 있을까?
싹쓸바람이 몰아치는데도 나에게 배우는 이들이 아침부터 영상 강의를 보고 있었다.

나는 무엇을 해야 되는가?

내가 할 일은 무엇인가?

글을 쓰고 가르치는 것.

난 그것만이 또렷하게 떠올랐다.

싹쓸바람이 제주도를 치나 부산을 때리고 있었다.

그 비가 내 마음을 때리고 있었지만, 어떻게든 이겨내기를 바랄 뿐이었다.

비가 그치면 파란 하늘이 드러날 것이다.

그나마 내가 그 먼 배움터에서 글을 가르칠 수 있게 된 것은 풍뎅이 탓이 아닐까? 그 풍뎅이가 거기까지 날아갔을지도 모른다. 어쨌든 난 모든 것에 고마워해야 한다. 복은 지어야 하는 것이다. 짓지도 않은 복을 어떻게 받겠는가, 라는 말도 있지 않은가.

가을은 성큼 다가왔으며, 날은 맑았다.

이제 나는 풍뎅이를 볼 수 없겠다는 생각도 들었다.

'그러나 그건 모르지. 아직 겨울이 온 것도 아니니까.'

난 그쯤 생각해두기로 했다.

나는 거의 이틀에 한 번씩 집에서 글을 가르치는 모습을 찍어 통신망에 올려놓곤 했다. 그래서 좀 바빴고 힘도 들었지만, 그게 내가 할 수 있는 일이었다. 코로나19에 걸린 사람은 조금 줄어들어 하루에 150명쯤 되었다. 그래서 그런지 한강 쪽에 나가보면 거니는 사람이 많았다. 밤 아홉 시면 많은 가게가 문을 닫았고, 거리에는 사람이 잘 다니지 않았다.

하지만 따지고 보면 여느 때도 거리에 사람이 많이 나다닌 것은 아니었다. 늘 나만 멀리까지 일부러 걸어가는 것 같았고, 1000만 명이나 되는 서울 사람은 정말 다 어디에 파묻혀 있는 것인지 알 수가 없었다. 집이나 일터에 많이 있겠지만, 사람이 걷도록 되어 있는 동네 갓길이 붐비는 일은 한 번도 없었고, 또 나는 사람들이 많이 가는 곳을 늘 잘 가지 않았기 때문에, 밖에 나갈 때는 늘 입 가리개를 한다든지, 집에서 글을 가르치게 된 것만 달라진 셈이었다.

가을은 왔고, 풍뎅이는 보이지 않았고, 난 이제 이 이야기를 끝낼 때가 되었다. 나는 그 풍뎅이 두 마리를 굳이 황금 풍뎅이라고 하지 않겠다고 해놓고도 자꾸 그렇게 말했다. 그건 아마 내 꿈을 이어가기 위한 길인지도 모른다. 예순 살이 된 나이에도 꿈을 좇는다는 것은 훌륭한 일이니까. 그게 무엇인지는 이 이야기에서 이미 다 말한 것 같다.

그걸 알 수 없다는 사람은 꿈이 없는 사람일 테고, 알 만하다는 사람은 아직 꿈이 있는 사람일 게다.

난 아직 그 풍뎅이를 한 번 더 만나고 싶다.

비록 황금 풍뎅이가 아니라고 해도, 한 번 더 보고 싶다.

- 끝 -   2020/9/11

대왕암

성냥갑처럼 쌓아 올린 집이 서울에 빽빽하다.

그러나 그는 그 위에도 하얀 구름이 내려앉은 것을 보았으며, 또 그 위에는 파란 하늘이 펼쳐져 있는 것을 바라보았다. 하지만 며칠 뒤에는 잿빛 구름이 깔려 있었으며 그가 느끼기에 무척 조용해 보였다.

올해 여름은 덥지도 않았고, 코로나19의 찬비만 내렸다.

그는 왜 대왕암을 찾아 갔을까?

문무대왕이 경주 감포 앞바다에 있는 곳 말이다!

문무대왕(626년-681년)은 죽어서도 바다를 지키겠다고 대왕암에 묻혔으며, 그날부터 왜구는 동해를 넘보지 못했다. 세종대왕 때 이종무는 왜구가 들끓던 대마도를 정벌했으며, 이순신은 바다를 지켰고, 독도수비대는 섬을 지켜냈다.

그는 왜 대왕암으로 갔을까?

그는 경주 탈해왕, 신문왕, 선덕여왕의 무덤을 그냥 지나치고 왜 대왕암으로 갔을까?

그건 그가 경주에 이르렀을 때는 벌써 낮 3시였고, 어디에 가서 그의 이름을 써야 했던 일을 한 다음에 머릿속에 떠오른 것이 대왕암이었다.

그리고 그가 마침내 바닷가에 이르러 대왕암을 보았을 때, 아아, 가슴에 북받치던 그 벅찬 느낌이란! 그는 바다의 용이 되어 나라를 지키겠다던 문무대왕의 모습이 마치 보이는 듯했다. 그는 틀림없이 문무대왕의 넋이 살아 있다고 느꼈다.

바닷가에서도 보이는 셋으로 갈라진 작은 바위섬 한가운데 문무대왕의 돌무덤이 있었다. 거기에도 파도가 치고 있었으나 바로 바닷가 앞처럼 거세지는 않았다. 모래톱에는 1미터도 넘는 물결이 밀려오고 있었다.

5시.

이제 그는 서울로 돌아가야 했다.

문무대왕의 아버지는 무열왕 김춘추고, 어머니는 문명황후인 김유신의 누이 김문희다.

'아무래도 서울까지는 네댓 시간이 걸릴 것 같았다.'

해는 저물고 갈 길은 그에게 멀게만 느껴졌다.

660년 마침내 신라가 백제를, 668년에는 고구려를 물리치고 한 나라를 이루었을 때부터, 당 나라는 우리 땅을 다 차지하려고 들었다. 그래서 문무대왕은 여덟 해나 싸운 끝에 676년 당 나라마저 이 땅에서 몰아냈다.

681년 문무대왕이 돌아가자 그의 아들 신문왕은 감은사를 세워 그 아비의 얼을 이어갔는데, 그때 문무대왕은 바다의 용이 되어 대왕암에서 그 절 바로 아래에 뚫려 있는 바위까지 오고갔다고 한다.

그가 차를 몰아 포항, 상주, 충주를 지나 서울에 이른 것은 그날 밤 10시였다. 그는 몹시 지쳐 있었지만, 대왕암을 본 것은 정말 잘한 일이었다.

그가 해야 될 일이 있어 경주에 갔다가, 그날 4시쯤 문뜩 대왕암이 떠오른 것이다. 그것도 따지고 보면 갑자기 떠오른 것이 아니라 며칠 앞에 방송에서 대왕암이 나왔기 때문이었다.

문무대왕은 세상을 바꾸었다.

그는 남북으로 갈라진 나라가 하나가 되기를 바라는, 예순이 넘은 이름도 알려지지 않은 글쟁이에 지나지 않는다. 그가 남과 북을 한 나라로 만들 수 있을까?

"그건 어렵겠군요."

"헛소리입니다."

"그래도 아직 꿈은 있네요."

여러분은 그렇게 말할 것이다.

그는 모든 나라가 사람을 위해서 살기를 바랄 뿐이다. 그는 그런 꿈을 좇는 것이다. 그러니까, 아직 꿈은 있네요, 하고 말한 사람은 그를 바로 본 것이다. 그는 이야기를 써서 그 꿈을 좇을 뿐이다. 그건 이름도 알려지지 않은 예순이 넘은 글쟁이라고 해도 할 수 있는 일이 아닐까?

세상은 바꾸어도 사람이 바뀔 수 있을까?

사람이 얼마 동안은 눈을 감고 입을 다물고 있을 수는 있지만, 그 사람의 마음마저 바꿀 수가 있을까?

바뀌는 사람도 있겠지만, 안 바뀌는 사람도 있을 것이다.

"김 법민 님입니까?"

"네,"

그가 말했다.

"네, 여기 경주 출입소인데요, 통행료가 안 찍혀서요."

"네? 그게 무슨 소립니까? 틀림없이 통행권이 잘 나왔다고 했는데?"

"아, 그게 말이죠, 저희도 좀 야릇합니다만, 가지고 계신 무정차 신용카드가 날짜가 지났거나."

저쪽도 말을 얼버무렸다.

"지난 번 동해 쪽으로 가신 것도 찍히지 않았습니다."

그때서야 그는 며칠 앞에 손전화기에 찍힌 글이 떠올랐다. 거기에도 돈을 내지 않았다고 되어 있었지만, 그는 무정차 신용카드의 날짜가 아직 많이 남아 있을 것이라고 생각했고, 또 요즘엔 돈을 훑는 글도 많아 그냥 그대로 믿을 수도 없었다.

"아까 경주 쪽 출입소 길을 지나긴 지났습니다."

그가 그렇게 말하자, 저쪽의 아낙이 웃으며,

"네, 그래서요, 저희가 돈을 낼 곳을 손전화기에 찍어드릴 테니 내주세요."

하고 말했다.

요사이 사람은 왜 그렇게 찍는 걸 좋아하는지 모르겠다는 생각이 들었지만, 그는,

"아니, 차를 몰고 출입소 아래를 지나갈 때마다 모두 다 잘 찍혔다고 했는데, 거기 기계가 뭐 잘못된 거 아닙니까? 어쨌든, 보내긴 보내보세요"

그는 그렇게 말하고는 손전화기를 끊었다. 그는 서울까지 차를 몰아야 하는데다 짜증이 나서 더는 이야기할 수도 없었다.

그런데 그가 틀림없이 경주로 드나드는 무정차 길을 지날 때는,

"통행권이 정상 발급 되었습니다."

라고 했는데도 어떻게 통행료는 안 나왔을까?

그렇지만 그가 서울로 들어서서, 마지막 무정차 길을 빠져나올 때는,

"통행료 30000원이 결제 되었습니다."

라는 말이 나왔다.

그가 고속도로로 차를 몰아 경주에서 서울로 왔는데 30000원이 나왔다면, 무정차 신용카드는 괜찮은 것이다. 하지만 그가 경주로 들어설 때부터 뭔가 야릇했다. 그가 경주에서 고속도로를 잘못 들어 대왕암이 있던 감포에서 포항까지 몇 번이나 헤맬 때 고속도로 통행권은 제대로 나왔는데도 출입소를 빠져나오면 0원이었다, 무정차 신용카드가 잘못 되었거나, 카메라가 그나 그의 차를 알아보지 못한 것이다.

그래서 그는 다음날 무정차 신용카드를 차에서 빼보았다. 하지만 거기에 적힌 날짜는 아직 몇 달 동안은 더 쓸 수 있도록 되어 있었다. 그래서 그는 그 카드를 들고 동네 은행에 갔다.

"이 카드가 다른 곳에 가면 잘 안 됩니까? 여태껏 그런 적은 없었는데 지난번 동해 바다 쪽에 갔을 때와 이번에 경주에 갔을 때는 0원이 나왔다고 출입소에서 전화가 와서 말입니다."

그가 그렇게 말하자, 은행원은 그의 카드를 이리저리 보며 컴퓨터를 치더니,

"카드는 괜찮습니다. 12월까지는 쓸 수 있습니다."

하고 말했다.

"그러면 왜 통행료가 0원이 나왔다며 사람 귀찮게 하는 겁니까?'

그가 좀 짜증이 나서 말하자, 은행원은 새침하게,

"그건 저희도 모르겠습니다. 카드사에 한 번 물어보세요."

하고 말할 뿐이었다.

제기랄!

그는 은행을 나오며 얼굴을 찌푸렸다.

'동해나 경주 쪽에서 통행료 0원이 나왔다?'

그는 고개를 갸우뚱거리다 그 두 곳이 이어지는 것이 있다면, 그건 바다뿐이라는 생각이 들었다.

동해 바다와 그의 이름 김 법민.

여러분은 여기에서 뭔가 떠오르는 것이 없는가?

바다의 용이 되어 나라를 지키겠다던 문무대왕의 이름이 바로 김 법민이다.

그 다음 날 은행에서 그가 동해와 경주에 갔을 때 통행료가 나오지 않았다는 것을 알게 된 김 법민은 손전화기로 50000만 원을 전화가 왔던 경주 출입소로 보냈다. 좀 울며 겨자 먹기 같았지만, 그도 어쩔 수가 없었다. 왜냐하면 그의 아내가,

"이녁, 그런 돈 안 넣으면 괜히 큰일 난다."

하고 넌지시 큰소리로 그에게 말했기 때문이었다.

며칠 뒤, 그는 심심해서 그의 아내와 속초를 갔는데, 아니, 글쎄, 이번에도,

"통행료 0원이 결제 되었습니다."

라는 소리가 그의 차 안에서 났다.

틀림없이 그가 아침에 서울에서 고속도로 무정차 길에 들어섰을 때는,

"통행권이 정상적으로 발급 되었습니다."

라고 말했는데도 말이다.

그리고 그가 속초에서 서울로 돌아올 때는,

"통행권이 정상 발급 되지 않았습니다."

라는 소리가 나오더니 얼씨구, 서울 쪽에서는,

"통행료 20000원이 결제 되었습니다."

라고 말했다.

그러니까 그가 동해 바다 쪽으로만(경주, 속초) 가면, 무언가 그에게 돈을 받지 않으려고 한다는 것이다. 하기야 따지고 보면 임금에게 어떻게 돈을 받겠는가!

문무대왕은 세상을 바꾸었지만, 김 법민은 사람을 바꾸어보려고 하는 것이다.

그는 통행료가 나왔다 안 나왔다 한다고 짜증을 내지만, 동해 바다에서는 그를 용으로 생각하고 있다는 것이다. 왜? 그는 김 법민이고, 남북으로 갈라진 나라를 하나로 만들고, 그다음은 사람마저 바꾸어보겠다고 했으니까.

북한은 두 달 앞에 개성에 있던 그 큰 남북 연락 사무소를 폭파했고, 며칠 앞에는 서해에서 이틀 동안이나 바다에 빠져 있던 남한 사람을 건져주기는커녕 총으로 쏘아 죽였다. 그런 남북한을 그가 어떻게 한 나라로 만들겠다는 말인가! 그는 지난 서른 해 동안 남북이 하나로 이어지는 이야기를 많이 썼다. 그렇지만 북한은 미국에게만

매달리고 있고, 미국은 남북한을 저울질하며 힘을 써서(무기를 팔거나) 돈 벌 생각만 한다.

하지만 그가 생각하기로는 북한이 믿을 곳은 남한뿐이다.

예순이 넘은 글쟁이가 홀로 창을 들고 북한으로 쳐들어 갈 수는 없지만, 펜은 칼보다 강하는 말이 있지 않은가? 그렇다면 그가 할 일은 또렷한 것이다. 거기에 사람까지 바꾸겠다고? 그 스스로도 바꾸지 못하면서? 그는 그가 지난 스무 해 동안 많이 바뀌었다는 이야기를 쓴 적이 있다.

'누구를 위해서 무엇 때문에 왜 우리는 바뀌어야 하는가? 사람을 위해서다.'

그는 지난 스무 해 동안 그렇게 생각하고, 그 스스로를 바꾸고 있었던 것이다.

북한에도 사람이 살고 있다.

이제 가을바람도 불고 벌써 10월로 접어들고 있었다.

그는 그동안 집에서 글을 가르치는 것을 찍어 통신망에 올리느라고 동해 쪽으로는 가지 못했다. 코로나19에 걸리는 사람은 하루에 50명으로 줄어들었지만, 배움터는 아직 문을 닫았기 때문이었다.

그는 전철역에서 어느 스님이 쓴 글을 읽은 적이 있다.

썩지 않기 위해,
물은 흘러야 되고
사람은 바뀌어야 한다.

그는 사람을 바꿀 수 있을까?

그는 그 스스로는 바뀌고 있다고 했다.

여러분의 말처럼 헛소리고 헛꿈인지도 모르지만, 아닐 수도 있는 것이다.

왜냐고?

그는 김 법민이니까.

그가 차를 몰고 동해 바다 쪽으로만 가면, 차마 그에게 돈을 받지 못했으니까, 그도 세상을 바꾼 용이 될지도 모르니까. 나라님이 나라와 사람을 잘 다스리면, 사람은 바뀔 수가 있는 것이다.

그런데 그런 나라님이 줄곧 내내 이어질 수는 없었다.

그런데도 그는 사람을 바꿀 수가 있을까?

지구가 뜨거워지는 걸 막으려면 벼슬아치만으로는 안 되고, 글쟁이가 있어야 한다.

그는 방송에서 다른 나라 사람이 하는 말을 들었다.

그도 글을 읽으며 사람이 바뀌었듯이, 글을 써서 사람을 바꿀 수 있는 것이다.

그렇지만 얼마나 많은 사람이, 얼마나 빨리 바뀔 수가 있겠는가?

지난 2500해 동안 어두운 길을 밝힌 부처도 아직 다 해내지 못한 일이다. 모든 사람을 괴로움에서 건져준다는 미륵불이 오려면 아직 56억 해를 더 기다려야 한다. 지구의 나이가 45억 살인데 이건 너무 지루하지 않은가?

또, 미륵불이 모든 사람을 괴로움에서 벗어나게 해준다는 것과 사람이 바뀐다는 것은 좀 다른 이야기다. 그렇다면 동해나 경주 쪽으로만 가면 돈을 받지 않는 용의 힘이 뻗치고 있다고밖에 볼 수 없는 그에게 우리는 무언가를 바랄 수 있지 않을까?

그런데 그는 아직 이름도 알려지지 않아서, 이야기책도 거의 팔리지 않는 글쟁이일 뿐이다. 그런 그가 어떻게 사람을 바꿀 수가 있을까?

다음은 그가 그럴 수도 있겠다는, 용의 힘이 그에게 미치고 있을 것 같은 이야기다.

"그가 경주에는 혼자 갔나요?"

"아닙니다, 그의 아내와 함께 갔습니다."

"아까 그가 차를 몰고 지나갈 때 돈을 안 내도 된다고 했는데, 그렇다면 다섯 시간이 걸려 간 경주에서 뭐라고 먹을 테고, 그때도 거기서 돈을 안 받았습니까?"

"그의 아내가 싸온 도시락을 먹었다고 합니다."

"아휴, 알뜰하네요. 그거 말고 그에게 뭐 바뀐 게 없습니까?"

"있습니다. 야릇하게도 지난달 그가 서울로 돌아와 은행에 가서 통행료 50000원을 내고난 그 다음 날부터는, 그가 동해 바다 쪽이나 경주로 차를 몰고 갈 때나 올 때는 통행권과 돈이 전혀 나오지가 않더라는 것입니다."

"네? 그럴 리가요? 그래서 그가 어떻게 했습니까?"

"네, 그래서 그도 그게 야릇하고 뭔가 꺼림칙해서 그때 그 경주 출입소에 전화를 해보니, 그쪽에서, 김 법민 님은 요즘에 동해나 경주 쪽으로 오신 적이 없는데요, 라고 했답니다."

"네? 그 참 야릇하군요. 그가 틀림없이 갔는데도 온 적이 없다고 했다는 말입니까?"

"네, 그렇습니다. 그건 아무래도 그가 동해 바다 쪽으로 갈 때는 용이 그를 실어 날랐다고밖에 할 수 없을 것입니다."

- 끝 -   2020/10/1

종종걸음

그 짧은 사이에 하늘이 개고 있었다.

아직 물빛 구름이 많았지만, 새벽보다 푸른 하늘이 드러났다.

이제 더 흐릴지 맑아질지는 기다려보면 된다.

아침이 지나며 하늘은 점점 더 맑아졌다.

비는 오지 않을 것 같았다.

그가 그날 한 일이라고는 설거지를 하고 집 안을 쓸고 닦고 쓰레기를 버리고 빨래를 하고 글을 쓰고 가르친 것이었다. 따지고 보면 그는 그런 일을 거의 날마다 되풀이하고 있었는데, 그건 벌써 스무 해는 된 일이었다.

그런데 그가 사내라 그런지, 설거지를 하고 쓰레기를 버리고 빨래를 한 것은 티가 안 났지만, 글을 쓰고 가르친 것은 해가 지날수록 나아지는 게 티가 났다. 그는 올해 예순 살이지만, 서른 살에 짝을 짓기까지는 그렇지가 않았다. 글은 조금씩 썼지만, 그는 그렇게 부지런하지가 않았다는 말이다. 하지만, 그가 마흔이 될 때까지는 글을 가르치러 많이 돌아다녔기 때문에 그랬을 수도 있다.

그는 지난해까지도 한두 군데 글을 가르치러 다녔지만, 올해는 코로나19 탓에 집에서 손전화기로 찍어 통신망에 올려놓곤 했다.

그런데 그가 그걸 이레에 네댓 번은 찍어야 한다. 그건 그가 가르치는 곳이 한 군데 더 늘어났기 때문이었다. 그래서 그는 목, 금, 토, 일요일만 되면 그의 방에서 그걸 찍느라고 모두 조용히 하라고 해놓고는 방문을 닫고 불을 켜고 작은 의자 위에 얹어놓은 손전화기로 찍었다. 가로가 2미터도 넘는 칠판은 벌써 몇 해 앞에 그의 아들이 산 것이었다. 그것도 전혀 쓰지를 않던 아들이,

"이거 그만 버립시다."

하고 말하던 것을, 그가 억지로 말려서 올해 겨우 쓸 수 있게 된 것이었다.

그게 없었다면 그는 글을 가르치지 못했을 만큼, 칠판은 컸다. 분필 가루가 책상과 컴퓨터 위에 떨어지고 그가 재채기를 쏟아내서 그렇지 딴 것은 다 괜찮았다. 분필은 하도 쓰다보니까 다 조각이 났지만, 그는 사는 게 귀찮아서 다 닳아 없어질 때까지는 쓰려고 한다.

그렇게 쫓기듯 부지런을 떨고 나면 이레가 다 지나간다.

빨리빨리 그때그때 생각날 때 일을 해치우지 않으면, 그는 글을 쓸 수도 가르칠 수도 없었다. 지난해까지 글을 가르치는 건 그렇지는 않았는데, 코로나19 탓에 집에서 손전화기로 찍는 바람에 달라진 것이다. 어쨌든 그렇게 하고 나면 한 사흘은 쉽게 지나갔다. 아니, 밋밋하게 지나간다고 해야 할까?

칠판 아래 바닥과 컴퓨터 위에는 또 새하얀 분필 가루가 얹혔다.

그는 그걸 가끔 닦아냈지만 분필 가루는 늘 떨어져 있었다. 왜냐하면 칠판에는 거의 이틀에 한 번 새로운 글이 쓰여 있었기 때문이었다.

현실적이고 새로운 선택들을 찾아낼 혜안과 능력.

이번에는 그런 글이 칠판에 쓰여 있었다.

새로운 길을 찾아낼 슬기와 힘.

그는 일부러 그걸 우리말로 바꾸어 생각해보았다.
그 글의 글제는, 어떻게 한 나라와 사람이 일어설 것인가, 이었다.
그건 자꾸 무얼 가지려고 하지 않는 것이라고 그 책에는 쓰여 있었
다. 힘이든 자리든 돈이든 말이다.
여러분이 믿든 안 믿든 그도 그러려고 지난 서른 해 동안 애를 쓴
사람이다. 그래서 그가 어떻게 되었는지 여러분은 몹시 알고 싶을
것이다. 그는 아직도 배움터를 떠돌며 글을 가르치고, 이야기를 쓰는
사람이다. 그게 올해는 코로나19 탓에 안 떠돌며 집에서 가르치게
된 게 달라졌을 뿐이다. 그렇다고 우리는 그를 쓸모없는 사람이라고
할 수 있을까?
그는 이야기만 쓰는 게 아니라, 왜놈들이 100만 톤이나 되는 방사
능 물을 바다에 모두 쏟아버리면 물고기가 사라질 것이라는 글 따위
를 써서 통신망에 올리곤 했다.

그대를 밀어줄 세 사람을 쓰시오.

글을 가르치는 사람을 뽑는 데 그렇게 쓰여 있었다.
그는 거기에서 막혔다.
쉰 살 때도 그는 세 사람을 쓸 수가 없어서 그의 아내와 아들딸의
이름을 써넣곤 했다. 요즘도 그는,
"본디 사람을 만나지 않으니 누가 나를 밀어줄 수가 있겠으며, 또
예순이 된 사람을 누가 누구를 밀어준다는 말인가?"
하고 말하고 싶지만, 그런 데는 그의 아내나 아들딸 이름을 그들에
게 묻지도 않고 써넣는다.
가을은 한 발 두 발 깊어지고 있었다.
그는 짙은 가을빛 속에 머무르고 싶었다. 그건 아마 11월쯤 될 것이

다.

해는 밝게 빛나고 있었지만, 시베리아와 아마존의 숲은 메말라 가고 있었다. 그건 오로지 돈과 자리와 힘만 차지하려는 것들 탓이다. 그들도 사람일 텐데 어떻게 우리가 살아가는 하늘과 땅과 바다를 그렇게도 더럽힐 수가 있을까?

'우리나라도 마찬가지다.'

그는 그렇게 생각했다.

그러면 그도 마찬가지일까?

그건 이제부터 여러분이 알아서 헤아리면 된다.

11월부터는 배움터에 몸소 나와서 가르쳐주세요.

그날 그런 전자우편이 그에게 왔다.

코로나19에 걸린 사람이 하루에 100명꼴로 나오면서 배움터도 하나 둘 문을 열고 있었다.

날이 조금만 풀리고 중국 쪽에서 바람이 불면 하늘이 뿌옇지만, 그날은 아침이 10도로 떨어지면서 잿빛 구름은 끼어도 맑았다. 그는 그런 날이 이어지기를 바랐다. 그의 아내는 한강에 나가 걸었지만, 그는 집에서 이야기를 썼다.

그에게 2020년 10월은 그렇게 흐르고 있었다.

그는 다음 달에는 몸소 배움터 한 곳에 나가서 가르칠 것이다. 그에게 힘이 있다면 글을 쓰고 가르치는 것일 게다. 그건 그와 사람을 위한 힘이다. 그는 이미 사람을 위해서 살기로 마음먹었다. 그게 그가 서른 살 때부터라고는 말 못하겠지만, 마흔 때부터는 그렇게 살아왔다. 그런 그를 싫어하는 것들이 때로는 그를 두렵게 만들었지만, 그는 휘청거리면서도 한 발 두 발 앞으로 나아갔다. 그래서 스무 해가 지나 예순 살이 되었지만, 그는 스스로 어두운 길을 밝히며 나아가고 있다.

길가에 늘어선 나무가 조금 빛이 바랬다.

그는 그걸 멀리서 바라보았지만, 아직 10월이었다.

11월이 오면 그는 더 많이 글을 가르칠 수 있게 되기를 바라고 있었다. 글을 쓰는 거야 지난 서른 해 동안 그는 부지런히 썼으니까. 그가 글을 가르치며 돈을 버는 것은 맞지만, 번듯한 자리를 차지한 것이 아니라 서른 해 동안 이곳저곳 떠돌며 가르치고 있었다. 힘은 글을 쓰고 가르치는 동안에 저절로 길러졌는데, 그는 웬만하면 걸어다니며 사람을 보고 마을을 보고 숲을 보았다. 그도 지치고 힘도 빠지고 몸과 마음이 아플 때도 많았다. 하지만 그는 어떻게든 이겨내고자 했고, 그럴 때마다 몸과 마음은 낫곤 했다.

"짐이 무거우니까 언덕 아래로 좀 내려와."

그의 아내가 전화를 했다.

"알았어, 거기 기다려."

그는 이야기를 쓰다 말고 그대로 종종걸음을 치며 내려갔다.

생강, 당근, 배추, 그의 아내는 잔뜩 장을 봤다. 그는 두 어깨에 짐을 메고 언덕을 올라 집까지 단숨에 걸어갔다. 가을은 그에게 더 가까이 오고 있었고, 하늘은 아침보다 조금 파랬다. 그의 아내가 부르지 않았다면, 그는 그런 걸 못 보았을 게다. 그러니까 그의 아내는 한남동에서 한강을 따라 청계천을 지나 마장동 저자거리까지 걸어가 장을 봤던 것이다. 그의 아내도 돌아올 때는 힘이 들어 버스를 탔다고 했다.

요즘 거의 집에만 있는 그보다 그의 아내는 훨씬 더 많이 걸었다. 그날도 같이 저자거리까지 걸어가자고 했지만, 그는 함께 가면 왠지 부대꼈고, 마음도 몸도 가볍지가 않았다. 그건 그 나름대로 걷고 생각하지 못해서 그랬을 것이다. 그래서 그는 집에서 이야기나 쓰고, 이런저런 배움터를 컴퓨터로 기웃거렸다. 그럴 때마다 강의를 잘 듣지 않던 이들의 전화가 한 번씩 걸려오곤 했다.

한 해가 지나면 배움터에서는 남아 있으라고 할지, 그만 나오라고

할지, 늘 마음이 조마조마했기 때문에 그는 그날도 다음해 갈 수 있는 다른 배움터를 이리저리 알아보고는,

'그래, 여기라면 날 뽑아줄 거야.'

라는 생각이 왠지 드는 곳에 온갖 서류를 갖추어서는 우체국까지 종종걸음으로 내려가 보냈다. 그러니까 그와 같은 사람에게는 모든 걸 전자우편에 덧붙여 보내는 게 훨씬 수월했다.

그는 종종걸음을 치는 사람이 아니지만, 그럴 때마다 발걸음이 빨라지곤 했다. 그게 마감 날은 꽤 남아 있어도 빨리 보내지 않으면 그는 뭔가 꺼림칙했다.

여느 때는 너무 느리게 걸어 그의 아내조차도 그를 앞지르곤 했다. 남이 보면 마치 거드름을 피우듯 걷는 모습이 좋을 리 없었고, 또 그래서 그런지 걸을 때마다 그는 왼쪽 장딴지가 몹시 당겼다.

"당신 소주 큰 거 하나 사와."

아침부터 먹을거리를 만들던 그의 아내가 말했다.

"왜?"

그가 조금 얼굴을 찌푸리며 물었다.

"편강 만들고 남은 거로 술 담게."

그의 아내는 목소리가 맑았다.

"그래, 좀 있다가."

그는 그렇게 말하며, 다시 이야기를 쓰다가,

"그래, 사올 게."

하면서 느닷없이 일어나서는 다시 종종걸음으로 그날 아침에 갔던 우체국 바로 옆에 있는 가게에 가서 소주 큰 거 하나와, 온 김에 가장 싼 다른 나라 맥주를 여덟 통이나 2만 원에 닁큼 샀다.

그가 큰 소주 하나에 250원을 깎아주는 종이를 내밀었더니,

"250원 깎고, 나머지는 한꺼번에 내실 건가요?"

하고 입 가리개를 한 가게 아낙이 물었다.

"네. 그리고 쓰레기봉투도 하나 주세요."

그도 입 가리개를 한 채 말했다.

"신용 카드를 주셔야죠."

"네? 아, 차."

그는 그때야 뒷주머니에 넣었던 신용 카드를 꺼내 그녀에게 건넸다.

"250원 깎아주는 걸 카드를 냈다고 생각하신 모양이죠."

아낙이 웃으며 말했다.

"아, 예."

그도 멋쩍게 입 가리개를 한 채 웃었다.

그는 쓰레기봉투에 큰 소주 하나와 맥주 여덟 통을 집어넣었다.

그건 꽤 무거워서 그는 다시 언덕을 올라오는데 낑낑거렸다.

'1.8리터짜리 소주 하나면 1.8킬로그램, 500시시짜리 여덟 통이면 4리터니까 4킬로그램, 모두 5.8킬로그램이라서 이렇게 무겁나?'

그는 힘든 건 잊기 위해 괜히 그렇게 헤아리며 언덕을 다 올라서는, 다시 얼마 되지 않는 집 앞까지는 손에 든 그 무게에 저절로 종종걸음을 쳤다.

그의 아내는 그가 산 그 많은 술에 놀라면서, 편강을 만들다 남은 생강에 술을 부었다.

"그래도 남은 생강은 탕수육을 만들 거야."

그의 아내는 힘이 든다면서도 목소리를 신이 나 있었다.

그러나 그다음 날 그들은 다투고 말았다.

보나마나 하찮은 일로 그들은 다투었을 것이다.

아마, 자질구레한 데가 있는 그가 더 먼저 그랬을 것이고, 거센 그의 아내도 가만히 있지만은 않았을 것이다.

그런데 요즘은 그런 일이 더 잦아졌다.

집 밖에 나가 일을 할 때는 그게 덜 했는데, 그래서 그는 그날부터 밥도 따로 알아서 먹기로 했다. 잠자리도 그는 벌써 몇 해 앞부터 따로 잤다. 그는 그게 왠지 편했다.

하지만 밥 먹는 것은 이틀 만에 그들은 함께 먹었다. 그건 그의 아내가 웬일인지 먼저 밥을 같이 먹자고 했기 때문이었다. 그런 일은 좀처럼 일어나지 않았던 일로, 여태껏 1000번을 싸웠다면 그가 999번 먼저 잘못했다고 말했기 때문이었다.

그는 종종걸음을 치듯 지난 서른 해를 살아 왔지만, 느긋한 데도 많았다. 그는 안달해보았자 안 되는 것은 일찌감치 그만두기를 잘했고, 또 본디 게으른 것도 있어서 그렇게 서두르지를 않았다. 그는 스물다섯 살 때부터 오로지 이야기를 쓰기로 마음먹었지만, 짝도 지어야 했고, 돈도 벌어야 했고, 일도 해야 했기에 글만 쓸 수는 없었다.

하늘은 며칠째 뿌옇다.

날이 차니까 온 데서 불을 지피면서 공기가 나빠진 것이다. 거기에 중국 쪽에서 날아오는 먼지도 많아진 탓이다. 지난여름에는 비도 많이 내렸고, 코로나19 독감 탓에 모든 나라가 무얼 많이 만들지 않았기 때문에 하늘도 맑았는데 말이다.

지난 열 해 동안, 그는 이야기를 더 많이 썼다.

그건 아무리 보아도 술술 이야기를 쓰는 힘이 는 탓이었다. 이야기를 쓰다보면 막힐 때도 많았지만, 그럴 때는 벌떡 일어나 집안일을 하거나, 밖에 좀 나갔다 오거나, 다른 사람이 사는 모습을 보거나 하면 다시 조금씩 뚫리곤 했다. 그러니까 그는 안달하며 이야기를 쓰지는 않았다는 말이다.

그러나 그거 말고는 어제도 그는 새로 글을 가르치는 사람을 뽑는다는 곳에 또 컴퓨터로 부리나케 온갖 것을 써넣고는, 이번에는 귀찮게도 그 모든 서류와 그가 쓴 이야기책까지 두 권이나 봉투에 집어넣어서, 종종걸음을 치며 우체국에 가서 부쳤다.

"준 등기로 해주세요."

이번에도 아직 마감 날짜도 많이 남아서, 좀 싸게 부치려고 그가 한 말이었다.

정말이지 그는 느긋하게 그냥 여느 우편으로 보내고 싶었다. 그래도 딱 한 번을 빼놓고는 잘만 들어갔다.

"그건 200그램까지만 됩니다."

우체국 아낙이 말했다.

"그럼?"

그가 머뭇거리자, 그녀가,

"집 배달로 하세요, 4000원이라 빠른 등기 5000원보다 쌉니다."
하고 말했다.

"네 그렇게 해주세요."

그건 다음 날이면 들어갈 것이다.

정말 언제쯤, 우리는 모두 종종걸음을 치지 않고 살 수 있을까?

– 끝 – 2020/10/29

사람을 위해서

아침 지붕은 까치가 노니는 곳이다.
까치는 햇빛이 비치는 곳을 따라 까치발로 걷는다.
난 그게 참 아늑하게 보였다.
나는 무엇을, 누구를 위해서 왜 사는가?
우리는 한번쯤 그렇게 생각해보아야 하지 않을까?
나는 그런 생각을 자주 한다.
사람을 위해서 살아야겠다는 생각은 하지만, 무엇을 위해 사는지는
나도 잘 모른다. 아니, 그것도 사람을 위해 산다고 생각하는 게 나을
것이다.
사람을 위해서 내가 하는 일은 글을 가르치고 쓰는 것이다. 그걸
듣고 읽고 사람들이 나아진다면 된 것이다.
그런데 오늘은 내가 늦잠을 자서 그런지, 날이 흐려서 그런지 까
치를 보지 못했다. 다만 그가 이불을 털려고 창문을 열었을 때 놀란
참새 떼가 후루룩 날아올랐다.
내가 다시 까치를 본 것은 그날 낮이었는데, 한 마리가 앞집 지붕
위에 놓인 화분으로 가서 흙을 파헤쳤다.
나는 왜 사는가?
사람을 위해서 살아야 하는 게 아닐까?
그러면 까치는 무엇을, 누구를 위해서 왜 사는가?

스스로를 위해서, 새끼를 위해서 사는 게 아닐까? 그래서 먹이도 찾고 집도 짓고 하는 것일 게다.

우리도 마찬가지가 아닐까?

그런데 나만 다르다고?

마찬가지가 아닐까?

다만 저와 제 새끼와 제 먹이와 제 집만 생각하지 않는다는 말이다. 내가 정말 그런지 안 그런지는 앞으로 여러분이 헤아리면 된다.

그날 나는 까치 한두 마리가 창문 앞을 휙 날아가는 것을 보았을 뿐이다.

다음 날도 까치는 아침 햇살을 받으며 지붕 위를 걷고 있었다. 부쩍 차가워진 아침에 햇볕을 쬐려고 그러는 것 같았다.

그러나 낮에는 까치도 보이지 않고, 이야기도 잘 안 쓰이고 나는 심심해졌다. 글을 가르치고 쓰고, 또 새로운 곳에 글을 가르치러 가겠다고 적어서 보낼 때는 그렇지 않았는데 말이다.

까치는 무엇을 하고 있을까?

나는 기말시험 문제를 내다 아직 한 달쯤 더 가르치다가 내야겠다고 생각하며 접어두었다. 창밖에 햇볕은 내리쬐고 있었지만 날은 찼다. 나는 창문을 열고 햇볕이 들어오는 곳에 이불과 베개를 갖다 두었다. 그리고는 방충망에 뽀얗게 낀 먼지를 보고는 창틀을 떼어내려고 했지만 안 되어서 그냥 물걸레로 닦았다. 그건 아내가,

"이녘도 햇볕 좀 쬐."

하고 말을 해서 내가 햇빛이 비치는 창가로 갔다가,

'그래, 저걸 닦다보면 햇볕을 쬐겠군.'

하고 생각한 끝에 한 일이었다.

그러나 그것도 잠깐, 15분 만에 햇빛은 산 뒤쪽으로 기울고 있었다.

'게으른 놈은 햇볕도 안 쬔다니까.'

난 스스로를 탓했다.

지붕 위에는 까치도 보이지 않았다.

까치는 저녁 햇볕을 쬐기 위해서인지 길 건너 높이 쌓아 올린 집 지붕 위로 날아올랐다.

'까치는 나보다 부지런한 것 같군.'

난 그런 생각을 하며, 밤이 찾아온 창밖을 내다보았다.

까치는 보이지 않고 성냥갑처럼 쌓아올린 몇몇 집의 흐릿한 불빛만 보였다.

'까치도 밤에는 잠을 자겠지.'

나는 그런대로 잘 잤지만, 한두 번 일어나 자리끼를 마셨다.

'나를 버리고, 마음을 내려놓고?'

그래, 좀 더 그래야겠다고 나는 생각했다.

'글을 쓰고 가르치는 것도 마찬가지, 돈도 마찬가지, 사람도 마찬가지다. 좀 더 나를 훌훌 털고 가는 게다, 가볍게 말이다.'

날이 조금씩 풀리고 있었다.

부처가 되는 데는 1초면 된다, 모든 것을 내려놓으면 된다.

나는 아직 그렇게 못하고 있었다. 글, 돈, 사람을 떼어놓지 않았다.

부처는 또 이렇게 말했다.

"먹을 것을 못 얻더라도 두려워해서는 안 되고, 얻더라도 쌓아두어서는 안 된다."

난 여기저기 떠돌아다니며 글을 가르치면서 먹고 살 만큼만 벌고 있었다.

한 달에 얼마를 버냐고?

다른 사람의 반, 150만 원.

난 늘 새로 글을 가르치러 가면 안 되겠느냐고 전자우편에 덧붙여 보내고 또 보냈다. 그렇게 한 스무 군데에 보내면, 한 군데에서 한번 와보기는 와보라고 했다. 난 그렇게 지난 서른 해를 살았다.

그래서, 그래서 어떻게 되었느냐고?

누구는 보잘 것 없다고 하지만, 난 버젓하다.

틈이 날 때마다 이야기를 썼고 그게 지난 서른 해 동안 300편이나 쌓였다. 먹을거리를 쌓아놓으면 안 되듯, 난 그것을 책이나 통신망에 모두 풀어놓았다. 그리고 얼마 지나지 않아, 나는 언제 무엇을 얼마나 썼는지 곧 잊어버리곤 했다. 그건 이미 내 손을 떠난 것이고, 나는 새로운 이야기를 써야 했다.

다음 날 난 바로 집 앞 나무에 앉은 까치와 눈이 마주쳤지만, 까치는 아랑곳하지 않았다. 날이 풀리면서 하늘이 뿌예졌다. 찬바람이 불지 않아 먼지가 많아진 것이다.

참새는 공기가 깨끗한 곳에서만 산다고 한다.

까치도 그럴까?

까치도 참새도 보이지 않았다.

내게 글을 배우는 이들이 몇몇을 빼고는 그런대로 잘 듣고 있었다. 늦가을은 더 깊어지고 있었지만, 날은 뿌옜다. 하늘도 비바람이 몰아치던 여름과는 달랐다.

베란다 쪽 큰 창문을 열면 바로 앞에 커다란 목련 나무가 한 그루서 있는데 거기에 앉았던 까치나 비둘기나 직박구리나 박새는 내가 창문을 열 때마다 깜짝 놀라 날아 가버리곤 했다. 그렇다고 창문을 안 열 수도 없지만, 또 열어서 새가 앉아 있었다는 것도 잘 알게 되었으니까. 그 나무는 지난여름 우리 동네에서 가지치기를 할 때, 내가,

"이 나무는 자르지 마세요."

하고 말했던 목련이었다.

'그 나무에 새가 쉬어간다면 그것도 잘된 일이야.'

난 그렇게 생각했다.

그날 낮, 다섯 마리의 까치가 한꺼번에 지붕 하나씩을 차지하고 앉았다. 가만히 보니까 아무래도 서로 거리를 두고 텃세를 부리는 것 같았는데, 내가 잠깐 밖에 나갔다 와보니 아직 두 마리는 멀리 떨어져 앉아 있었다. 그러다 한 시간도 못 되어 다 날아 가버리고 없었다.

내가 창문을 열지 않으면 새는 더 잘 쉴 수 있을 것이다.

아내는 나더러 자꾸 창문을 열어 이불을 털지 말라고 한다. 그 말이 맞겠지만, 나는 거의 날마다 창문을 연다. 하지만 아랫집에서 올라오는 야릇한 향수 냄새에 난 견딜 수가 없어서 한가운데 창문을 열지 않고 맨 끝 쪽 것만 잠깐 연다. 요즈음 사람은 왜 그렇게 모두 향수를 많이 뿌리는 것일까? 사람들이 스스로를 내세우거나 알리기 위해 또는 감추기 위해 그러는 것이 아닐까? 내세우거나 알리거나 감출 게 얼마나 없으면 그렇게 할까, 싶어 난 그들이 딱하다. 난 얼굴을 씻을 때도 비누를 쓰지 않고, 또 무얼 바르지도 않는다. 그게 얼마나 귀찮고 진득진득한데, 그럴 틈이 난다면 난 차라니 그냥 놀든지 이야기를 쓰겠다. 그리고 그런 향수는 몸에 좋지 않다고 한다.

바람이 조금 불면서 먼지가 좀 걷혔다.

그럴 때면 까치가 한두 마리씩 나타났고, 한 지붕씩 차지했다.

요즘은 사람한테서 사람 냄새가 안 난다.

모두 똑같은 냄새만 풍기고 있는 것이다.

그게 좋고 즐거울까?

그렇지 않을 것이다.

모두 다 너무나 똑같은 것이다.

그건 깊이 생각하지 않는다는 말이고, 어리석다는 말이다.

그러면 어기서 여러분은 나는 다른 생각을 하는 것 같고, 슬기로운지 그것만 헤아리면 된다. 미리 말해두지만, 내가 잘난 척을 한다고 생각하는 사람은 이 이야기를 읽지 않는 게 좋다. 나도 그런 이야기를 읽을 때면 언제나 기기서 때려치우고 마니까. 성을 내면서까지 왜 내가 더 읽어야 한다는 말인가!

나는 사흘에 한 번 머리를 감고 몸을 씻으니까 냄새가 조금 날 수도 있고, 안 날 수도 있다. 하지만 난 그런 것을 두려워하기엔 할 일이 너무 많다. 집안도 쓸고 닦아야 하고, 빨래도 해야 하고, 쓰레기도 버려야 하고, 물도 끓여야 하고, 설거지도 해야 하고, 글도 써야 하고, 글도 가르쳐야 하고, 이야기를 쓰려면 멍하니 하늘을 쳐다보고 생각도 해야 하고, 밖에 나가 길거리에 지나다니는 사람도 보아야 하고, 술도 한 잔 마셔야 하고, 뉴스도 보아야 하고 우리나라 노래도 들어야 한다.

그래서 바쁘다.

아니, 게으르다고?

그 말도 맞다, 난 게으를 때 쉬는 것이다.

아내는 무얼 하느냐고?

먹을거리 만들고, 장보고, 김장하고, 밖에 나가 걷기에 바쁘다.

게다가 난 멀쩡히 몰고 나갔던 차가 부딪치는 바람에 짜증스러운 일도 있어서 더 바빴다.

아아, 정말이지 삶이란 조용히 살아야 한다는 것!

사람을 위해서 살아야 한다는 것!

그런데도 차만 몰고 나가면 거리는 얼마나 짜증스러운가? 아니, 개판인가!

그래서 난 다시 나로 돌아오는데 꽤 오래 걸리었다.

제발, 조용히 내 할 일만 잘하고 살려고 하는데도 그런 일은 가끔 일어났다.

제기랄!

그러니까 내가 더 조심하고, 더 마음을 가다듬어야 한다.

그러나 시뿌연 먼지에 눈과 가슴이 답답하고, 거리에만 나가면 몰면 모두 성이 난 듯이 짜증스럽게 차를 몬다.

아아, 정말이지 난 나를 다시 빨리 찾아야 한다.

조용히 집안일 잘 돌보고, 다음 이야기를 떠올리며, 글을 가르치고, 나도 햇볕을 쬐며 좀 걸어야 한다.

다음날은 늦가을비가 내렸고, 나는 오랜만에 배움터에 가서 떠들거나 괜히 칠판을 보지도 않는 이들을 나무라며, 하루에 다섯 시간이나 입 가리개를 한 채 글을 가르쳤다. 몸은 지쳤지만 머리는 맑아졌다. 나는 거기에서 까치는 보지 못했다.

밤새 내리던 비는 그쳤다.

나는 박새 두 마리가 목련 나무에 앉은 걸 보았고, 까치 한 마리가 날아가는 것을 보았다. 그들 모두 오랜만에 내린 가을비를 즐겁게 맞는 것 같았다.

시뿌옇던 먼지도 사라졌고, 잿빛 맑은 하늘은 맑았다.

나는 언제까지 떠돌며 글을 가르쳐야 할까?

이야기를 쓰는 데엔 그것도 괜찮았지만.

사람을 위해서.

난 칠판에 그렇게 썼다.

삶의 자리를 찾지 못 할 때 나는 어디에 있으며 무엇을 왜 해야 되는가, 라는 스스로의 물음에 그렇게 생각한다고 썼다. 그렇다고 내가 반드시 그 길을 잘 가고 있다는 말은 아니다. 자주 헤매고 길을 잃지만, 나를 다시 바로세운 건 그 한 마디 말이었다. 언제 어디서나 내가 그렇게 살 수 있다면 훌륭한 일이다.

또 어둠은 왔고, 까치는 보이지 않았다.

나는 늘 잠을 개운하게 자지 못했다.

젊었을 때는 잠을 잘 들지 못했고, 나이가 들어서는 아침에 일어나 잘 잤다고 느낄 때가 거의 없었다.

왜 그럴까?

속이 더부룩할 때가 많아서 그런 것 같은데, 저녁을 다섯 시에 일찍 먹고 열한 시쯤 잠이 들어도 새벽 다섯 시에는 나는 늘 눈이 뜨였다.

성철 스님이 말했지.

"잠 많이 자지 마라, 밥 많이 먹지 마라. 산은 산이고, 물은 물이다."

그러면 잠 잘 못자는 나도 나일까?

그러나 아침에 일찍 일어나 몸을 움직이며, 난 참 여러 가지 집안일을 하며 글을 쓸 수가 있었다. 그래서 게으른 내가 좀 부지런해졌다면 나아진 것이다.

그저께 내린 비로 날이 차가워졌다.

나는 사람을 위해서 살고 있는가?

여러분이 보기에 내가 그렇게 살고 있는 것 같은가?

그렇다면 난 잘 살고 있는 것이고, 그렇지 않다면 난 못 살고 있는 것이다.

난 아직 모두가 잘 때(그때가 아침 아홉 시였다) 창문을 열고 이불을 털고 갰고, 딸그락거리며 설거지를 했고, 칠판을 닦고 문밖에 '강의'라고 써놓고는 문을 닫고 불을 켜고 내 손전화기로 찍으며 글을 가르쳤다.

<술 궈하는 사회> 현진건(1900~1943)

내게 술을 권하는 것은 화증도 아니고 '하이칼라'도 아니요, 이 사회란 것이 내게 술을 권한다오.

되지 못한 명예 싸움, 내가 쓸데없는 지위 다툼질, 내가 옳으니 네가 그르니, 내 권리가 많으니 네 권리가 적으니......, 밤낮으로 서로 찢고 뜯고 하지.

"그 몹쓸 사회가, 왜 술을 권하는고!"

(1921년)

나는 현진건이 쓴 <술 권하는 사회>를 가르치며 말했다.

"그의 아내는 사회라는 게 술집 이름인 줄 알고 있지만, 그때나 이

때나 사람이나 사회나 그렇게 쉽게 바뀐 것이 없지? 그러나 나나 여러분이나 바뀌어야 해. 왜냐고? 내가 어느 전철역 안에서 읽은 글을 하나 이야기해주지, 물은 흘러야 되고 사람은 바뀌어야 한다. 썩지 않기 위해서."

사람을 위해서.

- 끝 -   2020/11/21

메마른 밉상

그는 한 자도 더는 쓸 수 없었을 같았던 이야기를 몇 백 편이나 썼다.

그걸 그는 어려움을 이겨냈다고 여기고 있다.

'그럼, 된 게지.'

그는 스스로 그렇게 생각했다.

그런데 언젠가부터 그의 이야기에서 우스개가 많이 사라졌다. 그건 그만큼 그가 메말랐다는 말이겠지만, 여느 사람 사는 곳도 마찬가지였다. 그럼 여기서 여러분은 그가 더 메마른지, 사람 사는 곳이 더 그런지 헤아려보기를 바란다.

그가 익살을 떨 때는 왠지 들떠 있을 때다. 그럴 때 그는 괜히 신이 나서 노래를 흥얼거린다든지, 그의 아내에게 춤을 추며 우스개를 부린다든지 한다. 그러니까 그의 기분은 하루에 몇 번씩 널뛰기를 하는 것이다. 그러니까 웬만해서는 그와 어울리기가 힘들다.

누구나 그렇겠지만, 그도 속이 더부룩할 때는 우스갯소리를 하지 않는다. 그럴 때는 머리가 띵해서 그는 괜히 걱정만 하다가 하루가 저문다.

늦가을도 깊어가고 모레는 서울이 영하 4도로 떨어진다고 한다.

그의 전자우편으로 배우는 이들의 보고서 날아들고 있었다. 그게 쌓이면 한꺼번에 본다는 것이 얼마나 힘든지 알고 있었기에 그는 그때그때 그걸 읽고 매기었다. 그는 그냥 읽기 쉽게 전자우편에 한글로 그대로 써서 보내라고 해도 꼭 문서로 덧붙여 보내는 이가 많았다.

코로나19가 길어지면서 길거리에 다니는 차들은 일부러 더 쌩쌩 그에게 달려들었다. 그가 생각하기에는 그들은 올해 코로나19 독감이 퍼지기 그 앞에도 짜증스럽게 그랬을 것이다. 그들은 본디 그렇게 너그럽지가 못했던 것이다. 어른스러우려면 마음이 너그러워야 한다고 그는 말한다.

여러분이 보기에 그가 너그럽게 보이는가, 아니면 깐깐하게 메말라 있어 보이는가?

그가 좀 깐깐한 데가 있는 것은 맞다. 그렇지 않고서는 글을 가르칠 수가 없을 것이라고 그는 생각한다.

그는 정말 너그러울까, 아니면 깐깐하게 메말라 있을까?

그가 메말라 있다면, 무엇 때문에 누구를 위해서 그는 메말라 있어야 하는가?

코로나19와 본디 짜증스러운 사람들 탓에?

그럴 수도 있다.

그것 말고 그 스스로 탓에 그가 짜증스럽고 메마른 것은 없을까?

있을 것이다.

그가 잘난 척한다고 괜히 서두르고, 일을 잘한다고 서두르고, 좀 한가롭게 햇볕을 쬐지 않아서?

그럴 수도 있다.

그가 갑갑한 것을 잘 못 견디는 것은 맞다. 그리고 그는 본디 사람 모이는 데는 잘 가지 않는다. 그러니까 그가 보기에 코로나19 독감으로 짜증스럽게 구는 이는 본디 설치던 것이 그렇지 못하니까 성을 낸다는 것이다. 본디 조용하고 너그럽던 사람은 그때나 이때나 똑같이 느긋하다는 것이다.

여러분은 어쩐지 그의 생각이 맞을 것 같지도 않은가?

요즘 모두 장사가 안 되는 것은 맞다.

그러나 우리는 좀 덜 먹고, 아껴 써야 하지 않을까?

그렇다고?

그렇지 않다고?

그렇지 않을까?

여러분이 보기에 그는 어느 쪽일 것 같은가?

그는 결코 말만 번지르르하게 할 사람이 아니다. 보기보다 차가운 데가 있다.

여러분이 그를 믿지 않는지 모르지만, 나도 여러분을 믿지 않는다. 왜냐고? 여러분은 그렇게 뜻이 훌륭하지도 굳세지도 않다. 여느 사람은 거의 다 그렇다. 하지만 그는 지난 서른 해 동안 배움터에서 글을 가르치며 300편이나 되는 이야기를 썼다. 다른 나라 말에 이런 말이 있다.

그가 무엇을 할 수 있느냐, 하는 것은 그가 이미 이루어놓은 것을 보면 안다.

여러분이 허튼 데가 없이 그래도 남을 위하는 마음으로 살았다면 그건 **훌륭한** 것이다. 나는 여기서 그도 그런 건 있다는 것을 여러분에게 말하고 있는 것이다.

이제 여러분은 나를 믿을 수 있겠는가? 아니, 그를 믿을 수 있겠는가?

내가 보기에 둘 가운데 하나라도 믿는다면 여러분은 꽤나 재미있는 사람이다. 사람이 못됐지만 않다면, 불뚝 성을 내는 사람보다, 늘 찡그리고 있는 사람보다, 흥미로운 사람이 재미있기 때문이다.

그의 말로는 그가 여기에,

흥미로운 사람이 재미있다.

라고 써놓으면, 얼마 지나지 않아서 그 말이 곧 퍼진다고 한다.
여러분이 믿든 안 믿든, 그는 그런 걸 벌써 몇 번이나 겪었다고 했다.
왜냐하면 한 스무 해 앞에, 그가 글을 가르치며 왜의 오오에 켄자부로가 쓴 이야기 '개인적인 일'에서 따와 무슨 말을 할 때,
"이건 개인적인 생각이지만."
하고 배우는 이들 앞에서 말했더니, 몇 달 뒤 많은 이가 그 말을 쓰고 있다는 것을 그는 알게 되었다.
또, 한 번은 배움터에서 컴퓨터가 안 되어 그에게 글을 배우던 젊은이에게,
"자네 가서, 아저씨 좀 불러와."
하고 말했더니 그 아저씨, 라는 말에 거의 모든 이가 웃음을 터뜨렸는데, 그로부터 얼마 지나지 않아, 아저씨, 라는 말을 모두 부쩍 쓰더니 마침내 아저씨, 라는 영화마저 나왔다.
또, 그가 왜의 이야기꾼 아쿠다가와 류노스케(芥川龍之介)의 이름도 바로 개천에서 용 난 녀석, 이라고 했더니 며칠 뒤에 바로 젊은이들 사이에, 요즘은 개천에서 용 나기 힘들다, 는 말이 곧 퍼져나갔다는 것이다.
여러분은 그의 말을 믿을 수 있겠는가? 아니면, 헛소리로 들리는가?
여러분이 못 믿는다고 해도, 하도 그가 그런 말을 하니까 나도 그 말을 조금 믿기는 믿는다.
왜?
나는 오랫동안 그의 곁에서 그를 지켜보았으니까.
그가 메말랐는가, 여느 사람이 메말랐는가?
그러나 언제나 살아서 숨 쉬는 일을 찾기란 그도 참 어려웠다.

그는 글을 가르치고 쓸 때 그런 걸 좀 느낄 수가 있었지만, 하루 내내 그렇게 할 수도 없는 일이었고, 밥을 먹으며 술을 한 잔 할 때는 즐겁기도 했지만, 곧 속이 더부룩한 밤이 찾아올 때가 많았다.

그가 쓰레기를 버리러 나갔을 때 바깥은 영하로 떨어져 몹시 추웠고, 그는 얼른 집 안으로 들어오고 말았지만 기분이 그렇게 좋은 것은 아니었다. 그가 두꺼운 옷을 입고 추위 속에서도 무슨 일을 즐겁게 할 수 있다면 좋겠지만, 그런 일은 요즘 거의 없었다.

흐린 일요일 낮, 그는 모두가 빠져나간 집에서 손전화기로 찍으며 홀로 글을 가르쳤다. 그러자 그는 기분이 좀 나아졌다.

"오늘 바깥날이 흐린데."

그는 먼저 을씨년스러운 날씨 이야기를 하면서도, 목소리에는 힘이 있었다.

북극에서 시베리아 거쳐 우리나라로 막 바로 내려오는 겨울바람은 늘 뼛속을 파고든다. 아직 영하 3도였지만, 그는 아무래도 두꺼운 옷을 껴입지 않아서 그런 것 같았다.

'아직 추위에 익지 않아서 그럴 거야.'

그는 그렇게 생각하며 찬바람을 느끼면서도 햇볕을 쬐었다.

'모든 이에게 살아 있음을 느끼게 하는 일은 무엇일까?'

그는 그걸 찾아야만 했다.

그 스스로 메마르지 않기 위해서, 사람 사는 곳이 메마르지 않기 위해서!

그는 이야기를 쓰는 것도 예전처럼 신명이 나지 않았다.

'왜 그럴까?'

올해 예순이 된 그를 늙었다고 할 수 있을까?

사내는 스스로 늙었다는 생각이 들면 늙었다고 하는데, 그는 올해 그런 걸 부쩍 느꼈다.

자, 여기까지 이야기에서 여러분이 마흔이든. 쉰이든, 예순이든, 일흔이든, 그보다 더 메말랐다고 생각하는가, 아니면 덜 메말랐다고 생각하는가?

그보다 더 메말랐다고 생각하는 사람은 정말 늙은 것이며, 덜 메말랐다고 생각하는 사람은 아직 젊거나 아주 잘 살고 있는 사람이다.

그는 요즘 집 안에만 틀어박혀 있어서 그런지 아침에 조금만 움직여도 말을 할 때 숨이 찼다. 그게 나이 탓일까, 메마른 탓일까, 밖에 나가 일을 하지 않은 탓일까? 이야기 쓰는 것, 글을 가르치는 것, 집 안일은 잘하면서 왜 밖에 나가 걷지는 않는 것일까?

그는 먼저 일이 없으면 괜히 나가서 걷지 않는다. 예를 들어 우체국에 무얼 부치러 갈 일이 있다든지, 가게에 내려가 무얼 산다든지, 그의 아내가,

"여보, 언던 아래로 내려와 짐 좀 들어줘."

하고 전화가 왔을 때 부리나케 뛰어나가는 것 말고는, 거의 걸어서 나가지 않는다.

그날 아침에도 그의 아내가 무슨 서류를 떼러 간다고 해서 그가 차를 몰고 함께 갔는데, 아니나 다를까, 차 안에서 그 놈의 돈 때문에 다투고 말았다.

"돈도 잘 못 벌면서."

"글쟁이가 무슨 돈을 벌어. 그냥 그렇게 살면 되지."

"언제는 돈 벌어주었나?"

"자꾸 돈, 돈, 돈 할래?"

이윽고 그녀가 서류 떼는 곳에서 내릴 때, 그는,

"여기서는 싸우지 말자."

하고 창문에 대고 큰소리로 말했지만, 그녀는 콧방귀도 뀌지 않았다.

그들은 돈 때문에 그렇게 싸운 날이 꽤 많았다.

그건 다 그가 돈을 잘 못 벌어서 그런 것이지만, 처음에 말한 대로 이야기는 많이 썼다. 그렇지만 그녀는 이제 그런 것 따위는 아랑곳하지 않는다.

아아.

그는 그럴 때마다 참 슬펐다.

어떻게 서른 해나 함께 산 그의 아내가 그를 그렇게도 몰라주나 싶어서였다.

아아.

어디 가지도 못하고 그는 차나 닦으며 있다가 그의 아내를 데리고 다시 집으로 돌아왔다. 하지만 둘 사이에 차가운 기운은 그대로 남아 말없이 있어서 그는 말없이 아침밥을 먹었고, 그의 그릇을 씻었으며 집안을 닦고 빨래를 했고, 그의 아내는 남은 설거지를 하고는 늘 대충대충 일을 하는 그가 못마땅한지 다시 청소기를 바닥을 밀었다.

"커피 마시나?"

얼마 뒤, 그의 아내가 문을 대충 닫은 채 이야기를 쓰는 그에게 말했다.

"응? 뭐라고?"

그는 못 들은 척하며 괜히 큰 소리로 말했지만, 그만 먼저 크게 웃고 말았다.

그러자 그의 아내가 귀를 틀어막고 고개를 흔들며 밖으로 나갔다.

그렇게 그날 그들의 싸움은 끝났다.

그는 메말랐는가, 아니면 견딜 만한가?

"그 견딜 만하다는 말은 그가 견딜 만하다는 말인가, 아니면 메마른 우리가 아직 견딜 만하다는 말인가?"

이쯤에서 여러분은 그렇게 물을 것이다.

그가 메말랐는가, 여느 사람이 메말랐는가?

나는 처음부터 여러분에게 그렇게 물었다.

그건 여러분이 알아서 헤아리면 된다. 더 궁금한 사람은 이야기를 더 읽으면 되고, 그렇지 않은 사람은 여기에서 그만 읽어도 된다.

'둘 다 메마른 건 아닐까?'

난 갑자기 그런 생각이 들었다.

산업 재해 1위, 자살률 1위, 무엇이 잘못 되었는가?

그는 통신망에 그런 글도 곧잘 썼다.
'우리나라는 왜 그렇게 되었을까? 나라나 우리나 사람을 위해서 살아야 하지 않을까?'
그는 늘 그렇게 생각했다.
'나라나 우리나 사람을 위해 살지 않기 때문에, 우리나라는 그렇게 된 것이 아닐까?'
그렇다면 그는 사람을 위해 살고 있는데도 메말랐다는 말인가?
그럴 수도 있을 것이다.
그는 늘 사람을 위해서 글을 쓰고 가르친다고 말했다.
"스스로를 위해서겠지."
여러분은 그렇게 말할 것이다.
그 말이 맞을지도 모르지만, 그 스스로와 사람을 위해서 그가 글을 쓰고 가르치고 있을 수도 있다.
철로 치면, 그는 가을쯤 와 있는 사람이다.
그렇다면 그나 나무나 왜 메마르지 않겠는가?
겨울잠을 자고 그가 봄에 다시 나무처럼 새파란 물이 오른다면 좋겠지만, 그건 봄이 되어봐야 아니까, 나는 그의 겨울 이야기나 이어가겠다.
이쯤에서 여러분은 내가 누군지 궁금할 것이다.
난 바로 그의 아내다.
그러니까 난 그가 메말랐는지, 메마르지 않았는지 누구보다 잘 알고 있다. 한마디로 내가 보기에 그는 요즘 멋대가리 없이 살고 있지만, 그는 누구보다 멋있게 살고 있다고 제멋대로 생각하고 있다. 그래서 나와 자주 다툰다. 난 그렇게 생각하지 않는데, 그는 그렇게 생각하기 때문이다. 그러니까 여러분이 누가 더 멋대가리 없이 살고 있는지, 메말랐는지 헤아리면 된다는 것이다. 내가 아니었다면 그와 같이 살 사람은 없었을 것이다. 얼마나 그가 까다롭고 날카롭게 구는지 그건 같이 살아본 사람만이 안다. 이건 밥 하나를 먹어도 뭐가 차니 뜨겁니, 뭐가 짜니(싱겁다는 소리는 한 번도 안했다), 아휴, 정말 내가 아니었다면 누구라도 못 참고 벌써 떠났을 것이다. 나도 스무 해 앞만 하더라도 본집으로 두 번이나 내려갔다.

그러나 내가 아니면 누가 그를 돌보겠는가, 하는 생각이 들기도 하고 글을 쓴답시고 오로지 딴 생각만 하는 그가 불쌍해 보여서 난 며칠 만에 돌아오곤 했다.

그는 지나가는 계집이 저만 쳐다본다고 멋대로 생각하지만, 내가 보기엔 밉상이다. 그는 몸도 마음도 메말라 일부러 미운 짓만 골라서 하고 있는 것 같았다. 그래서 난 어떤 때는 눈물도 나지만, 그날처럼 싸울 때는 얼마나 미운지 모른다. 한마디로 그는 밉상이다. 그는 그런데도 잘생겼다고 우기니 난 참 기가 찬다. 작달막한데다 똥배에 머리카락마저 굽실거리는 그가 무얼 믿고 그러는지는 몰라도 돈도 못 벌어, 어디 번듯한 자리에 앉아 있는 것도 아니고, 떠돌며 글을 가르치러 지난 서른 해 동안 돌아다닐 때는, 그래도 안 보니까 견딜 만했는데 요즘엔 집에 들어앉아 통신망으로 글을 가르치니 그가 어찌 안 밉게 보이겠는가?

제기랄.

그가 나 때문에 슬프거나 메말랐다는 말은 틀림없이 거짓말이다.

그러니까 여러분은 그런 말은 믿지 말고 그가 메마르고 밉상으로 보이는지, 아니면 그의 말마따나 멋대가리가 있어 지나가는 계집이 곧잘 쳐다볼 것 같은가?

- 끝 -   2020/12/1

겨울 타기

12월에 들어섰지만 아직 눈은 내리지 않았다.

코로나 독감 탓인지 거리는 더 조용했으며, 하늘은 찌뿌드드했다.

'햇볕이라도 쨍쨍 내리쬐면 나을 텐데.'

그는 스스로를 달래가며 이야기를 쓰고 있었다.

그러나 12월로 들어서고부터는 하늘은 잿빛으로 보이는 날이 많아서, 모두 겨울을 타고 있었다.

'예순 살에도 겨울을 타야 하나?'

그는 쉰 살 때까지만 해도 가을을 많이 탔다. 아니, 그때는 겨울을 잘 모르고 그냥 넘어갔는지도 모른다.

날이 차면서 왼쪽 가슴이 찌릿찌릿했지만 그는 몇 번 주무르고 말았다.

'아프다고 생각하면 모든 곳이 다 아프니까, 안 생각하는 게 낫지.'

그래서 그는 일부러 이야기도 더 쓰려고 하고, 일도 찾아서 했다.

'글을 가르치러 가겠다고 몇 군데 전자우편을 보낸 곳에서도 곧 오라는 말이 있을 거야.'

그는 하루에도 몇 번씩 글을 더 가르칠 곳을 찾았다.

그러나 그가 쓸쓸해서 가슴이 아픈 것은 아픈 것이었다.

'그래도 새롭게 길을 찾아야지.'

뿌연 하늘은 가실 줄을 몰랐다.

'이제 어디로 가야 하나?'

그는 집 안에서도 그렇게 생각했다.

낮 3시도 안 되었는데, 해는 벌써 집 뒤로 넘어가며 긴 그림자를 드리웠다. 그는 그게 더 쓸쓸해서 길 건너 햇볕이 부딪치는 높은 집 쪽을 바라보았다. 거기는 햇빛이 아직 비치고 있었다.

'이렇게 쓸쓸하다는 것은 겨울을 타는 게야.'

그러나 더 외로운 사람에게 불을 밝혀주는 게 그의 일이다.

그러니까 그가 쓸쓸하다는 것도 참고 견딜 일이다.

그는 견디기 위해 축구 게임을 했는데, 그것도 그런대로 괜찮았다.

곧, 그에게 전화가 걸려왔다.

"홍길동 씨입니까?"

"네."

"사진을 안 붙이셨는데, 그때 그 전자우편으로 보내주세요."

"아, 예, 다시 사진만 보내겠습니다. 그런데 전자우편이?"

"그때 보내신 그 곳입니다."

"아, 예."

그는 두 말 하지 않고 전화를 끊고는 그 전자우편을 찾아 사진을 덧붙여 보냈다. 그는 봄에 거기에서 글을 가르칠 수 있기를 바랐다. 그동안 그는 겨울을 타고 있겠지만, 잘 견딜 것이다.

그가 전화를 받은 곳도 쓸쓸했지만, 걸려온 곳도 몹시 쓸쓸할 것 같았다. 그래서 그는 반갑게 전화를 받았다. 저쪽은 그보다 훨씬 젊은 사내의 목소리였지만 차분했다.

이윽고 저녁은 찾아왔고, 밖은 벌써 깜깜했다.

그때쯤이면 이야기 쓰는 것도 잘 안 될 무렵이라, 그는 아까 하던 축구 게임을 한 시간 더 이어갔는데 조금 견딜 만했다.

하지만 다음 날은 아침부터 날이 맑았고, 햇볕도 제법 쏟아져서 그는 기분이 좋았다.

'그래, 간밤에는 잘 잤지. 열두 시부터 일곱 시까지면 일곱 시간을

잤으니까.'

그러나 곧 해가 기울고 그늘이 지면서 그는 다시 쓸쓸해졌다. 그래서 그는 이야기도 쓰고, 글을 배우는 이들이 보내 온 보고서도 읽었지만, 그때뿐이었다. 그리고 그걸 줄곧 내내 할 수도 없는 노릇이었다.

그렇지만 그는 출출해지면서 떡과 맥주를 저녁 삼아 먹고는 쓰레기를 비우러 나갔다왔다. 날이 차가워지면서 서울 북쪽은 영하 10도로 떨어진다고 해서 그런지 밤하늘은 차가웠으며 별빛은 빛났다. 그걸 보고 들어온 그는 왠지 좀 들떠 있었으며, 다시 이야기를 썼다. 그러니까 그는 한두 시간 앞과는 달리 그렇게 쓸쓸하지가 않았다.

창문 앞 큰 나뭇가지에 박새 두 마리가 앉아 있었다.

박새는 아침에 모이를 찾는지 날이 찬데도 부지런했다.

그가 그걸 바라보면서 겨울을 탈 것까지야 없지만, 그는 오늘 하루를 어제보다는 덜 쓸쓸하도록 해야겠다고 생각했다.

'자꾸 쓸쓸한 것은 안 좋아.'

하지만 그는 젊었을 때는 그렇게도 쓸쓸한 것이 좋았다. 찬바람이 불어서, 나뭇잎이 떨어져 흩어져서, 눈이 눈부시게 쌓여서 그는 좋았다.

그 사이에 박새 네 마리가 찾아와 앉아 있었다. 하늘을 맑았고 아침은 찼다.

그가 왜 그렇게 쓸쓸한 것을 좋아했는지, 그게 다 젊어서 그랬던 것 같기도 하고, 워낙 홀로 하늘과 바람과 나무를 바라보는 것을 좋아해서 그랬는지도 몰랐다. 하지만 그런 그도 여름의 저녁노을과 소나기를 퍼부으려고 심술궂게 먹구름이 몰려다니는 걸 보면 웃음이 나왔다.

그러나 박새도 떠나가고 목련 가지엔 다음 해에 필 꽃눈만 남았다.

해는 더 밝아오고 그는 이야기를 쓰면서, 쓸쓸한 것을 감출 수가 없었다.

'겨울을 타는 게야.'

올해 나이 예순인 그가 부쩍 겨울을 탄다는 것은 오히려 그가 젊어졌다는 말이 아닐까? 지난해만 해도 그가 그렇게까지 쓸쓸하게 느끼지 않았지만, 그래도 늙기는 부쩍 더 늙었으니까.

그런데 몇 해 앞만 하더라도 그는 쓸쓸한 겨울 바다를 곧잘 찾아갔다. 그 쓸쓸한 바닷가에 들어서면, 그는 왠지 가슴이 시원해졌다. 그는 그 쓸쓸한 것이 좋았던 것이지만, 겨울을 타는 요즘엔 야릇하게도 몇 달 동안이나 바다에 찾아가지 않았다. 그가 글을 쓰고 가르치기에 바빴다면 핑계일까? 굳이 가려면 갈 수도 있었지만, 그는 좀처럼 움직이지 않았다. 그렇다고 그가 전혀 밖에 나가지 않는다거나, 차를 몰고 나가 볼일을 안 보는 것은 아니었다.

그가 왜 겨울을 타게 되었을까?

그건 뭔가 재미가 없어졌다는 것이다.

코로나19 독감이 퍼지면서 그도 어디에 갈 때면 입 가리개를 써야 했고, 전철 안에서도 본디 서로 잘 마주보지도 않지만 그런 게 더 심해졌다. 그리고 그가 글을 가르치러 배움터를 오고 갈 때는 재미도 있었지만 그런 것도 사라졌고, 집 안에서 글을 가르치고 통신망에 올릴 때도 그런대로 재미는 있었지만, 이제 겨울이 되고 배우는 이들의 보고서만 받고 있었다.

그리고 그가 겨울 바다나 낯선 포구를 잘 찾아가지 않게 되면서부터도 재미가 줄어들었는데, 그는 곧 차를 몰고 가보야겠다고 생각했다.

또 그가 겨울을 타게 된 까닭은 없을까?

여러분이 보기엔 무엇 때문이라고 생각하는가?

나이가 들어서? 겨울이 되면 누구나 그래서?

그래, 그러고 보니 햇빛이 줄어든 탓도 있겠군. 그것 말고 또 여러분이 헤아릴 만한 것이 있는가?

그가 새삼 겨울을 왜 탄다는 말인가?

아니, 여태껏 겨울이 되면 그랬는데도 모르고 지나간 것이 아닐까? 그가 가을을 탄 것은 옛날부터 그랬고, 그도 그건 잘 알고 있다.

<소유냐 존재냐>를 쓴 에리히 프롬은 말했다.

사회가 먼저 옳게 나아가야, 사람들이 올바르게 살아가기가 쉽다.

그러니까 그가 요즘 겨울을 타게 된 것도 다 그런 까닭 때문이 아닐까? 밖이 밝고 신명이 나는데 그가 왜 겨울을 탄다는 말인가!

어제 박새가 앉았던 목련 나무에는 검고 뚱뚱한 비둘기 세 마리가 앉아 있어 그는 깜짝 놀랐다.

'박새가 아예 자리를 내주고 날아갔을 거야.'

그가 보기에 거기는 아침 햇볕을 쬐기에 아주 좋은 곳이었다. 지난 여름 나무의 가지치기를 할 때도 그가,

"아저씨, 이 나무는 자르지 마세요."

하고 말해서, 겨우 가지치기를 안 했던 목련이었다.

'가지치기를 자주 한 나무는 살아남지 못해.'

그는 그런 걸 몇 번이나 보아서 잘 알고 있었다.

'왜 자꾸 살아서 더 커가는 나무를 자른다는 말인가?'

가지치기를 해마다 한 나무는 곧 시들어버리고 말았다. 사람도 머리카락을 며칠에 한 번 거의 박박 깎다시피 한다면 견디겠는가!

빌어먹을.

깐깐한 나라가 그가 겨울을 타게 한지도 모를 일이었다.

그가 딱 싫어하는 게 깐깐한 것이다.

예를 들어 빨래를 한 옷이 방바닥에 떨어져 있을 때,

"이거 누가 이랬어?"

하고 말하는 사람은 깐깐한 사람이라는 것이다.

떨어진 옷은 주워서 다시 걸면 되는 것이다.

행여 그게 진흙 바닥에 떨어졌다고 해도,

'무슨 까닭이 있겠지. 다시 싹싹 빨면 되지.'

하고 생각할 수 있는 사람을 그는 바란다.

행여나 그 옷이 진흙에 떨어진 다음 누가 밟고 갔다고 해도,

'이것도 무슨 까닭이 있겠지.'

하고 부처처럼 생각할 수 있어야 되지 않을까, 하고 그는 말하는 것이다.

그가 보기에 우리나라도 몹시 깐깐해지고 있었다.

그러니까 그가 더 지치는 것이지만, 그게 겨울을 타는 것과 이어지는 게 있을까?

그가 정말 깐깐한 사람을 싫어한다.

'사람이 지치면 더 겨울을 타게 되는 것이 아닐까?'

즐겁고 신명이 나는데 겨울을 탈 리가 없다.

그렇다면 그는 여태껏 가을은 왜 탄 것일까?

게다가 그렇게 쓸쓸한 것이 오히려 멋있다고까지 그는 말하지 않았는가!

그리고 아까 낯선 겨울 바닷가에 들어설 때는 그 쓸쓸한 것이 도리어 좋았다고 그는 이야기하지 않았는가?

그는 지쳐 있어서 조용한 것을 바라고 있었기 때문이다. 그래서 그는 가을을 탔고, 요즘에는 겨울까지 타고 있는지도 모른다. 또 모든 것이 너그럽지 못 하고 깐깐해져서 그럴 수도 있다. 그러니까 예순이 된 그가 겨울을 타는 것은 부끄러운 일은 아니다.

그는 본디 손바닥만 한 플라타너스 잎이 발끝에 차이며 찬바람에 이리저리 굴러다니는 늦가을 길을 좋아했다. 그런 곳에서 그는 오히려 기쁘기까지 했다. 오로지 그의 마음을 달래주는 것은 찬바람과 떨어진 나뭇잎뿐이라고 생각했던 것이다. 오죽하면 그가 그랬을까?

코로나19 독감이 우리나라에도 더 퍼지면서 하루에 600명이나 걸렸다.

지난달만 하더라도 300명이었고, 지지난달은 100명밖에 되지 않았

는데 갑자기 늘어나고 있었다.

'그러면 더 문을 걸어 잠가야 하지 않을까?'

그는 몇 해 앞부터는 모여서 웃고 떠들고 먹고 마시는 곳에 가지 않았다. 그런 곳에 가봐야 밥맛도 없고 돌아오면 오히려 허전할 뿐이었다. 차라리 텅 빈 겨울 바닷가에 가는 것이 보람찼다.

따지고 보면 지난 몇 해 동안 몇 군데 글을 가르치는 배움터 말고는 그를 찾은 곳은 없었다. 그는 그렇게 홀로 글을 가르치며 썼던 것이다. 그렇게 쓴 이야기가 100편이나 되었다.

"겨울을 타서 뭐 할 건데?"

그가 겨울을 탄다는 말에 그의 아내가 피식 웃으며 말했는데, 그는 그 말에 아무런 할 말이 없었다.

'그렇다, 겨울을 타서 뭐 한다는 말인가? 아무 것도 할 것은 없지만, 그저 겨울을 좀 타기는 탄다?'

그의 아내의 말로는 이제 가을을 타다 못해 겨울을 탄다는 말이냐, 라는 투였다. 참, 할 일도 없는 사람이군, 그런 뜻인 것 같았다.

그의 아내는 김장을 몇 번이나 하고, 밖에 나가서 돌아다니기도 참 많이 돌아다닌다. 그래서 그는 그의 아내가 없을 때, 글도 쓰고 가르치는 걸 손전화기로 찍어서 통신망에 올리곤 한다. 그의 아내가 있으면 도마를 똑딱거리는 소리가 나고, 또 괜히 가르치는 그의 목소리에도 힘이 줄어들곤 했다.

그런데 겨울 바다에 갈 때는 혼자 가면 왠지 찐 맛이 없어서, 늘 그의 아내와 함께 가곤 했다.

'겨울을 제대로 타려면 거기도 혼자 가야 하는 것 아닌가?'

그러나 그게 그렇지가 않았다.

그는 그의 아내와 함께 겨울 바닷가를 가도 쓸쓸했고, 서울로 돌아올 때는 그의 아내에게 우스개를 떨 수도 있으니까, 그는 그게 좋았다. 그는 또 혼자서는 너무 외롭고 심심했던 것이다. 그건 집에서도 마찬가지였다. 그는 그의 아내가 아침에 나갔다가 저녁에 들어올 때도, 며칠 다른 나라에 가거나 시골에 갔을 때도 이틀만 지나면 뭔가 재미가 없고 심심했다.

그래서 그가 겨울을 탄다?

코로나19 독감이 퍼진 다음, 사람들은 길거리에서 일부러 부딪칠 듯 차를 빨리 몰고 있었다. 그래서 그도 차만 몰고 나갔다 하면 몹시 짜증이 나고 성이 났다.

'그들은 왜 그러는가? 본디 그런 못되고 못난 것들이 어리석어서 그런 것이다. 제 할 일을 잘하고 있는 사람이 왜 그러겠는가? 안 바쁜 사람이 싸운다는 말이 있다.'

그는 이야기를 쓰면서도 자주 창가로 나가 거리를 바라보곤 했다.

거기에도 겨울은 찾아오고 있었지만, 사람들은 잘 모르는 것 같았다. 오로지 살기에만 바빠서 그렇겠지만, 그래도 저녁 햇볕이 내리쬐는 집들은 따뜻해 보였다.

그는 아직 겨울 바닷가로 가지 않았다.

'겨울을 타기 위해 겨울 바닷가로 가야 한다는 말인가?'

그는 고개를 절레절레 저었다.

12월에 들어섰지만 아직 눈은 내리지 않았다.

코로나 독감 탓인지 거리는 더 조용했으며, 하늘은 찌뿌드드했다.

'햇볕이라도 쨍쨍 내리쬐면 나을 텐데.'

그는 스스로를 달래가며 이야기를 쓰고 있었다.

그러나 12월로 들어서고부터는 하늘은 잿빛으로 보이는 날이 많아서, 모두 겨울을 타고 있었다.

'예순 살에도 겨울을 타야 하나?'

그러던 그가 쓰던 이야기를 잠깐 멈추고 거실로 가보았는데, 거기에는 그의 아내가 식탁 위에 한가득 찬을 차려놓았다.

그는 그걸 보고 눈물이 나려했다.

'예순 살에도 겨울을 타야 하나?'

- 끝 -   2020/12/7

다른 차는 어떻게 눈을 다 치웠을까?

12월로 들어서며 날이 추워지고 있었다.

그가 한 달 앞에 거기에 간 것은 책 두 권을 가지고 오기 위해서였지만, 두 번째 그가 거기에 간 것은 수돗물이 얼어붙을까봐 꼭지를 조금 열어두려고 간 것이었다.

세 번째 그가 거기에 간 것은 집에서 인쇄가 잘 안 되어서 다른 인쇄기를 가지고 오기 위해서였다.

그것 말고도 그는 올봄부터 무슨 핑계 거리가 있으면 거기에 가곤했다. 거의 모든 그의 책이 거기에 있었고, 게다가 라면도 몇 개 있어서 배가 고프면 끓어 먹을 수도 있었고, 그의 아내와 싸운 날은 거기서 홀로 자고 올 수도 있었다. 그가 거기에 가는 것을 아주 좋아하지는 않았지만, 굳이 안 가려고 하는 것도 아니었다. 왜냐하면 집에만 있기 벅찰 때, 그는 일부러 거기에 한 번 가볼 수도 있으니까 말이다.

'수도꼭지에서 아직 물은 똑똑 떨어지고 있을 게다.'

그는 물이 한 방울씩 아주 천천히 떨어지게 해놓고 온 지가 벌써 이레는 된 것 같았다. 거기는 서울보다 더 추운 곳이라 영하 10도까지 떨어졌다.

거기에서 그는 이야기도 참 많이 썼지만, 요즘은 거기서 쓰지 않는다. 그는 그 곳에서 참 많이 논길도 걷고 마을도 걸어서 돌아다녔지만, 요즈음은 거기서 걷지 않는다. 거기엔 논도 밭도 산도 많았고, 개울도 많았다. 그래서 그가 물고기를 잡으려고 넣은 둔 통발에는 뱀이 나오기도 했다. 처음에 그는 그게 큰 미꾸라지인 줄 알았다가 식겁을 하고는 논에 던져버렸다. 그가 잡은 물고기는 거의 다 송사리였다.

 그러니까 그는 거기에서 이야기도 쓰고 걷기도 많이 걸었는데, 요즘은 집에서 그렇게 하고 있다는 말이다. 거기는 딱 방 한 칸뿐이었지만, 그가 홀로 글을 쓰고 있기에는 딱 맞았다. 그는 거기에서 컴퓨터로 이야기를 쓸 수는 있었지만 통신망을 잇지는 않아서, 그냥 저장기를 가져갔다가 다시 갖고 오곤 했다. 그리고 요즘은 굳이 인쇄를 할 것까지도 없어서, 인쇄기는 잘 쓰지 않았다.

 또 그의 책이 모두 거기에 있는 까닭은, 서울에 있는 그의 집을 오랜만에 깔끔하게 다시 고친다고 갖다놓은 것이었다. 그러던 것이 다 고치고 난 다음에도 구질구질할까봐 그는 책을 가지고 오지 않았다.

 그런데 거기서는 임진강이 가까웠다.

 그 강의 북쪽은 북한이었고, 차로 가거나 걸어서 가도 30분만 가면 개성이었다. 그래서 그는 거기에 있을 때는 곧잘 남쪽의 길이 끝나는 자유의 다리까지 가보곤 했는데, 그럴 때마다 하루라도 빨리 이어져야 할 땅이라는 생각이 들면 가슴이 서늘해졌다.

'내가 할 수 있는 일은 무엇인가?'

 그는 끊임없이 그렇게 생각하며 남북을 잇는 이야기를 써댔다.

 서울에서 1시간만 가면 임진강이 보이고, 그 위 오두산성에 올라서면 북한 땅이 한 눈이 들어온다. 거기는 광개토태왕이 백제와 관미성을 두고 싸운 곳이며, 임진강이 한강과 합쳐서 서해로 흘러드는 곳이다.

 그는 거기서 대가리가 세모진 잿빛 살모사도 한 마리도 보았는데,

그 놈은 논길에서 천천히 개울 밑으로 타고 내려갔다. 그것뿐인가, 그가 우거진 풀숲에서 갑자기 튀어나온 시커먼 사냥개에 놀라 숨이 막힐 뻔한 적도 있었다. 그리고 얼굴이 아주 험상궂게 생긴 사람이 그를 마주보고 걸어올 때는 괜히 등골이 오싹하기도 했다.

겨울날이 풀리면서 하늘이 온통 시뿌예서, 그는 재채기와 콧물이 나고 가래가 끓었다.

제장.

'글피부터는 영하 10도로 떨어진다고 하지만, 그때가 되면 좀 맑아지려나?'

그가 가져 온 책은 소설 <안평대군>과 <길을 찾는 그대> 두 권이었다. 그건 모두 그가 쓴 이야기책이었는데, 그 가운데 한 권쯤은 그가 새로 글을 가르치러 가겠다는 곳에 내어야만 했다. 그는 책이 아까워서 될 수 있으면 전자우편으로 모든 걸 내기를 바랐지만, 그렇지 않은 곳도 꽤 있었다. 그런 곳은 거의 다 돈을 더 준다거나, 조금 더 오래 글을 가르칠 수 있는 곳이어서 그는 울며 겨자 먹기로 안 낼 수도 없었다.

여러분은 글을 가르치는데도 왜 그가 쓴 이야기책을 내야 하는지 고개를 갸우뚱거릴 수도 있지만, 그가 지난 몇 해 동안 쓴 것이라고는 그 책 두 권뿐이었다.

또 어떤 곳은,

우리 배움터는 이야기책은 안 받습니다.

라고 하는 데도 있어서, 그는 오로지 가르치는 글이 이야기와 이어지는 데가 있다는 곳에만 책을 보내곤 했다.

스무 해 앞만 하더라도 그는 그의 책을 쉰 권은 가지고 있었지만, 요 몇 해 동안 열 권 남짓밖에 남지 않았다. 많이 가지고 있어도 다짐이 될 뿐이었다. 또 읽고 싶으면 웬만한 그의 이야기는 다 통신망에 올라와 있어서, 누구나 언제나 읽을 수가 있었다.

 그의 인쇄기 두 대는 모두 다섯 해는 지난 것이라 낡을 대로 낡았지만, 겨우겨우 글씨를 읽을 수가 있어서 그는 웬만하면 안 나올 때까지 그냥 썼다. 그러니까 그는 뭐든 쉽게 버리고 사는 사람은 아니었다. 그는 그런 인쇄기를 100년은 쓰겠다고 다짐이라고 했던지 깜장, 노랑, 파랑, 하양 잉크가 담긴 아주 큰 통을 하나씩 더 가지고 있었기 때문에, 정말이지 그의 믿음대로라면 앞으로 열 해는 더 버티어줄지도 모른다.

 한 달이나 늦게 첫눈이 내렸다.

 그렇다고 그가 신이 난 것은 아니었다.

 그는 이미 예순 살로 그의 아내 말로는 재미없게 산다고 하지만, 그는 재미있게 살고 있다고 생각한다. 그러니까 그는 그걸로 된 건데, 남보다는 재미있게 산다고 스스로 생각하고 있으니까.

 그런데 그도 즐겁게 산다고는 아직 말할 수가 없었다. 그건 나라가 그래서 그런지, 남들이 그래서 그런지, 시뿌연 먼지 탓인지도 몰랐다. 또, 배우는 이들이 보내 온 글을 눈이 핑핑 돌아가도록 많이 봐서 그렇다면, 그가 축구 게임을 덜 하면 되고, 글을 덜 쓰면 되니까 그건 핑계에 지나지 않았다.

 한 번은 그는 그릇을 옳게 씻지도 않고 헹구기만 하고는 그의 아내에게 물을 주었는데, 그의 아내가 물 잔에 커피나 우유 찌꺼기가 있다고 안 마시려고 하자 그가 짜증을 냈다. 왜냐하면 그 스스로는 그렇게 곧잘 물을 마시고, 설거지도 대충대충 하기 때문이다. 사람이야 누구나 다 그런 게 있지만, 그는 한마디로 그렇게 깔끔하지는 않다. 그는 깐깐하지는 않다고 생각하고 있지만, 그렇게 짜증을 내는 걸 보면 그도 깐깐한 것이다.

 그에게 배우는 이들은 저녁에 전자 우편으로 글을 많이 보냈기 때문에, 그도 아침에도 짬이 났다. 아침에 게으른 젊은이가 많아서 그렇겠지만, 그는 그때 이야기고 쓰고, 다음해 새로 가르치러 갈 곳에 글을 써서 보내기도 했다.

그런데 그가 아침에 일어나서 전자 우편을 열어보면. 그들이 밤늦게나 새벽에 보낸 글 가운데 잘 쓴 것이 많았다. 그들이 뭔가 마음이 가라앉은 다음에 써서 그럴 거라고 그는 혼자 제멋대로 생각했다.

지난해만 하더라도 그는 시험지와 성적표를 다 배움터에 갖다내어야 했지만, 올겨울에는 성적표는 우편으로 부치고, 젊은이들의 글을 전자 우편에 덧붙여 배움터에 보내면 될 것 같았다. 코로나19 독감이 퍼져서, 그는 지난여름에도 그렇게 보냈다.

그러니까 그가 인쇄기를 쓸 일은 줄었는데, 다만 새로 글을 가르치러 가겠다는 곳에는 여러 가지를 인쇄해서 보내야만 해서 몹시 귀찮았다. 그래서 희미하게 나온 것을 그는 괜찮다고 제멋대로 생각하고는 그냥 보냈다. 정말이지 그는 그걸 하나하나 똑바르게 다 인쇄할 수는 없었다. 그는 거의 모든 걸 진하게 천천히 잘 나오도록 맞추어 놓고 인쇄를 했지만, 희미하거나 몇몇 글자가 흐릿한 것은 어쩔 수가 없었다. 그렇다고 그는 두 대나 되는 인쇄기를 버리고 새로 살 수도 없는 노릇이었다. 울며 겨자 먹기였지만, 그도 어쩔 수가 없었다.

창밖은 아직 눈발이 날리고 있었다.

그는 뒷짐을 지고 물끄러미 바라보았다.

그는 쓰레기를 버리러 나가면서 바로 앞 언덕 위에 올라가보았다. 그동안 하늘 높이 자란 참나무에도 눈이 타고 올랐으며, 키 작은 사철나무도 눈을 덮어 썼다. 한 해 만에 밟아보는 눈이었다. 눈발은 그쳤지만, 그는 귀가 시려서 이내 집으로 들어왔다. 내일은 서울도 영하 10로 떨어진다는 말이 방송에서 흘러나왔다.

여러분이 보기에 그는 제멋대로 사는가, 아니면 억지를 세우는가?

미리 말해두겠지만, 그는 이야기를 쓰고 글을 가르치는 데에 아주 바쁘다. 그가 방송을 보거나 아까 말한 축구 게임을 하는 건 그야말로 조금 쉬기 위해서다. 그리고 안 바쁜 사람이 싸운다는 말은 그에게 꼭 들어맞는 말이다.

그래도 여러분은 그가 제가 하고 싶은 대로만 하는 사람으로 보이는가, 아니면 바빠서 그런 것 같은가? 그가 바쁘다는 것은, 오로지 어떻게든 이야기를 쓸 틈을 비워두기 위해서다.

그러니까 그가 거기서 책 두 권을 가지고 온 것도, 수도꼭지를 틀어놓고 온 것도, 인쇄기를 가지고 온 것도 어떻게든 글을 잘 쓰고 가르치기 위해서였던 것이다. 그래서 그가 제멋대로 군다면 여러분은 그걸 헤아리겠는가?

못 헤아리겠다고?

그런 사람은 좀스러운 이다.

헤아릴 수 있겠다고?

그런 사람은 너그러운 사람이다.

그것도 제멋대로라고?

그는 그럴지도 모른다, 그렇지 않으면 그는 이야기를 쓸 수가 없다. 이야기를 쓰는 사람이 여느 사람과 똑같으면, 재미있게 글을 쓸 수도 가르칠 수도 없다.

그는 누구나 어두운 길을 밝히는 등불이 되기를 바란다. 제 스스로 등불이 되어 어두운 길을 밝히며 나아가야 한다는 것이다. 그 앞에는 무엇이 있는지 아무도 모르는 길을 그는 걷고 있는 것이다. 그라고 왜 두렵지 않겠는가? 하지만 그는 이제 나이도 꽤 들었고, 그런 길을 오래 걸어봤기 때문에 앞으로 나아갈 수가 있는 것이다. 그는 그 나이에 아직도 떠돌면서 글을 가르치고 있다. 그리고 그는, 그런 것은 이야기를 쓰는 데에 오히려 나았다고 생각할 줄 아는 사람이다.

핑계라고?

그럴지도 모르지만, 안 그럴 수도 있다.

이제 하늘은 갰고, 좀 파래졌다.

그의 집 창문 밖에 어린이들이 지붕 위에 작은 눈사람을 만들어놓았는데, 이제 그것도 다 녹았는지 서로 눈싸움을 하고 있다.

그가 이야기를 쓰는 오른쪽 옆에는 새카만 인쇄기 두 대가 이층집처럼 쌓여 있었다. 그러니까 아래 것은 위의 것을 들어내어야 쓸 수 있다는 말이었지만, 그건 얼마 앞부터 검은 색깔이 거의 나오지를 않아 그는 그대로 두었다. 그가 거기서 가져온 책 두 권은 아직 그의 왼쪽에 놓여 있었는데, 그는 그걸 어디에 부치지 않고도 글을 가르칠 수 있기를 바랐다.

그는 거기에 왜 갔을까?

정말 책 두 권과 인쇄기를 가지러, 수도꼭지를 잠그러 간 것일까? 그것 말고 그가 임진강을 보기 위해서라든지, 집 안에만 틀어박혀 있어서 갑갑해서 갔다든지, 그게 다 이야기를 쓰기 위해서라든지, 그런 까닭 말이다.

그가 아주 천천히 똑똑 떨어지게 해놓은 수도꼭지는 영하 15를 버티었을 것이다. 거기는 서울에서 60킬로 북쪽에 있어서 훨씬 더 추웠다. 영하 15도가 넘어선다고 하면, 그는 거기에 가서 물이 더 똑똑 흘러내리게 수도꼭지를 틀어놓아야 한다.

어제 그의 차 위에 내린 눈이 영하 10도에 얼어붙어, 그는 주걱처럼 생긴 막대로 얼음을 긁어냈다.

찍찍.

긁어내는 소리가 시끄러워 그는 빨리 듬성듬성 긁어내고 말았다. 그런 건 차가 데워지면 녹기 마련이라고 생각했지만, 그가 게으르다는 것도 다 이야기를 잘 쓰기 위해서라고 헤아리길 바란다.

또, 그가 차의 얼음을 떼러 나갔다는 것도 밥을 먹었으면 반드시 움직여야 한다는 것과, 조금 뒤 그의 아내와 어디에 나가봐야 한다는 것과, 또 그것조차도 이야기 쓰는 것과 이어지는 데가 있다고 여러분은 생각하는 게 좋다. 왜냐하면 그는 가장 게으르면서도 가장 바쁘고, 가장 느긋하면서도 가장 날카롭기 때문이다.

날은 몹시 찼지만, 하늘은 아주 맑았다.

하나가 바뀌면, 다른 하나도 바뀌는 것이다.

'그러면 우리도 바뀌어야 하는 것이 아닐까?'

앞으로도 그는 그처럼 바뀌면 된다.

여러분도 여러분답게 모두 바뀌면 된다.

다만 사람을 위해서!

'수도꼭지를 조금 더 틀어 물이 뚝뚝 떨어지게 해야 되나?'

그는 거기가 영하 16도로 떨어졌다는 말을 듣고는 그렇게 생각하고 있었다.

우리나라에서는 수도가 얼지 말라고 열선을 둘둘 감아 불이 자주 났지만, 그는 그렇게는 하고 싶지 않았다.

그는 집 안에만 있었더니 갑갑하기도 하고, 또 햇볕도 쬘 수도 있을 것 같아 차를 몰고 거기로 갔다. 차 안으로 들어오는 햇살에 그는 기분이 좋아졌다.

그런데 그의 차에만 앞뒤로 눈이 얼어붙은 채였다. 그래서 빨리 달릴 때마다 차에서 작은 얼음덩이가 떨어져 그는 바짝 얼을 차려야만 했다. 하지만 다른 차들은 눈 하나 쌓이지 않았고 깔끔했다.

'다른 차는 어떻게 눈을 다 치웠을까?'

그는 아무리 해도 차에 꽁꽁 얼어붙은 눈을 떼 낼 수가 없었는데 말이다. 그래서 그는 어제,

'차가 달리다보면 뜨거워져 다 녹을 거야.'

하고 생각하고 말았던 것이다.

'몹시 부지런했거나, 차에 뜨거운 물이라도 부었을 거야, 그렇지 않고서 얼어붙어 얼음이 된 눈을 어떻게 치웠다는 말인가!'

그는 정말이지 그럴 때면 울고 싶었다.

본디 덜 떨어진 데가 있었지만, 그도 그 나름대로 뒤늦게나마 그 추운데 나가서 차 위의 눈을 쓸어냈지만, 이미 꽁꽁 얼어버려 있었던 것이다.

그는 겨우 차가 뜸한 1차선으로 빠져 새처럼 날아갔다.

거기 수돗물은 얼지 않고 그가 해둔 그대로 똑똑 떨어지고 있었다. 그는 물이 똑똑 떨어지게 조금 더 수도꼭지를 틀어놓았다. 그리고 보일러가 얼지 않도록 한 번 켠 다음에 '외출'에 맞추어두었다.

그는 아까 거기서 내리자마자 차 위에 눈을 떼려 했지만 얼어붙어서 그냥 큰 것만 떼 내 바닥에 버렸다. 그러니까 그가 돌아올 때는 조금 나았고, 또 차가 밀려서 천천히 왔으니까 얼음 쪼가리가 떨어지지도 않았다.

하지만 그는 집에 돌아와서도 차에서 내려 덜 녹은 큰 얼음 조각을 떼 냈다. 그의 차에도 이제 얼음이 많이 녹았지만, 아직 앞뒤로 조금씩 눈이 얼어붙어 있었다. 정말이지,

'다른 차는 어떻게 눈을 다 치웠을까?'

- 끝 -   2020/12/16

개와 달

그가 이틀 동안 한 글자도 못 쓴 적은 없었다.

그는 올해 쉰여덟 살인 이야기를 쓰는 글쟁이다.

그때가 2018년 9월로 111년 만에 가장 무더운 여름은 막 보냈을 때였다.

그 여름이 끝나고는 비도 참 많이 내렸다.

그날도 그는 밥을 먹고 난 다음, 비가 그치자 밖으로 나와 버려진 논길 쪽으로 걸어갔다.

그런데 그날따라 웬 계집 셋이 그의 뒤에서 히죽히죽 웃으며 따라오고 있어서, 그는 논길로 가지 않고 오른쪽으로 휙 틀어 공원으로 들어섰다. 비는 내리지 않았지만, 하늘은 우중충하고 을씨년스러웠다. 그는 아무도 나와 걷지 않는 조용한 동네를 한 바퀴 돌고서는 그대로 집으로 들어가려다, 어저께 내린 비가 개울에 얼마나 흐르는지 한 번 가보고 싶었다. 아까도 그는 거기로 가려고 했지만, 그 계집들 탓에 발걸음을 돌렸던 것이다.

그런데 그는 이미 많이 걸어서 그런지 거기로 가는 게 왠지 썩 내키지가 않았지만, 일부러 더 걸어 가보기로 했다. 거기는 본디 끝도 없는 논이 뻗어 있던 곳이지만, 아파트를 짓는다고 저지난해부터 모심기를 하지 않더니만 이제는 잡풀만 우거져버렸다.

제기랄!

그가 보기에는 어떻게 된 게 이 나라는 마치 집만 짓는 것 같았다. 젠장!

그리고 지난여름 너무나도 더웠기 때문에 사람들이 낮에는 돌아다닐 수도 없었고, 어저께만 하도라도 비가 억수도 퍼부었기 때문에 길바닥으로는 하눌타리만 보기 싫게 뻗어 있었다. 그는 될 수 있으면 하눌타리를 피해서 걸었는데, 잘못 밟으면 가시처럼 생긴 게 발과 다리를 찔러서 따가웠기 때문이었다.

개울에는 비가 얼마나 왔는지 흙탕물과 함께 쓸어간 자국이 5미터나 위로 나 있었고, 모든 풀은 휩쓸린 채 누워 있었다. 멀리 떨어져 있는 다리까지 갔다가 오른쪽으로 한참을 가면, 아까 그가 갔던 그 마을길과 만나게 되어 있었다.

그런데 그가 얼마 걷지도 않았는데, 그의 왼쪽으로는 개울물이 흐르고 있었고, 오른쪽으로는 잡풀이 우거진 논이었는데, 처벅, 처벅, 하는 야릇한 소리가 들려서 그는 갑작기 겁이 덜컥 났다. 그래서 오른쪽으로 고개를 돌렸더니, 그야말로 시커먼 멧돼지 같기도 하고, 무슨 괴물 같기도 한 것이 풀썩풀썩 물소리가 나는 잡풀 속으로 뛰어가는 게 아닌가!

그는 대번에 온몸에 소름이 좍 끼쳤다.

'아악, 저게 뭐야!'

그는 걸음아, 날 살려라, 하면서 앞으로 뛰어가고 싶었지만, 등을 보이고 뛰면 그게 더 따라올까 싶어서 살금살금, 한 발 두 발, 종종걸음으로 앞으로 나아갔다, 멀리 차들이 달리는 큰길이 보였지만, 거기까지는 너무나도 멀어 보였다.

아아.

그는 눈앞이 캄캄해지면서도, 논길로 그게 따라오는 게 아닌가 싶어서 자꾸 돌아보았다,

바로 그때, 다시, 처벅, 처벅, 하는 소리가 들렸고, 그가 겁에 질린 채 뒤를 돌아보니까, 새카만 개가, 큰 사냥개처럼 생긴 개가 논길로

올라서는 게 아닌가!

그는 온몸에 소름이 좍 돋으며, 발길이 떨어지지가 않았다.

하지만 논길에 올라온 그 개가 다행히 논 아래쪽으로 내려가는 게 아닌가.   아아.

그는 그때서야 한숨을 내쉬었지만, 마음을 놓을 수가 없어 재빠르게 앞으로 나아갔다. 그리고 한 200미터쯤 가서는, 여느 때 같으면 아까 말한 그 논길로 갔겠지만, 그는 개울의 다리를 건너 집 쪽으로 걸어갔다.

그렇지만 다시 200미터를 걸어갔을 때, 개울 건너 쪽 물이 찬 논에 들어간 아까 그게 다시 나타나지 않을까 싶어서 가슴이 조마조마했다. 그리고 거기를 지나 꽤 멀어진 다음에도 논은 이어졌기 때문에, 어디서 갑자기 그 개가 잡풀을 헤치고 튀어 나올 것만 같아서 그는 마음이 놓이지 않았다.

그 다음 날부터 그는 그곳으로 가지 못했다.

겁이 나서 갈 수가 없었던 것이다.

그로부터 며칠 동안 그는 거기로 가지도 않았고, 그렇게 한 열흘이 지나자 그는 슬슬 그런 일을 잊고 있었다.

그는 잘 쓰이지 않는 이야기를 붙잡고 있었고, 밥을 먹고는 마을을 한 바퀴는 돌았지만, 버려진 논이 있는 쪽으로는 결코 가지 않았다. 그가 내키지 않는 쪽으로 굳이 갈 까닭은 없었다. 그는 늘 그렇게 살았지만, 반듯이 그렇게 할 수 없을 때도 있었는데, 그럴 때는 앞에서 이야기한 것처럼 시커먼 개 같은 것을 꼭 만나곤 했던 것이다.

제기랄!

그 개는 무슨 개였을까?

누가 버린 사냥개?

그는 그럴지도 모른다고 생각했다.

배가 고팠던 개가 물이 찬 논에서 개구리나 뱀이나 꿩이나 고라니 새끼라도 잡아먹었을 것이다.

그런데 그 개는 아직 거기에 있을까? 그렇다면 그는 거기로는 못 갈 것 같았다. 그는 그때 얼마나 겁을 집어먹었는지, 두 번 다시 그런 것과 맞닥뜨리고 싶지 않았던 것이다.

며칠 뒤, 그는 개울 다리 쪽으로 가지 않고, 그때 그 계집들을 피해 갔던 길로 걸어보았다. 거기도 썩 내키지는 않았지만, 너무 갔던 길만 가니 재미가 없어서 그는 오랜만에 그 길로 들어섰던 것이다.

사람은 아무도 없었고, 가을은 천천히 무르익고 있었는데, 잡풀은 그대로였다. 하지만 그 길 멀리서는 집을 짓고 있는 데가 있어서 그는 그렇게 두렵지는 않았다. 그리고 거기는 개울과 니은 자로 꽤 멀리 틀어진 곳이어서 그 개가 거기까지 올 것 같지는 않고, 또 이제 어디론가 가버렸을지도 모른다고 그는 생각하고 말았다.

그러나 그는 왠지 느낌이 서늘해서 한두 번 뒤를 돌아다보았고, 논 길에는 아무 것도 없었지만, 갑자기 목 뒤에서 잡풀이 바스락거려 깜짝 놀라기도 했다.

'새가 있나?'

그는 그렇게 생각하며 옆을 치어다보았지만, 잡풀만 보일 뿐이었다.

거기 버려진 논에는 본디 개구리가 많았고, 그래서 그런지 뱀과 왜가리, 꿩, 매, 고라니도 몇 마리 살고 있었다.

'그런데 요즘 고라니가 안 보이는데, 그 개가 잡아먹은 것은 아닐까?'

그는 그런 생각까지 들었다.

이제 아침과 밤에는 여름 내내 열어둔 창문으로 찬바람도 들어와서 그는 재채기와 콧물을 쏟아내기 일쑤였고, 그래서 몸과 마음이 괴로운데다 아랫집에서 비릿한 냄새까지 올라와서 그는 정말이지 참을 수가 없었다.

"이런 데서 개를 키우나? 그러려면 맞바람 치게 건너 쪽 창문도 마저 열어야지!"

그는 하도 짜증이 나서 그렇게 소리도 질러보았지만, 아무런 쓸모가 없었다.

아아.

그는 정말이지 지난 열흘 동안은 참 괴로웠다

길이 막히는 데서 앞의 차 매연을 맡아가며 아침저녁마다 운전을 해서 그런지, 집에 돌아와서도 그런 냄새 탓인지 그는 콧물과 재채기 때문에 정말 괴로워서 눈알까지 빨개지곤 했다.

그 개를 본 지도 보름이 지났고, 그는 간밤에 맥주를 덜 마셨더니 재채기와 콧물이 줄어들어 겨우 숨을 쉴 만 했다. 그래서 그는 늦은 아침밥을 먹고 마을 한 바퀴 돌려고 나왔는데, 여느 길로 가는 것도 지겨워서 그날은 바로 그 개가 나타났던 개울 쪽으로 가보고 싶다는 생각이 문득 들었다.

하지만 그는 두려워서 그렇게 썩 내키지는 않았지만, 갔던 길로만 간다는 게 더 지겨워서 그는 발길을 개울 쪽으로 돌렸다.

들녘에는 가을이 와 있었고, 그는 한발 두발 개울 쪽으로 걸어갔다.

개울 건너 논에는 벼가 1미터나 자라 있었다.

그는 귀를 기울이며, 드디어 개울 쪽 길로 들어섰다.

지난여름 비에 쓰러진 잡풀이 버려진 논에 길게 누워 있었지만, 아무 소리도 들리지 않았다.

'그 개는 어디로 갔을까?'

그는 그런 생각을 하면서도 뒤를 몇 번이나 돌아보았다. 그 시커먼 개가 논길에 떡 하니 앉아 그를 바라보고 있을 것만 같았기 때문이었다.

하지만 다리가 나타났을 때까지 그 개는 보이지 않았고, 그는 개울에 그의 팔만 했던 물고기가 돌아왔나 싶어 보기도 했지만, 아무 것도 없었다. 그는 이제 좀 마음을 놓고 들길을 걸으면서도, 개울 건너 버려진 논을 바라보곤 했다.

'그날 웬 사냥꾼이 그 개를 데리고 거기에 왔던 것은 아닐까?'

그는 갑자기 그런 생각이 들었다.

그건 그 개가 검은 사냥개처럼 생겼고, 그를 보고 짖지도 않고는 사냥꾼이 숨어 있었을지도 모르는 잡풀이 우거진 논으로 다시 들어갔기 때문이었다.

그런데 만약 그 시커먼 개가 거기에서 다시 나타났다면, 그는 어떻게 되었을까?

수풀에서 나타난 개가 그를 슬금슬금 따라오고, 그는 두려움에 떨다가 마침내 그는 걸음아, 날 살려라, 하고는 달아났을 것이다.

그런데 그 개가 더 그를 따라잡아 그의 종아리를 문다면, 아아, 그는 생각만 해도 끔찍했다. 그래서 그는 아까 그의 허리띠를 풀어서 마치 채찍처럼 그 개를 때리는 모습을 그려보기도 했다. 잘만 맞으면 그 개가 깨갱, 하는 소리를 내며 물러날 것도 같았기 때문이었다. 그러려면 아주 능숙하게 허리띠를 휘둘러야 할 것 같았다. 그리고 그는 한동안 두려움에서 벗어나지 못할 것이다.

다음 날은 비가 내렸고, 그는 개울 쪽으로 가지 않았다. 비가 더 내릴지도 몰라 우산도 쓰지 않은 그는 멀리까지 갈 생각이 없었다. 하지만 그의 머리에서 그 개가 사라진 것은 아니었다. 비가 그치고 그가 또 개울 쪽으로 걸어가면, 그 개가 또 튀어나올까봐 좀 두려웠다.

비는 그의 어깨에 다 젖지 않았고, 그는 집으로 돌아왔다.

이제 날이 차가워지면서, 그는 콧물과 재채기를 아직 쏟아내고 있었다. 하지만 게으른 그는 긴 소매 옷을 찾아 입지 않았고, 그만 아직까지 짧은 소매 옷을 입고 있는 것 같았다.

뚜뚜.

철컥.

'왜 이렇게 시끄러워. 다른 집이겠지.'

그는 그렇게 생각하면서 이야기를 쓰고 있다가, 갑자기 문 쪽을 바라보았는데 그게 조금 열려 있는 게 아닌가!

그는 깜짝 놀라 일어나 문을 열고 나가 밖을 보았지만, 아무도 없었다. 벌써 그런 일이 몇 달 앞에도 한 번 있어서 그날이 두 번째였다. 그는 왠지 기분이 나빠 문 밖까지 나가 서성거려보았지만, 아무도 없었다. 틀림없이 숫자를 누르는 소리가 나지도 않았는데도 문이 열렸다면, 그건 자석 같은 것으로 된 열쇠일 것 같았다.

'누굴까? 왜 문이 저절로 두 번씩이나 열렸을까? 그리고 그때마다 문밖에 인기척이 있었다.'

그는 기분이 좋지 않았다.

그래서 몇 달 앞에 그는 경찰을 불러 그런 이야기를 했고, 또 나중에 그가 잘못 본 것으로 드러났지만 쓰지도 않았는데 전기 계기판이 하루 만에 터무니없이 올라가 있었다고 말을 했다. 그건 문이 열렸던 그날, 그가 하도 야릇해서 전기 계기판의 숫자를 봐두고 집을 비우고 다음 날 보았더니, 몇 배나 올라가 있어서 경찰에 이야기했던 것이다. 하지만 나중에 알고 보니, 그가 눈이 침침해 그 숫자를 잘못 본 것이었다.

'그런데 이번에 왜 문은 저절로 열렸을까?'

그건 몇 달 앞과 똑같이, 밖에서 다른 집 문을 여는 듯한 소리가 들리고 난 다음에 열렸다.

제기랄!

그는 그날 밥을 먹고 개울 쪽으로 걸어갔다.

그는 이제는 정말 그 개가 없을 것 같았지만, 두렵지 않은 것은 아니었다. 보슬비가 내리고 있었지만, 그는 우산을 받치지 않았다. 여느 때처럼 거기에는 사람이 없었고, 개울에는 흙탕물이 흘렀고, 하늘은 점점 개고 있었다.

그는 논길을 걸으며 몇 번이고 뒤를 돌아보았지만, 개는 없었다. 사람이 잘 다니지 않아 그동안에도 하눌타리만 더 보기 싫게 덩굴이 땅바닥을 덮고 있어서, 그는 개울 오른쪽으로 크게 돌지 않고 다리까지 갔다가 다시 왔던 길로 집으로 돌아왔다.

날은 이제 더 차져서 아침에는 15도, 낮에는 25도로 떨어졌다.

한 달 앞만 하더라도 아침에는 25도, 낮에는 35도였다.

올여름은 무척 더웠고 40도까지 올라가기도 했지만, 비도 많이 내렸다. 그래서 나도 사람들도 더 지친 것만 같았다.

그러나 잘 견디어냈다는 것을 고마워해야 한다고 그는 생각했다. 그 개도 올여름에 무척 더웠을 것이다. 굶주리지 않기 위해, 살아남기 위해 그 개가 거기에 있었다면, 그도 할 말이 그다지 없을 것이다.

하루에 두세 끼를, 배가 터지도록 처먹는 사람들과 하루에 한 끼도 옳게 먹지 못하는 아프리카의 아이들과는 다른 것이다.

무엇이 다르다는 말인가?

정말 우리는 돼지처럼 처먹어야 할까? 우리도 그렇게 굶주리던 때가 있었다. 그렇다고 먹을거리를 그렇게까지 남겨 가며 처먹어야 하는가!

그것과 그가 개를 두려워하던 것과는 전혀 다른 일이지만, 그렇지만 말이다, 그가 말하고자 하는 것은, 돈과 욕심을 개돼지처럼 처먹는 것들이 나라를 흔들고 우리를 힘들게 하고 있다는 것이다. 그리고 우리 가운데도 개돼지 같은 것들은 있다. 개돼지만도 못한 것들은 어디에나 있다는 말이다.

그러나 그것들이 벼슬아치라면 말이 달라진다. 왜냐하면 훌륭한 벼슬아치 한 사람이면 몇 백만, 아니 몇 천만의 사람이 힘들지 않게 살 수 있기 때문이다. 정말이지 우리가 더 두려워해야 될 것은, 그 개일까? 아니면, 개돼지만도 못한 놈들일까?

그는 그 개울 논길에서 지난여름 뱀도 개도 만났다. 하지만 그것들은 그를 뜯어먹으러 달려들지는 않았다. 그가 몹시 두려웠던 것은 맞지만, 그는 어떻게든 그것을 이겨냈고, 이제는 개도 뱀도 더는 보이지 않았다.

그러는 동안 한가위는 왔고, 그는 사흘 내내 집에만 있었다.

이제 그의 머릿속에서 그 개 따위는 사라졌지만, 거리에서나 방송에서는 한가위 내내 어디에나 먹고 또 먹는 사람들의 모습만 보였다.

그는 아직 재채기와 콧물이 나왔고, 밤에 잘 때는 입으로 숨을 쉬는 바람에 자리끼를 한두 번씩 마시곤 했다.

어쨌든 그는 쓰지 못했던 이야기를 며칠 동안 다 쓴 셈이었다.

한가위가 하루 지난 어제도 보름달은 둥글고 환했다.

- 끝 -   2018/9/26

두 대의 컴퓨터

　아들이 나한테 쓰던 컴퓨터를 주었다.

　나에게는 그런 컴퓨터가 두 대나 있다.

　그런데 새로 받은 컴퓨터가 너무 느려서 나는 이리저리 지우고, 다시 켜기를 지난 사흘 동안 몇 십 번이나 되풀이했다. 그리고 그 컴퓨터는 조금씩 빨라졌다.

　나는 또 거기에 무얼 써야 할까?

　몇 달 앞에는 아들이 2004년 중학교에 들어갔을 때 썼던, 열다섯 해나 된 컴퓨터가 더는 돌아가지 않아서, 그 동안 내가 쓴 이야기가 들어 있는 저장기만 빼고는 거리에 차를 타고 다니며,

　"안 쓰는 컴퓨터나 냉장고 사요."

하고 소리치는 사람에게 5000원을 판 적이 있었다.

　그동안 나는 다른 컴퓨터 한 대로 집과 글방을 오고가며 이야기를 쓰고 있었는데, 이번에 아들에게 새로 쓰던 컴퓨터를 한 대 더 받게 된 셈이었다. 어쨌든 나는 기분이 좋았다. 그래서 며칠 동안 힘든 줄도 모르고 그 컴퓨터를 이리저리 고친 것이었다.

　그런데 나는 새로 받은 그 컴퓨터를 글방에 둘 수가 없었다.

　왜냐하면 벌써 올해 두 번이나 문이 저절로 열렸기 때문인데, 그때마다 내가 밖으로 나가보았지만 아무도 없었다. 틀림없이 누군가 옆집이나 앞집에 사람이 들어오는 듯한 소리가 날 때에 문이 열렸던 것이다. 그것도 숫자판을 누르는 소리도 없이 삑, 소리 한 번에 스르륵 열린 것이었다. 그래서 나는 그때부터 며칠 글방에 오지 않을 때는 곳곳에 물 잔과 베게, 종이 따위를 한 곳을 바라보게 놓기도 하

고, 일부러 나만 알 수 있게 흩뜨려놓기도 했지만, 그렇게 해놓고 보면 아무 일도 없었다는 듯 괜찮았다.

내 손전화기는 딸이 준 것인데 벌써 다섯 해째 잘 쓰고 있다. 다른 이들은 통신료로 한 달에 4, 5만 원을 내지만 나는 15000원만 낸다. 국제 통신망은 전철이나 집에서만 쓴다.

그것뿐만 아니라, 내 옷도 3할은 아들에게 물려받은 것이다.

그 다음 날도 나는 좀 더 컴퓨터가 좀 더 빨라져야 하는데 아직 느려, 하고 생각하며 들떠 있었다. 그건 마치 컴퓨터를 새로 샀을 때 하던 짓과 비슷했다.

또 컴퓨터를 끌 때도 되었는데 밤이 늦도록 켜놓고는, 내가 쓴 이야기를 읽으러 사람들이 얼마나 왔나 살펴보기도 하고, 쓴 이야기를 새로 국제 통신망에 올려놓기도 했다.

그러나 나는 글방에 올 때는 일부러 헌 컴퓨터를 들고 왔는데, 따로 마우스와 전깃줄을 들고 오지 않아도 맞는 게 하나 더 있기 때문이기도 하지만, 집에 돌아가면 새로 얻은 컴퓨터를 이리저리 만져볼 수 있었기 때문이기도 했다. 그건 어린이가 새 장난감을 집에 놔두고 배움터에 갔다가 다시 돌아갈 때와 비슷했다.

글쟁이인 내가 하는 일이란 재미있고 훌륭한 이야기를 많이 쓰는 것인데, 그건 따지고 보면 쓰고 있던 헌 컴퓨터로 해도 된다. 하지만, 몇 달 앞처럼 컴퓨터를 열 해를 넘게 쓰면 저절로 탈이 나서 오랫동안 썼던 이야기가 한꺼번에 사라져 어쩔 줄을 몰라 쩔쩔매기도 하고, 켜는 것조차 몇 십 번을 켜도 잘 켜지지도 않아 애를 먹곤 했다. 그래서 난 여러 저장기에 썼던 이야기를 잘 넣어두는 버릇이 생겼다. 그러고 보면 나는 오늘부터라도 집에 돌아가면 새로 얻은 컴퓨터에 쓴 이야기를 옮겨두어야겠다는 생각이 들었다.

컴퓨터에는 얼마나 값진 알맹이가 들어 있느냐, 나는 또 얼마나 많이 그런 알맹이를 채워 넣느냐, 하는 것이 가치 있는 것이다. 우리 곁에는 겉만 번지르르한 것들이 얼마나 많은가! 남을 위하지 않고 쓸데없는 소리, 이야기로 그저 시간만 때우는 것들이 얼마나 많은가!

그런데 야릇하게도 난 그로부터도 며칠 동안 그 컴퓨터만 만진다고 거의 이야기를 쓰지 못했다. 글쟁이가 딴 짓을 한 것이다. 왜 그런 것에 마음이 빼앗겼을까? 이야기 쓰는 것도 지겨워져서? 그런 것도 좀 있을 것이다.

그러면 이야기나 재미있게 써야지.

그런데 야릇하게도 난 글방에서도 헌 컴퓨터를 자꾸 요리조리 만지고 지우고 고치고 있었다. 그건 왠지 컴퓨터가 느려진 것 같아서 그런 것 같았다. 하지만 이야기를 쓰는 아래아 한글은 잘 돌아갔는데도 말이다. 왜 그런 것에 마음이 빼앗겼을까? 이야기가 술술 쓰이지 않아서? 그런 것도 좀 있을 것이다.

그래서 어제 나는 그런 것에서 좀 벗어나기 위해 아내와 이미 낮 12시가 지났는데도 다짜고짜 동해로 떠났다. 속초에 이르렀을 때는 2시가 넘어 있었다. 아주 빨리 이른 것이지만, 난 몸이 그다지 좋지 않았다. 하지만 물결이 세차게 이는 바다를 바라볼 때는 즐거웠다. 그러고 나서 거기서 아바이 회 국수를 먹었는데, 맛은 있었지만 먹는 곳이 아주 갑갑해서 금방이라도 밖으로 뛰쳐나가고 싶은 것을 겨우 참았다. 밖으로 나와 나는 아내와 항구를 거닐다 서울로 돌아왔을 때는 밤 8시였고, 난 몸이 딸리는 게 영 안 좋았다. 며칠 앞에 의사가 말했다.

"술 좀 줄이세요. 전에 피 검사 한 것 가운데, 간의 수치가 안 좋아요. 다른 건 괜찮은데."

"네, 술을 줄이겠습니다. 전립선은요?"

난 그렇게 말했지만, 겨우 하루에 맥주 한두 통인데 싶어서 억울했다.

"그건 검사를 안 했는데, 다음에 간과 전립선 피 검사해봅시다."

"네."

내가 집에 돌아왔을 때는, 아내도,

"날마다 마시는 게 안 좋아."

하고 말을 보태었다.

나는 그날부터 몹시 걱정을 했다.

밤에 자다가 깨어도 불알 밑이 욱신거리는 것 같아서 걱정이 되었다. 그리고 꼭 그때마다 오줌을 누러 갔다.

제기랄!

난 그날부터 술을 아주 조금씩 줄였지만, 컴퓨터는 그대로 켜두었다.

술을 줄이면서 몸은 나아지고 있었다.

한참 차를 몰고 나서 밥은 뱃속으로 잘 안 들어갔지만 자장면, 순댓국은 그런대로 잘 들어갔다. 그것보다 더 잘 들어가는 것은 맥주와 땅콩이었다.

난 아직까지 아들에게 새로 받은 컴퓨터를 거실에 켜놓고 이것저것 켜보기도 했지만, 이야기는 한 줄밖에 쓰지 못했다. 뭔가 더딘 것이다. 컴퓨터가 더딘 것이 아니라, 내가 이야기를 쓰는 것이 더디었다.

몸이 안 좋으면 짜증을 많이 내고 싸울 일도 많아진다.

나도 그랬다.

그래서 난 아들에게 새로 받은 컴퓨터라도 자꾸 이리저리 만지고 있는지도 몰랐다. 그때는 거의 모든 걸 잊을 수 있었으니까. 그래서 빨래도 하고, 물도 끓이고, 쓰레기도 버리고, 이야기도 쓰는지도 몰랐다.

그런데 야릇하게도 그런 일을 하고 있으면, 그 가운데서도 이야기를 쓰고 있으면 난 치밀어 올랐던 부아가 가라앉았고, 난 부끄럽지도 않게 아내에게 달려가,

"아까는 내가 잘못했다."

고 말하곤 했다.

나는 어느새 윈도우8이었던 아들의 컴퓨터를 윈도우10으로 바꾸고 있었다. 그것도 지겨워져 새롭게 윈도우10을 깔고 싶었는지도 모른

다. 나는 아들이 썼던 글이며 찍은 사진을 거의 다 저장기로 옮겨두었다.

그런데 그게 아침이 다 지나고, 낮이 되었는데도 아직 깔리고 있었다.

젠장.

하지만 그게 빨리 깔린다고 해도, 그다음 며칠 동안 또 이번에는 윈도우10만 만지고 있을 것이다. 나는 윈도우8이 좀 느리다거나, 한두 가지 프로그램이 잘 안 돌아간다는 핑계로 윈도우10을 깔고 새로 깔려고 마음먹었던 것이다. 처음에는 모든 걸 지우고 그렇게 하고 싶었으나, 지난 몇 해 동안 아들이 쓴 글과 사진 따위가 지워질까봐, 그냥 남겨둔 채로 깔고 있었다.

그러는 동안 싹쓸바람이 밤새 불었고, 아침까지 비가 내렸다. 남쪽 바닷가는 큰물이 들어왔지만, 서울은 괜찮았다. 나는 아침에 눈을 뜨자마자 싹쓸바람이 부는 창밖을 바라보며 키 큰 목련나무가 흔들리는 걸 지켜보았다. 그 나무도 한 달 뒷면 나뭇잎이 떨어지고, 두 달 뒤면 눈이 쌓일 것이다.

야릇하게도 그 컴퓨터를 만지고부터 이야기를 쓰는 게 더디어진 것 같았다. 이제는 쓸 이야기도 그다지 없어서 그런지, 쓸 힘이 떨어져서 그런지도 몰랐지만, 한 달에 두세 편을 쓰던 이야기가 한 편으로 줄어들었다.

"그것도 꽤 많이 쓰는 편입니다."

누군가는 그렇게 말할 것이다.

나도 그렇게 생각하지만, 이야기를 쓰는 것 말고 내가 할 일이란 그다지 없었다. 더군다나 올해 나는 글을 가르치러 나가지 못했다.

아들에게 새로 헌 컴퓨터를 받은 지 보름이 지났고, 나는 윈도우10을 깔고 있었지만 낮 3시가 지나도록 아직 30퍼센트, 라는 글씨만 나왔다.

'괜히 까는 건 아닐까? 저러다가 더 느려지면? 아들이 쓴 글이나

사진을 다시 찾으면 어떻게 하지?'

나는 슬슬 또 조바심이 일었다.

4시 40퍼센트.

그러면 5시에 50퍼센트, 7시에 70퍼센트, 10시에 100퍼센트가 될 것 같았다. 정말이지 모든 컴퓨터가 다 이 모양인지, 난 짜증이 나려는 걸 참고 있었다. 그래서 괜히 방송을 보거나 이야기라도 붙들고 있지 않으면 참 지루했는데, 그게 재미있으면 괜찮았지만, 그렇지 않으면 괴로웠다.

그러나 어떻게든 이야기를 붙들고 있으면, 오늘 아침처럼 아내와 싸워서 내가 안방에 파묻히게 되면, 하는 수 없이 이야기를 쓰게 되었다. 그렇다면 나는 이제까지 괴로운 것에서 언제나 살살 뒤로 물러나 있었던 게 아닐까?

나는 왜 쓸데없는 짓을 자꾸 할까?

그게 돌연변이처럼 재미있어서? 새로운 것을 만들어보려고? 그래서 모든 것을 새롭게 바꾸려고? 그럴지도 모른다.

아니면 꾸준히 무엇 한 가지를 대가리 박고 할 수 없어서? 다른 일을 할 때는 거의 모든 일을 슬쩍슬쩍 했지만, 내가 이야기를 쓰는 건 그렇지 않았다. 오늘 아침에도 나는 아내가 씻어둔 채소를 쏟는 바람에 싸웠고, 난 성이 나서 아무 거나 들고 쓰레기를 버리러 나갔다.

"이렇게 안 치우고 쌓아두기만 하니까 그렇지!"

난 나보다는 덜 게으른 아내를 그렇게 탓했다.

"옷이고, 가방이고, 신발이고 제발 좀 사지 마. 이제 놓을 자리도 없어!"

난 그렇게 말했지만, 아내도,

"저 앉은뱅이책상이나 치워! 저걸 왜 거기에 놔!"

하고 지지 않고 말했다.

그건 내가 요즘 아침만 되면, 어두컴컴한 안방에 가는 게 귀찮아서 거실에 아들에게 받은 컴퓨터를 거기에 놔둔 것이었다. 여느 때라면 아내는 그런 걸 두고 말할 사람은 아니지만, 싸울 때는 무슨 소리든 서로 나오게 되는 법이다. 그래도 덜 싸우고, 그런 소리 안 하는 게 좋지만, 지치면 나도 모르게 그런 소리가 나왔다.

"저만 알고, 모든 걸 귀찮아해서 그래. 그러니까 무슨 일 하나 재대로 못하지."

아내의 말은 맞는 말이었다.

"나는 큰일을 하고 있잖아, 이야기를 써서."

난 그다음 할 말이 없었다.

"누구는 안 그래? 다 제 일이 중요하지."

나는 그런 아내를 한 번도 이겨본 적이 없다.

그런데 아내가 아들딸과 어디에 간다고 나가면서, 나는 다시 앉은뱅이책상을 거실에 펴고 아들이 준 컴퓨터를 얹어놓았다. 6시, 컴퓨터는 아직 윈도우10을 60퍼센트밖에 깔지 못하고 있었다.

밤 10시가 되어 윈도우10은 다 깔리었지만, 그때부터도 잠깐 기다려라, 몇 번이고 다시 꺼졌다가 켜질 것이다, 라는 글씨가 나오면서 내가 보기에 11시는 되어야 비로소 제대로 쓸 수 있을 것 같았다. 컴퓨터도 미안한지,

까는 데 생각보다 오래 걸렸지만, 빨리 마치도록 하겠습니다.

라는 글씨까지 나왔다.

그건 윈도우8에서는 볼 수 없었던 글이었다.

그러는 동안 나와 아내는 다시 괜찮아졌고, 밖에 나갔다 온 그들은 저녁밥을 안 먹었다며 소고기를 구워서 먹었다. 나에게도 먹겠냐며 물었지만, 나는 먹었다고 말하며, 그들에게 잘 밤에 많이 먹지 말라고 했다.

그날 컴퓨터가 잘 돌아갔느냐고?

맙소사, 난 그 다음 날에도 느리기만 한 윈도우10을 이리저리 손보기에 바빴다. 내가 정말이지 무슨 짓을 한 건지 한숨이 나왔다. 그런 대로 빨리 돌아가던 윈도우8을 왜 윈도우10으로 다시 깔았는지 뉘우쳤지만, 일은 이미 되돌릴 수 없게 되었다. 울며 겨자 먹기가 이런 것일까? 모든 것을 싹 지우고 다시 깔았더라면 좀 더 빨라졌을 테지만, 난 아들이 쓴 글이나 찍은 사진을 그렇게 쉽게 지울 수가 없었다. 그건 곳곳에 흩어져 있어서 하나하나 다 찾아 다른 곳에 옮겨둘 수가 없었다. 하지만 아들에게 새로 받은 이 컴퓨터가 내가 거의 열 해 가까이 쓰던 헌 것 보다는 빨라야 하지 않겠는가! 둘 다 윈도우10인데도 말이다.

게다가 지난밤에는 웬 모기가 그렇게도 많은지, 우리는 거의 잠을 이루지 못했다. 나는 새벽까지 귓가에 윙윙거리는 모기를 때려잡는다고 손을 몇 백 번을 휘둘렀다. 아아, 정말이지 괴롭고 힘든 밤이어서, 난 차라리 일어나 그 컴퓨터를 마저 마무리나 할까, 싶은 생각도 들었다. 그래서 어서 빨리 새벽이 오기를 바랐지만, 눈을 떴을 때는 아침 9시였다.

아내는 10시에 일어났는데, 내가,

"모기 들어온 곳을 알았어. 방충망 옆 유리 창문이 1센티미터쯤 열려 있었던 거야."

하고 말하니까, 밤새 짜증이 났던 아내가,

"내가 당장 현관에도 방충 문을 달 거다."

하고 말했다.

"아니, 그건 몇 해 앞에도 달았지만, 걸리적거리기만 하지 모기는 들어와. 그러니까 제발 하지 마."

하고 내가 말했더니, 아내가 크게 성을 내며,

"뭐라고? 오늘 당장 내가 할 거다. 그리고 요사이는 밀고 닫은 게 아니라 미닫이 방충 문도 있어!"

하고 말하고는, 약 올린다고 혀를 쏙 내밀었다.

제기랄!

나는 열불이 나려는 걸 애써 참으며,

"에잇, 내가 현관문을 닫아버려야지."

하고는 성큼성큼 걸어가 문을 닫았다.

우리 집은 겨울만 빼고는 문을 늘 열어두었다. 그래야 밝은 햇살이 들어오고 기분도 좋아지는 것 같았기 때문이었다.

어쨌든 나는 아내 탓에 다시 안방에 들어와 아들에게 새로 받은 컴퓨터를 아직 이리저리 만지면서, 헌 컴퓨터로는 이야기를 썼다.

                    - 끝 -   2018/10/7

멋진 생각

'안 좋게 느낀 걸 굳이 쓸 건 없다.'

그는 그렇게 생각했다.

'훌륭한 것, 멋지게 느낀 걸 쓰는 게 훨씬 나을 것이다.'

그런데 그런 게 많이 있을까?

그는 남다른 데가 있으니까 있을 것이다.

예를 들어, 서른 살인 그의 아들이 일을 잘한다고 어디에서 뽑혔다고 아비와 어미를 데리고 오라고 했는데, 다른 이들은 아들이 마흔 살이나 마흔다섯 살이었으니 나이가 일흔이나 여든 늙은이들이었다. 그래서 올해 예순인 그가,

"할아버지와 할머니가 대신 오셨어요?"

하고 묻고 다닌 것이다.

"네? 아뇨, 아버지예요."

하고 그들이 좀 거북한 듯이 말했다.

그런 그를 그의 아내가 옆구리를 쿡쿡 찔렀지만, 그는,

"아니, 난 정말이지 그들이 할아버지나 할머니 같아."

하고 말하면서도, 그렇게 묻는 것이 뭐가 안 좋은 것인지 헤아릴 수가 없었다.

그들은 아들들을 자랑스러워했지만, 그는,

"여기는 일을 많이 시켜서 힘들어요."

하고 말했더니, 그들이,

"그래도 요즘은 한 주에 쉰두 시간만 일하게 되어 있잖아요."

하고 말하자, 그가,

"그래도 하루에 열 시간이나 있어야 닷새에 쉰 시간이잖아요. 게다가 밥 먹는 한 시간은 뺀다는데. (제기랄)."

라고 말했다.

여러분 눈엔 그가 좀 어리석거나 모자라게 보일 테지만, 나는 그가 뭔가 남다른 데가 있어 보인다.

그리고 여느 사람이 더 찍기를 바라는 사진을, 그는,

"왜 그렇게 많이 찍어요?"

하고 도리어 핀잔을 놓는다는 것이다.

또 다른 사람이 더 받기를 바라는 선물도,

"이제 더 선물은 안 주죠?"

하고 받기가 싫어서 말했더니, 그들은 그가 선물을 받고 싶어서 그러는 줄 알고,

"글쎄요, 좀 더 기다려봐야겠죠."

하고 말했는데, 마지막에 진짜로 또 선물을 주는 것을 보고 그는 그만 고개를 설레설레 흔들며 일찍 집으로 돌아가지 못하는 것을 못내 아쉬워했다.

그만 하면 그를 남다르다고 해야 하지 않을까?

그가 무얼 하는 사람이냐고?

그는 이야기를 쓰는 글쟁이다.

"아, 그러니까 그럴 만하네요."

여러분은 그렇게 말하겠지만, 그의 아내나 아들딸은,

"아휴, 정말이지 힘듭니다."

하고 말한다.

그의 남다른 말투나 움직임이 그들을 힘들게 한다는 것이다.

그래도 그는 아랑곳하지 않으려고 하지만, 싸우기는 싫다.

그럼 그는 다른 이와 안 싸우고 어떻게 살아나갈 수 있을까?

"잘."

그는 그렇게 말하고 치울 것이다.

남을 따라다니는 것처럼 그를 지치게 만드는 것도 없었다.

그래서 그는 자유롭게 늘 홀로 다니려고 했던 것이다. 그렇지만 누구보다도 잘 사람들을 살펴보았고, 그들이 왜 그러는가를 생각했다. 그는 모두가 가난과 불쌍함에서 벗어나 잘살기를 바랐다.

그는 잘사느냐고?

여느 사람과 비슷하다. 아니, 그는 여기저기 떠돌려 글을 가르치기 때문에 돈은 훨씬 못 벌었다.

그는 적게 일하고 적게 벌고 술 빼고는 적게 먹었지만, 이야기는 많이 썼다. 이야기를 잘 쓰려면 다른 사람이 보지 않고 생각하지 않는 걸 보고 생각해야 쓸 수 있다.

그런데 그걸 억지로 그렇게 하면 꼴불견이지만, 그는 그게 아예 몸에 배었다. 그의 얼굴엔 장난기가 배어 있지만, 나는 쓸쓸함도 함께 보았다.

하지만 다음날, 그는 간밤에 잠을 잘 못 자서 몸이 안 좋아 언짢았다. 그래서 낮까지 잔뜩 얼굴을 찡그리고 있었다. 그러니까 그의 아내도 그게 마뜩찮았고, 그래서 서로 다투고 말았다.

그런 그를 남다르다고 말할 수 있을까?

그는 왠지 염통이 안 좋은 것처럼 느껴졌는데, 그래서 지난밤에도 잠을 잘 못 잤던 것 같았다.

그러나 그는 처음에,

'안 좋게 느낀 걸 굳이 쓸 건 없다. 훌륭한 것, 멋지게 느낀 걸 쓰는 게 훨씬 나을 것이다.'

하고 생각하지 않았는가?

그렇다면 그는 굳이 안 좋게 느낀 걸 쓰고 만 셈이다.

그도 그렇게만 움직인다면 여느 사람과 똑같을 것이다. 그는 거기에서 벗어날 수 있을까? 괜치 짜증스러운 말투로 지껄이고, 그의 아내를 성가시게 하고, 길은 잘 비켜주지만 차를 빨리 몰고, 아직도 사람 낯가리는 까다로운 것 따위 말이다.

올해는 지난해보다 비가 자주 내려서 맑고 깨끗한 날이 많았다.

그래서 그런지 7월이라고 해도 아침, 저녁으로는 시원했으며 새벽에는 이불을 끌어당겨 덮어야 했다.

며칠 앞에 비를 뿌렸던 장마 구름은 제주도에 머물러 있었다.

그 다음날 그는 밤늦게까지 요즘 브라질의 민주주의를 다룬 영화를 보았다. 가난한 이들을 도와 브라질을 잘살게 만든 이들이 마침내 몇 백 년 동안 원주민을 부려 넓은 땅을 갈아 번 돈과 힘과 석유를 쥔 이들에게 당하는 기록물이었다.

그런 것을 볼 때면 그는 눈빛이 살아 있었고, 그와 그의 나라는 어디로 가고 있으며, 사람은 어떻게 살아야 하는지를 생각했다.

'브라질은 어디로 가고 있는가?'

그는 모든 나라나 사람이 함께 잘살아야 된다고 생각하는 사람이었다. 그러니까 그렇지 않게 생각하는 사람도 반드시 있을 것이다. 그의 나라에도 그가 사는 곳에도 그런 사람은 아주 많을 것이다.

"어떻게 모든 나라나 사람이 잘살 수 있는가?"

내가 그에게 물어보았다.

"그렇게 바라면 그렇게 된다."

그는 그렇게만 말했다.

"헛된 꿈을 꾸는군."

"꿈도 못 꾸나?"

"미덥지 못한 꿈은."

"그만 꾸라고? 나는 꾸겠네. 난 그게 좋아."

그가 좋다는데, 내가 더 뭐라고 할 수 있을까?

나는 그를 안 지 꽤 오래 되었지만, 자주 만나지는 않았다. 아니,

그는 누구를 잘 만나는 사람이 아니었다. 그는 홀로 다니는 걸 좋아했고, 혼자 생각하며 이야기 쓰는 것을 좋아했다. 그도 젊었을 때는 사람들과 술을 마시며 껄껄 웃곤 했지만, 이제는 그렇게 하지 않았다.

그런데 그가 꼭 사람을 만나야 할까?

만나게 되면 그도 만날 테지만, 일부러 찾아가서 사람을 만나지는 않게 되었다는 말이다. 그는 길을 걸으면서도, 이야기를 쓰면서도, 밥을 먹으면서도 사람을 생각한다. 그렇지 않았다면, 그는 이야기를 쓸 수 없었을 것이다. 말이 많으면 이야기를 쓰지 못한다. 그게 글쟁이가 아닐까?

그러나 어떻게 이야기가 끊임없이 쏟아져 나올 수가 있겠는가?

힘에 부쳐서 그는 그렇게 할 수도 없었다.

그런데 요 며칠 사이에 그가 멋지다고 느낀 것, 훌륭하다고 느낀 것은 없었다. 그만큼 사는 게 멋이 없고, 훌륭한 사람이 적어서 그럴 것이라고 그는 생각했다. 그러면 그라도 멋있게 살고, 그 스스로가 훌륭해지면 될 것 아닌가?

내가 보기에 그는 그런대로 멋있게 살고 있다. 또, 그는 날마다 이야기를 쓰고 그게 널리 읽히도록 애쓰고 있으니까, 그의 이야기가 어떤 이에게 어두운 길을 밝히는 등불이 된다면 그는 훌륭한 것이다.

하지만 여러분도 그렇게 느껴지는가?

여러분은 그의 이야기를 읽으며 그를 헤아릴 수 있을 것이다. 그의 아내는 그를 차라리 안 만나는 게 낫다고 말하니까. 그는 사람을 가려서 만나고, 그래서 거의 만나지 않지만, 좀처럼 밖에서 밥도 먹지 않는다. 그러니까 누가 짝을 짓는다고 하는 곳에는 지난 스무 해 동안 한 번도 안 갔으며, 어쩌다가 아주 드물게는 누가 돌아가신 자리에 가더라도 밥도 안 먹고 그냥 나왔다.

한 번은,

"힘드신데 엎드려 절 안 해도 됩니다."

그는 그렇게 말하고는, 선 채로 절을 몇 번 하고 말았다.

그래서 사람들은, 오지도 않고 와서는 그렇게 구는 그를 좋아하지 않는다. 유다르게 군다는 것이다.

그런 사람들은 결코 그를 훌륭하다고 말하지 않을 것이다. 그렇다면 남은 건 그의 이야기뿐인데, 그거라도 읽을 만하게 그는 쓰고 있는가? 나는 그렇다고 생각하지만, 여러분도 그렇게 생각하는가? 내 생각에는 여러분도 반반일 것이다. 어떤 이는,

"아이고, 그걸 이야기라고 쓰나."

하고 말할 것이고, 어떤 이는,

"음, 유다른 이야기라서 재미있네요."

하고 말할 것이다.

날은 점점 더 더워지고 있었고, 기다리던 장맛비는 내리지 않았다.

그도 더위를 견디다 못해 웃통을 벗고 선풍기를 가장 세게 틀어놓았지만, 냉방기를 켜지는 않았다.

'올여름도 저지난해처럼 40도까지 올라가면 안 되는데.'

그는 그런 걱정을 하고 있었다.

그러나 그날 밤부터 바람에 세차게 불면서 시원해졌다.

'그래, 미리 걱정할 건 없어.'

그는 그때부터 괜히 기분이 좋아졌다.

창밖에는 저지난해 그가 가지치기를 하지 말라고 해서 엄청나게 나게 자라난 목련이 바람에 신이 난 듯 몸을 흔들어대고 있었다. 비가 오면 그 목련 잎에는 빗물이 뚝뚝 떨어지고, 새가 날아와 지저귀다 가곤 했다.

'자꾸 가지치기를 해서 잘라버리면 저렇게 풍요로워질 수가 없지.'

그는 해마다 가지치기를 한 나무는 보잘것없이 그만 메말라버린다는 것을 알았다.

바람은 멎었지만 하늘은 맑았다.

비록 그날 아침에 그의 아내와 말다툼을 했지만, 그는 그 파란 하늘 아래를 거닐었다. 하지만 그는 마을을 한 바퀴 돌고 집으로 들어와 다시 이야기를 썼는데 그게 잘될 리가 없었다. 그는 마음이 무거웠고, 눈이 감겼고, 낮잠이 들었다. 그가 눈을 떴을 때는 낮 12시가 조금 지나 있었고, 창밖으로 보이는 하늘에는 잿빛 구름이 드리워져 있었다.

'내일 낮부터는 장맛비가 다시 온다지?'

그는 비를 기다리고 있었다.

그는 모든 것을 시원하게 씻어줄 장대비가 기다려졌다. 지난해도 그는 그렇게 오래 내리는 비는 잘 보지 못한 것 같았다.

그러나 하늘에는 곧 하얀 뭉게구름과 파란 하늘이 드리워졌다. 아니 그건, 창문 저 멀리 한 쪽에는 잿빛 구름이 드리워져 있었고, 가까운 쪽은 흰 구름과 파란 하늘이 떠 있는 걸 그가 보지 못한 탓이었다.

'삶도 그런 것이 아닐까?'

그가 그의 아내와 다툰 아침은 저 멀리 잿빛으로 떠 있고, 파란 하늘은 창문 한쪽에 남아 있다는 것.

그는 어떻게든 다시 힘을 내지 않으면 안 되겠다고 생각했다. 멋지고 훌륭하게 느낀 것을 쓴다는 것은 힘이 빠져서는 할 수 없는 일이니까. 그에겐 외롭게 느낀 것을 쓴다는 것도 힘이었다. 그래서 그는 좀 움직여야겠다고 생각하고 바지를 걸쳐 입고 밖으로 나갔다.

"그만 풀자. 성을 내니까 몸에 나쁜 게 쌓이는지 염통이 쿡쿡 찌른다."

그 다음날, 그가 먼저 그의 아내에게 말했다.

"풀자면 풀리나."

그의 아내도 만만치 않았다.

그가 그의 아내와 싸운 건 모기 때문이었다.

그는 몇 해 앞에 낡은 방충 문을 떼어냈고, 여름에 현관문을 열어

두더라도 안쪽에 유리문이 하나 더 있었기 때문에 모기가 안 들어온다고 그의 아내에게 말했다.

그런데 그저께 밤 그는 모기 때문에 밤잠을 설쳤다고 말하며, 유리문을 열고는 모기를 잘 내쫓고 빨리 문을 닫으라고 말했더니 그의 아내가,

"지랄하지 말고 방충망을 달아."

하고 말했다.

그때부터 그는 아내에게 한 마디도 말을 하지 않았다. 어떻게 저보다 여섯 살이나 많은 지아비한테 지랄하지 말라는 말을 할 수 있나 싶어서 그는 가슴이 아팠던 것이다.

그러나 그날 새벽노을이 하늘을 붉게 물들이자, 그는,

'그래, 내가 먼저 풀자고 이야기하자.'

하고 생각했던 것이다.

숨도 옳게 못 쉴 만큼 하늘이 시뿌옇던 지난겨울과 봄에는 볼 수도 없었던 새벽노을을 보고 그가 그렇게 생각한 것은 훌륭한 일이었다. 하지만 그의 아내는 아직 마음이 누그러지지 않았던 것이다.

그는 그날 밥도 안 먹고 밖으로 나왔다.

'오늘 낮부터는 장맛비가 내린다고 했는데.'

그는 하늘을 올려다보았다.

그러나 새벽보다 구름이 많아졌을 뿐 비는 내릴 것 같지 않았다.

'그래, 그래도 또 먼저 풀자. 싸움이 길어지면 둘 다 몸에 안 좋아.'

그는 슬슬 배가 고파져 낮쯤에는 집에 들어가 밥을 먹어야 되겠다고 생각했다.

그건 멋진 생각이 아닐까?

그는 여태껏 그의 아내와 1000번을 싸웠다면 999번은 먼저 잘못했다고 말하지 않았던가!

- 끝 -　　2019/7/10

크로아티아로 가기

6월의 장미도 지고 있었다.

한 달 뒤에도 피어는 있겠지만, 꽤 시들 것 같았다. 그렇다고 시들기에 앞서 내가 할 일은 없었다. 뜰에 피었다면 물이라도 주겠지만, 한데에 핀 것은 비가 내리길 바라야겠지.

나는 서른아홉 살 때는 아주 젊어 보이고 잘생겼다는 소리를 많이 들었지만, 그때는 뭔가 안절부절 못하며 마음을 졸일 때가 많았다.

왜 그랬을까?

그때보다 쉰아홉 살이 된 요즘에 나는 좀 더 느긋해지고 너그러워졌다.

그래서 누군가,

"그때로 돌아가고 싶소?"

하고 물으면, 나는 고개를 흔들 것 같다.

또 어떻게 보면 나는 쉰아홉이라도 아직 젊다고 생각하고 있는 것이다.

그러나 나도 늙기는 늙었다.

혈압 약을 먹고, 힘든 일을 오래 하지 못하며, 다른 나라에 놀러 가고 싶은 생각도 들지 않는다.

"그러면 마흔아홉 살 때 딱 좋았겠네요?"

누군가 그렇게 또 묻는다면,

"아니오. 그때도 난 마음을 졸일 때가 많았습니다."
하고 말할 것이다.

왜 그랬을까?

나라가 사는 무리가 뒤숭숭해서 그랬을 수도 있고, 내가 마음자리를 제대로 잡지 못해서 그럴 수도 있고, 아직 나이가 덜 들어서 그랬을 수도 있다. 미리 말해두지만, 나는 그때나 요즘이나 일자리를 옳게 잡지 못해서 아직까지 이리저리 떠돌며 글을 가르치고 있다.

"그렇다면, 그 일자리를 제대로 잡지 못했다는 것 때문에 마음을 졸였겠네요."

그 누군가(그)가 그렇게 또 묻는다고 치자.

"그런 것도 있지만, 나는 그 덕분에 참 자주 놀러 다닐 수가 있었지요."

"돈도 없는데?"

"도시락을 싸서 들녘에 자리를 펴고 먹는데 뭐 그렇게 돈이 들겠습니까. 그리고 그날 저녁에는 꼭 집으로 돌아왔거든요."

그는 내 말에 짜증이 난 듯 입을 꼭 다물었다.

"기름 값은?"

"이레에 한두 번 갔는데, 뭐 그렇게 기름이 많이 들었겠습니까?"

이번에는 내가 오히려 되물었다.

그러자 그는 뭔가 치밀어 오르는 걸 애써 참았다.

그는 기름보다 이레에 한두 번이라는 내 말에 더 북받치는 게 있는 것 같았다.

난 돈을 많이 벌지는 못했지만, 그 때문에 시간이 많아서 아이들과 여기저기 자주 놀러 다닐 수가 있었던 것이다.

그럼 요사이 나는 마음을 졸일 때가 없는가?

있다.

있어도 그게 조금씩 줄어들었다.

사람이 살다보면 하루에 한 번쯤은 그렇게 느껴질 때가 있지만, 거기에 빠지지 않는 것이 좋다. 더 넓고 크게 생각할 수 있으면 좋지 않겠는가? 어떻게 그렇게 할 수가 있느냐고? 나는 자꾸 스스로 어리석게 굴지 않으려고 했다. 따지고 보면 그런 것들은 바람직하지 않는 것들인데, 더 훌륭한 길을 가려는 내가 거기에 왜 빠져 있어야 하는가!

나는 늘 떠들기만 하고 어리석게 구는 것들과 다른 길을 가려고 생각했다. 그게 어떻게 보면 잘난 척을 하는 것 같지만, 나는 이미 사람을 위해 살기로 마음먹었다.

"잘난 척하는 거 맞네."

여느 사람은 그렇게 말할 것이다.

"너나 나나 밥 먹고 똥 싸고 다 똑같아."

정말 그럴까?

밥 먹고 똥 싼다고 사람이 다 똑같을까?

무엇을 위해, 왜 사는지를 생각해보면 다르지 않을까?

나는 사람을 위해 산다.

그래서 먼저 길을 비키고, 떨어진 못을 주우며, 사람을 위한 이야기를 쓴다. 못은 왜 줍느냐고? 나와 너의 차바퀴가 터지면 귀찮잖아? 얼마나 자주 줍느냐고? 사나흘에 하나.

괜히 비싼 다른 나라 차를 사서 으스대는 연놈들 꼴을 보면, 나는 우리나라 차만 해도 좋은데 왜 저럴까, 싶었다. 으스댈 것이 얼마나 없으면 차로 그럴까, 싶었다. 어진 이는 선업을 쌓고 있는데, 다른 이를 깔보는 악업을 쌓는다면 그건 불쌍한 것이다.

그런데 요즘 그런 불쌍한 연놈들이 왜 그렇게 많은가?

나라가 좀 잘살게 되었으면, 사람이 더 정답고 부드러워져야 하는 것 아닌가? 하지만 사람들은 왜 더 못됐고 사납고 거칠어만 질까? 그건 본디 어리석고 안 바빠서 그런 것이다. 사람이 깨우치질 못해서 그런 것이니까, 불쌍한 것이다.

사람은 사람답게 살아야 하는 것이다.

늙은이는 늙은이답게, 젊은이는 젊은이답게, 어린이는 어린답게 살아야 하는 것이다. 사내는 사내답게, 계집은 계집답게 살아야 하는 것이다.

어떤 게 사내다운 것이냐고?

마음이 너그러운 것이다.

어떤 게 계집다운 것이냐고?

마음이 너그러운 것이다.

그리고 제발, 겉멋은 부리지 말아야 한다.

이제 장미는 시들어버렸다.

열흘 붉은 꽃은 없었다.

꽃이 호화로운 나무는 열매가 보잘것없다는 말이 있다.

나는 열매를 맺고 있을까?

그러려면 날마다 보람차게 움직여야 하는데, 나는 아침에 이야기를 쓸 때만 그런 것 같았다.

바로 문밖에서 차는 좁은 길을 쌩쌩 달렸다.

그게 보람차게 사는 길은 아닐 것이다.

"10년짜리 여권 하나 만드세요."

"왜?"

"크로아티아로 갈 겁니다."

"언제?"

"겨울에요. 그러려면 제발, 오늘 내일 여권 만들어야 합니다."

"음, 알았어."

나는 아들에게 그렇게 말했지만, 귀찮았다.

여권을 새로 만들고, 비행기를 오래 타고, 그렇게 멀리 간다는 것이 보람찬 일일까?

그래서 그랬던지 나는 한 해만 쓸 수 있는 여권을 몇 해 앞에 만들어 괌에 다녀오기는 했지만, 그렇게 보람차다고는 할 수 없었다. 그 때 나는 괌에서 블라디보스토크까지, 라는 이야기를 하나 썼지만 썩 잘 썼다고는 말할 수 없었다. 그 이야기에 나는 이렇게 썼다. 괌의 바다는 푸르렀지만 섬은 푸르지 않았다고. 왜? 스페인과 왜가 쳐들어 왔고, 미국이 눌러앉아 있어 그런지 나는 그 섬이 슬퍼 보였다.

크로아티아에 다녀오면 난 보람찰까?

그건 그때 가봐야 안다고 해두자.

어리석은 사람과 여느 사람과 슬기로운 사람의 생각은 다르다. 많이 안다고 슬기로운 것은 아니다. 아는 만큼 보이는 것일 뿐이다.

그런데 어리석은 사람은 슬기롭다고 생각하고, 슬기로운 사람은 스스로 어리석다고 생각한다는 것이다. 나도 좀 어리석다고 생각한다.

"또 잘난 척한다."

여러분 가운데 그렇게 말하는 사람이 있으면, 그는 슬기로운 사람이다.

"쳇, 잘난 척하기는."

그렇게 말하는 사람이 있으면, 그는 어리석은 사람이다.

"-."

아무 말도 하지 않으면, 그는 여느 사람이다.

나는 오늘은 가기 싫고 내일쯤 여권을 만들러 가야겠다고 생각했다. 안 갔다가는 나는 아들과 아내한테 핀잔을 들을 것이고, 난 그들을 이길 수가 없다.

난 정말 어리석게 사는 것일까?

나는 먼저 사진을 찍어두었다.

"얼굴은 고치지 말고, 나온 대로 그냥 주세요."

내가 사진관 아낙에게 말했다.

"네."

그녀는 그렇게 말했지만, 왠지 듣기 싫어하는 것 같았다.

아닌 게 아니라, 그녀가 나에게 건네준 사진 여덟 장은 하나같이 못생긴 얼굴이었다.

"얼마죠?"

"만팔 천 원입니다."

비싸기는!

그리고 그날 전자 우편으로도 보내준다던 내 사진은 오지도 않았다.

제기랄.

날은 점점 더 더워져 낮에는 30도까지 올라갔다.

여권은 그 다음날 만들었다.

"얼마죠?"

"오만 원입니다."

비싸기는!

그리고 그들은 며칠 뒤에 여권을 찾으러 오라고 그만하면 상냥하게 말했다.

난 정말 크로아티아까지 가는 것일까?

블라디보스토크가 가깝지 않나? 거기까지는 지루하지 않아 웬만하면 견딜 수 있을 것 같은데. 볼 것이 없다고? 거기는 우리나라의 독립투사들이 왜와 싸운 곳이다.

내가 마음을 졸이는 것은 너그럽지 못하기 때문일까?

아니다!

거리에만 나가면 너그럽지 못한 것들이 널려 있기 때문이다.

그런 것들은 어떻게 해야 할까?

그들은 사내답지도 계집답지도 못한 것들이다.

그렇다면 내가 마음을 졸일 까닭은 없겠지만, 비례 물청하고, 비례 물시하라는 말이 있다.

그게 무슨 말이냐고?

예의가 아니면 듣지도 보지도 말라.

그러니까 아예 처음부터 그런 데는 안 가는 게 낫고, 모르고 갔더라도 빨리 빠져나오는 게 좋다.

나는 갇히는 곳을 잘 견디지 못한다.

사람이 모인 곳이라도 왠지 자유스러운 데가 있고, 갑갑한 데가 있다.

비행기 안은 갑갑한 곳이다. 그래서 난 비행기를 타는 게 아주 싫었고 때로는 가슴이 터질 것 같았다. 난 요즘은 웬만해서는 사람이 꽉 찬 전철은 타지도 않는다. 나도 열해 앞만 하더라도 아무래도 괜찮았는데, 그동안 못된 사람들에게 치여서 그렇게 된 것이다.

그래서 난 들녘을 걸을 때면, 늘 가슴이 시원했다.

난 요즘은 사람을 두려워하지는 않지만, 왠지 기분 나쁜 놈들이 부쩍 늘었다. 그러니까 웬만하면 그런 것들이 안 보이는 데로 가는 게 좋다. 전철 안에서 시끄럽게 떠드는 것들을 보면, 난,

"에잇, 내가 딴 데로 가야지."

하고는 벌떡 일어나버린다.

여러분은 그런 말은 하지 않더라도, 내리는 척하고 내려서는 앞 칸이나 뒤 칸에 다시 타면 된다.

시끄럽게 떠들며 전화를 하고 있는 것을 보면, 난,

"여기가 네 집이야?"

하고 말하곤 했다.

열 해 앞만 하더라도 어린 것들이 거리에서 나를 빤히 쳐다보고 담배를 피우면, 내가 그걸 일부러 빤히 바라보면 연기를 내뿜지도 못하고 입을 다물었다. 또, 배움터에서 젊은 것들이 괜히 보란 듯이 담배를 피우거나 꽁초를 버리면,

"네 엄마도 너 담배 피우는 거 알아?"

하고 말하면, 깜짝 놀라 사라져버린다.

하지만 요즘은 난 그런 것들을 못 본 척하고 지나가버린다. 그게 내가 편했다.

그래서 난 웬만하면 사람이 모이는 곳에 안 간다. 요즘 사람은 열 사람 가운데 여덟 사람은 버릇이 없는데, 내가 그 꼴을 왜 보고 있어야 하나?

그러니까 훌륭한 사람은 그만큼 드문 것이다.

난 훌륭한 사람은 아니지만, 생각은 훌륭하지 않나?

같힌 곳이나 사람 모이는 데를 두려워하는 것은 거의 비이성적 생각 때문이라고 한다.

그러나 사람을 갑갑하게 만드는 것은 틀림없이 있다. 그러니까 이성적으로 잘 생각하도록! 어제도 난 한 시간 반이 지나도 끝내지 않고 질질 끄는 자리를 박차고 나와 버렸다.

그러나 비행기 안에서는 밖으로 나갈 수가 없으니, 난 그게 참 싫었다.

어쩐지 가기 싫은 곳이나, 가기 싫을 때는 가지 말아야 한다. 왠지 안 내키는 것은 하지 말아야 된다는 말이다. 그럴 때 그런 곳으로 가거나 하면 꼭 안 좋은 꼴을 보게 된다.

그런데 난 텔레비전에서 오스트리아 할슈타트와 체코를 보고 있다가 갑자기 거기로 가고 싶다는 생각이 들었다.

그래서 난 아들에게,

"블라디보스토크나, 오스트리아 할슈타트와 체코로 가자."

하고 말해볼 작정이다.

거기는 아내나 아들은 이미 가본 곳이다.

그러면 아들은 뭐라고 말할까?

"아이, 참, 또 왜요?"

하고 말할까, 아니면,

"그래요? 정 그렇다면 그러죠, 뭐."

하고 말할까?

내가 참지 못하고 손전화기로 몇 자 적어 보냈더니, 아들이,

싼 곳으로 간다.

블라디보스토크는 볼 거 없고, 오스트리아나 체코는 겨울이라 춥다.

하고 써서 보냈다.
 그래서 난 하는 수 없이,

 ○○(알았다).

하고 써 보냈다.
 그리고 나는 언젠가 방송에서 본 크로아티아의 멋진 성과 길을 생각해냈다.

                    - 끝 -   2019/6/27

연평 해전과 나

2010년 11월 북한은 남한의 연평도에 170발의 대포를 쏘았다. 네 사람이 죽고 많은 사람이 다쳤다.

그때 나는 방송으로 불타오르는 연평도를 보며 깜짝 놀랐다. 연평도는 집이 불타고 무너져 마을이 잿더미로 바뀌었다.

또 2002년 서울에서 우리나라와 터키가 세계 축구 대회 3, 4위전 축구를 하고 있을 때, 연평도 앞바다에서 북한 경비정이 기관포를 쏘며 남쪽으로 넘어왔다가 우리 경비정에 쫓겨 마침내 침몰되고 말았지만, 우리나라 여섯 명의 병사가 총에 맞아 숨졌다. 이 두 번째 연평 해전은 북한이 아예 처음부터 마음먹고 쳐들어왔던 것이다. 그건 바로 1999년 1차 연평 해전 때 북한군이 스무 명 숨지고 마흔 명이 다쳤기 때문이었다.

그때까지만 해도 나는 이야기를 쓰며 글을 가르치고 있었는데, 언젠가는 내 이름도 드날릴 것이라고 생각하고 있었다. 하지만 2019년 이제 나도 쉰아홉 살이 되고는 그런 생각이 쏙 들어가고 말았다. 그건 내가 그렇게 되지 않았기 때문에 그럴 수도 있지만, 아무리 강물이 흘러들어도 티가 나지 않는 바다처럼 그냥 조용히 이야기만 쓰자고 생각했기 때문이었다.

그건 연평도와는 아무런 이어지는 게 없는 것 같지만 야릇하게도 나는 남북한이 어떻게 하면 싸우지 않고 하나가 될 수 있을까, 하는 이야기를 많이 썼다. 어쨌든 지난 다섯 해 동안 싸움은 없었다.

그런데 북한은 왜 그런 짓을 했을까?

그건 그들의 우두머리에게 잘 보이려고 그랬을 수도 있고, 괜히 본 때를 보여주려고 그랬을지도 모른다.

나는 아직까지도 남북한이 마주보고 있는 임진강으로 자주 달려가곤 한다. 그리고 내가 해야 될 일이 무엇인지를 늘 생각했다.

북한은 미국까지 날아가는 핵미사일을 몇 십 개나 가지고 있다. 미국도 그게 겁이 나는지 북한과 이야기를 하고 있지만 한편으로는 옥죄고 있는데, 그건 남한에 그들의 비싼 무기를 많이 팔려고 그러는 것이다. 남북한이 더 친해지거나 하나가 되면, 미국은 그들의 무기를 팔 수가 없기 때문이다. 미국의 무기를 가장 많이 사는 곳이 바로 우리나라다.

왜도 그들보다 힘이 나라가 바로 옆에 있는 것이 견딜 수가 없는 것이고, 중국도 압록강 바로 밑에 미국과 친한 나라가 들어서는 것을 바라지 않는 것이다. 그래서 남북한이 아직까지도 하나가 되기가 힘든 것인데, 나는 그걸 이루려고 이야기를 쓰는 것이다.

"그건 이루어질 수 없는 꿈이야."

"꿈도 이루어질 때가 있다."

나는 그렇게 말할 것이다.

왜냐하면 세계 축구 대회에서 쉰 해 동안 한 번도 이겨보지 못했던 우리나라가 2002년에 4위를 했다.

남북한이 힘을 모아 서로 돕는 걸 가장 싫어하는 나라가 바로 미국, 왜, 러시아, 중국이다. 그다음은 왜와 친한 영국이나 프랑스쯤 될 것이다. 그러니까 우리도 미국 눈치 보지 말고 북한과 더 가깝게 지내는 것이 좋다. 좀 더 오래 서로 오고 가고, 아예 개성과 파주는 언제나 오고 갈 수 있도록 하면 될 것이다. 그다음 설악산과 금강산, 한라산과 백두산, 서울과 평양을 자유롭게 오고 갈 수 있으면 되지 않을까? 나는 이미 남북 통행세 10만 원이라는 이야기를 썼다. 북한에 통행세 10만 원을 내면 한 달 동안, 100만 원을 내면 한 해 동안 자유롭게 갈 수 있고, 거꾸로 남한에 오는 북한 사람한테는 나라에서 10만 원과 100만 원을 주자는 이야기였다.

꿈같은 이야기라고?

그런 꿈은 꾸지 않는 것보다 꾸는 사람이 재미있게 오래 산다.

2010년 3월에는 우리 경비 함정 천안함이 북한의 어뢰에 맞아 마흔 명의 젊은이가 숨졌다. 물속에 있던 기뢰가 터져 그렇게 되었다는 소리도 있었지만, 나라에서는 북한이 쏜 어뢰에 맞았다고 했다.

이런 일이 네 번이나 일어나는 동안 우리나라는 결코 먼저 싸우지 않았고, 늘 참는 쪽이었다. 북한도 믿을 것은 남한뿐이라는 것을 알고 있을 것이다.

내가 이런 이야기를 써서 우리나라가 하나로 되는데 도움이 될까?
'될 것이다.'

나는 아직 그렇게 생각하며 살고 있다.

대여섯 해 앞만 하더라도 북한 개성에 남한의 공단이 있었고, 금강산에도 사람들이 구경을 갈 수 있었다. 금강산은 아주 빼어난 산이라 언젠가는 모든 나라 사라들이 몰려올 것이라는 말이 있다. 미국은 북한이 으르대듯 미사일을 쏜다고 그 두 가지가 다시 열리는 것을 막고 있다. 으르는 미사일은 미국도 자주 쏜다.

본디 글쟁이는 센 것을 비꼬지, 여린 것을 비꼬지 않는다.

나도 그런 사람이다.

나는 올해 쉰아홉 살로 여태껏 여러분이 본 대로 대수롭지 않은 글쟁이다. 그런 내가 연평도에서 있었던 일을 쓴다니까 코웃음을 치는 사람도 있겠지만, 나는 아랑곳하지 않았다.

1999년 1차 연평 해전이 일어났을 때는 북한의 새 우두머리가 들어선 지 얼마 안 되었던 터라, 다른 이가 못 설치게 하고 그들의 힘을 다지려면 북한도 뭔가를 일으켜야 했던 것이다. 그렇다고 남북한의 젊은이들을 그렇게 숨지게 해서야 되겠는가? 그리고 그다음도,

또 그다음도 그들은 그들의 힘을 보여주면서 모든 것을 억누르려 했을 것이다. 그렇게 되풀이 되는 건 무엇보다 그들에게 좋지 않다. 언제까지 힘으로 사람을 속이고 억누를 수는 없으니까.

그건 힘을 가졌다고 설치는 다른 몇몇 나라도 마찬가지다.

한 나라에 어떤 우두머리도 없는 것보다는 낫다는 말도 있지만, 오래 가지는 못할 것이다. 우리나라도 열일곱 해 동안 우두머리로 있었던 이가 1979년 총에 맞아 숨졌고, 1980년 들어선 그다음 우두머리는 일곱 해만에 사람들이 들고일어나는 바람에 쫓겨나다시피 했다.

나도 스물한 살 때, 북한을 마주보는 곳에서 밤새 총을 들고 서 있었다. 뻥 뚫린 초소 앞으로 눈보라는 몰아치는데 영하 30도의 추위 속에서 나는 방한화를 신고도 발이 시려 앉았다 일어서기를 몇 십 번씩이나 되풀이했다.

내가 이런 이야기를 써서 우리나라가 하나가 되는데 도움이 될까? 나는 그렇다고 생각하지만, 여러분은 알아서 헤아리기 바란다.

나는 스물네 살 때 다시 배움터로 돌아왔지만, 아까 말한 그 우두머리 밑에서 모두가 숨을 죽이며 살고 있었다. 그로부터 세 해 뒤 모든 이가 들고 일어났고, 마침내 그 우두머리는 물러나지 않을 수 없었다.

그로부터 서른다섯 해가 흘러 나도 이제 쉰아홉 살이 되었다. 그때 나는 처음으로 짧은 이야기 하나를 썼고, 그게 이제는 오백 가지가 되었다. 그렇지만 나는 이름이 나지 않았고, 더는 그걸 바라지도 않게 되었다.

'재미있게 이야기를 쓰면 보람찬 게야.'

나는 그렇게 생각하고 있었다.

2019년도 6월에 들어서면서 날이 더워지고 있었지만, 나는 아직 견딜 만했다. 오히려 지난달에 30도를 웃돌던 때도 있었기 때문이었다. 내가 보기에 올해는 지난해보다 비가 자주 내려서 하늘도 맑고 바람도 꽤 불었다. 나는 그런 바람이 불어 들풀이 일렁거리는 모습이 참 멋지게 보였다. 그건 아직 마음을 일렁거리게 만들고, 가슴을 시원하게 했기 때문이었다. 그건 나에게도 아직 힘이 남아 있다는 말이겠지.

나는 오랜만에 강화도에서 북한을 바라보았다.

바로 임진강 건너 북쪽 바닷가 마을이 햇살을 받으며 아늑하게 보였다.

그렇게 북한이 평화롭게 보이는 건 처음이었다.

강화도에서 배로 두 시간을 가면 연평도였다.

'그런데 한 번의 연평도 포격과 두 번의 해전, 천안함 폭침 가운데서 한두 번은 미국과 북한 사이에 미리 무슨 이야기가 오고갔던 게 아닐까?'

나는 갑자기 그런 생각이 들었다.

왜냐하면 미국에서 무기를 가장 많이 사는 나라가 우리나라니까.

지난밤에는 여름비가 내렸다.

바람이 부는지 창밖의 목련 나무가 흔들렸다. 나는 그걸 자다가 깨서는 빤히 바라보았다. 그렇게 밤을 새는 것도 괜찮겠구나 싶었지만, 나는 어느새 다시 잠이 들고 말았다.

나는 30분만 가면 임진강이 보이는 마을에 살고 있었다.

1999년 1차 연평 해전이 있은 지 스무 해가 지났고, 2010년 연평도 포격이 있은 지 아홉 해가 되었다.

아까도 말했지만, 나는 그동안 서른아홉 살에서 쉰아홉 살이 되었다.

하루에 몇 시간씩 글을 가르치던 나도 이제는 이레에 한 번 나가서 가르치게 되었다. 나는 그만큼 이야기를 더 쓸 수가 있었지만, 나라를 짊어지고나갈 젊은이에게 글을 더 가르칠 수 있기를 바랐다. 그리고 사내는 그렇게 밖으로 나돌아야 덜 늙는 것 같았다. 그러고 보니 나는 요즘 얼굴이 부쩍 늙어보였다. 계집은 얼굴이 늙어 보이면 늙은 것이고, 사내는 스스로 늙었다고 느끼면 늙은 것이라는 말이 있다. 나도 이제 좀 제 힘이 빠졌다고 여기게 되었다.

나는 요즘 사람들이 많이 흔들리고 있다고 느끼고 있었다. 어디를 가나 사람들이 이랬다저랬다 갈피를 잡지를 못하고 있었으며, 스스로 또는 함께 목숨을 끊고 마는 것이었다. 그건 훌륭하게 앞길을 이끄는 사람이 없다는 말이며, 어두운 길을 밝혀주는 사람도 없다는 말이었다. 그 길을 찾도록 가르쳐주는 사람도 없으며, 이야기해주는 사람도 없는 것이다.

나는 바로 그 길을 가르쳐주고 싶었다.

"네가 뭐 부처라도 되나?"

"쳇, 건방진 놈, 제 몸 하나, 마음 하나도 옳게 지키지 못하는 놈이 무얼 한다고?"

그렇게 말하는 이도 있을 것이다.

그러나 그렇게 말해서는 그들은 아무 것도 배울 것이 없으며, 정말 그런 이 가운데는 슬기로운 사람이 드물다. 나는 여러분이 내 말을 믿고 따르라고 말하는 것이 아니라, 이 이야기가 그런대로 재미있으면 읽으면 되고, 그렇지 않으면 안 읽으면 된다는 것이다.

'한 몸으로 나라를 지키다 죽는 사람도 있는데, 우리는 너무 좁게 앞길을 보고 있는 것이 아닐까?'

나는 그렇게 생각했다.

너무 스스로만 생각하기 때문에 더 넓은 길이 있다는 것을 그들은 한 번도 보지 못했던 것이다. 아니, 누군가 그들에게 되풀이해서 또 다른 길을 가르쳐주지 않은 것이다. 그 길을 스스로 깨칠 수도 있고, 누군가 가르쳐줄 수도 있는 것이다. 스스로 깨치려면 배우고 힘을 다해 애를 써야 한다. 원효는 나무아미타불 관세음보살, 이라고만 자꾸 외치면 무엇이든 다 풀리게 된다고 했다. 그건 그러는 동안에 마음을 가라앉히고, 스스로를 돌아보며, 더 넓고 큰 길을 찾게 된다는 말이다.

그러니까 서두르지 않는 것도 두려워하지 않는 것도 배워야 하는데, 그건 깨달은 이가 가르치는 게 가장 빠르다. 스스로 깨친다면야 그것보다 보람찬 것은 없겠지만, 누군가 어두운 길을 밝히는 등불을 들고 서 있는 이는 언제 어디에나 반드시 있다는 것이다.

그런 이를 만나지 못했다고?

나도 그랬다.

그래서 나는 스스로 길을 찾아 나섰고, 그러다가 등불을 든 이를 여기저기서 많이 만났으며(그건 거의 다 이야기를 읽거나 듣고서이지만), 마침내 그 길을 찾았노라고 이야기를 쓴 것이다. 그렇다고 내가 깨친 사람이라는 말이 아니라, 일자리를 잃고 헤매면서 이야기를 쓰다보니까, 삶을 되돌아볼 수 있게 되었다는 것이다.

그러나 나라를 지키다 숨진 젊은이들은 얼마나 더 살고 싶었을까!

그들은 한 번 꽃도 피지 못한 채, 뿌리째 뽑혀 죽은 이들이 아닌가!

"길을 가르쳐주십시오."

어느 젊은이가 스님에게 물었다.

"그래, 아침은 먹었느냐?"

"예."

"길은 무슨 길, 가서 그릇이나 씻어라."

중국의 어느 스님이 한 말이다.

이것저것 생각하지 말고 그냥 눈앞의 일이나 하라는 말이다. 아침에 눈을 떴으면 일어나고 얼굴을 씻고, 밥을 먹었으면 그릇을 씻으라는 말이다.

눈앞의 적들이 쏘아대는 총 앞에서 무엇을 생각할 수 있을까?

우리 젊은이들은 그렇게 꽃잎처럼 진 것이다.

6월에 들어서고는 맑은 날이 이어졌다.

나는 이보다 아름다운 날이 또 있을까, 싶었다. 내가 보기에는 지난해보다 비가 자주 내려서 그런 것 같았다.

'이제는 서로 싸우지 말아야지.'

나는 그런 생각을 했다.

같은 나라의 두 젊은이가 서로 싸워서야 되겠는가.

하물며 한 나라의 어른들이 싸워서야 되겠는가.

그리고 얼빠진 다른 나라나 사람들도 마찬가지다. 그들도 사람을 위해 살아야 하지 않겠는가?

나는 이야기를 쓰다 곧잘 잠이 들었다.

더 부지런히 써야 하는데, 쓴다고 쓰는데도 뭔가 더디어졌다. 나도 이제 나이가 든 것이다. 하지만 억지로 이야기를 쓰다보면 매련하게 될 뿐이었다. 그럴 때 나는 잠이 들든지, 벌떡 일어나 차를 몰고 임진강 쪽으로 달려가곤 했는데, 그 어느 것도 그다지 즐겁지는 않았다. 그러니까 뭔가 뜻깊고 보람찬 일을 한 것은 아니라는 말이었다. 그래서 어느 스님은 밥도 많이 먹지 말고, 잠도 많이 자지 말라고 했던 것일까?

나는 어젯밤 12시에 자서 새벽 6시에 눈을 뜨고는 그대로 일어났다. 그래서 잠이 모자랐을까? 늦은 아침을 먹고 들녘을 거닐다 온 다음 이야기를 쓰다가 그게 술술 쓰이지 않자, 나도 모르게 낮 12시 쯤 잠이 들어 1시간을 잔 것이다. 몇 번이나 나는 잠이 들지 않으려고 했지만, 그만 지고 만 것이다. 아니, 이야기가 재미있게 잘 쓰인다고 해도 나는 그게 한 시간을 넘지 않았다. 그러다가 몇 시간이 지나고 난 다음에, 겨우 다시 몇 줄을 쓰면 그날은 많이 쓴 것이었다. 그러니까 나는 요즘에 하루에 이야기 한 쪽을 쓰기가 어려웠다. 나는 열 해 앞만 하더라도 하루에 한두 쪽은 이야기를 썼지만, 이제 그렇게 쓰기는 어려웠다.

지친 것일까?

아니면, 더 재미있게 이야기를 쓰기 위해서일까?

그것도 아니면 그 두 가지 다일까?

그래도 나는 어떡해든 재미있게 이야기를 쓰려고 하며, 더 많은 젊은이에게 글을 가르치려고 했다. 그래서 어제도 밤늦게까지 글을 가르치는 이를 뽑는다는 몇 군데에 여러 가지를 써서 보냈다.

 그래서 지친 것일까?

 이야기도 얼마만큼 쓰다보면 그만 써야지, 자꾸 더 썼다가는 재미
가 없어지고 만다.

 - 끝 -　　　2019/6/12

그는 기분이 안 좋았다.

그는 요즘 아무 것도 재미가 없었다.

잠을 자는 것도, 술을 마시는 것도, 짝을 짓은 것도 재미가 없었다. 그래서 그는 잠도 덜 자고, 술도 덜 마시고, 짝도 덜 지었지만 재미가 없었다.

왠지 그는 기분이 안 좋았다.

하늘은 뿌옇고 비도 한 달째 내리지 않아 그는 그럴지도 모른다는 생각이 들었지만, 왜 그런지는 알 수가 없었다.

그는 올해 쉰아홉 살로 이야기를 쓰는 글쟁이다.

그러면 이제부터 그가 어떻게 해야 할까?

그는 먼저 자리를 박차고 일어나, 차를 몰고 임진강 쪽으로 달렸다. 어느새 그는 기분은 조금씩 나아지고 있었다. 아니, 그것은 그 스스로를 잊어버리는 것이었다. 임진강 건너 북쪽 마을이 어렴풋이 보였다. 그는 통일의 관문 앞에서 차를 돌려 다시 서울로 들어왔다.

그날 저녁에도 그는 그런대로 괜찮았고, 뉴스를 보다가 축구 게임을 두 시간이나 하고는 밤 열 시에는 다시 드라마를 보았고, 열한 시에는 서부 영화를 보다가 옆에서 잠들었던 그의 아내가 얼굴을 찡그리며,

"그만 자라."

하고 말하는 바람에, 하는 수 없이 그도 불을 끄고 잤다.

다음 날은 하늘이 맑았고, 그는 아침에도 기분은 괜찮았다. 한방에서는 머리에 하늘을 이고 사니까 그게 흐리면 기분도 안 좋아진다고 한다. 하지만 그는 몇 해 앞만 하더라도 흐린 날도 기분이 괜찮았었는데, 그게 요즘에는 그렇지가 않았고 어제도 마찬가지였던 것이다.

그는 여느 날과 마찬가지로 늦은 아침을 먹고 동네를 한 바퀴 돌고 들어와 방에 누워서 이야기를 썼다. 방송에서는 도연명의 귀거래사와 그가 얼마나 술을 아주 좋아했는지를 이야기했다. 잘사는 집에는 시끄러운 수레 소리가 들리지만, 가난한 도 씨는 저자 거리에 살면서도 즐겁게 살았다고 말했다.

'그러나 요즘에는 어느 집에나 차가 있어서 시끄럽지 않은가?'

그는 갑자기 그런 생각이 들었다.

그도 도 씨처럼 술을 좋아했을 때가 있었지만, 요즘은 몸이 안 좋다고 해서 그는 거의 끊다시피 하고 있었다. 그가 한 열 해 앞에 도연명의 귀거래사를 읽었을 때는 그렇게 잘 쓴 시라는 생각은 들지 않았다. 그건 왠지 도 씨가 삶에 떳떳하게 맞서지 않는다는 생각이 들어서 그랬을 것이다. 하지만 요즘 그가 괴롭다보니 도연명의 시가 새롭게 들린 것이다. 그래서 그도 다시 술을 좀 마셔볼까, 하는 생각도 들었지만 관두었다.

도 씨는 말했다.

"저자 거리에서도 즐겁게 사는 사람은 산속에 들어가 살지 않는다."

그는 그 말을 듣고 참 느끼는 게 많았다.

짐승과 가까이 지낼 사람이나 산속에 들어간다는 말이 그는 생각났

다.

하지만 그가 사는 곳에는 하루에도 몇 번씩 차 소리가 시끄럽게 들렸고, 그는 그때마다 살짝 얼굴을 찡그렸다. 그의 차는 소리가 거의 나지 않는 저공해 자동차다.

그런데 그가 낮잠을 자고 일어나 또 이야기를 쓰는데, 그렇게 썩 기분이 좋지는 않았다. 그래서 그는 후다닥 일어나 옷을 입고 밖으로 나갔다. 하지만 어제 임진강 쪽을 달렸을 때만큼은 기분이 나아지지 않았다.

'공기가 맑지 않아서 그런가?'

그는 그렇게 생각했다.

그날 밤에도 그는 또 한 편의 서부 영화를 보았지만, 재미가 덜했다.

비는 한 달이 넘도록 내리지 않아서, 모든 게 메말라 있었다.

기름 값이 올라 그는 불쑥 또 임진강 쪽으로 가는 것도 쉽지가 않았다.

'이건 트럼프 탓이야.'

그는 그렇게 생각했다.

이란 기름을 막고 미국 것을 팔려니까, 기름 값이 오르는 것이라고 그는 생각했다. 트럼프는 우리나라와 몇몇 나라에게 이란 기름을 사지 말라고 했다. 우리나라가 싼 기름을 사겠다는데 그걸 트럼프가 왜 막는지, 그렇다고 안 사는 건 또 뭔지 그는 기막혔다.

날은 더 더워졌지만, 비가 내리지 않아 공기는 탁했다.

그러는 동안 그는 조금 바빴고, 기분이 나쁘니 좋으니 따질 겨를도 없었다. 그래서 그런지 그는 한 이틀 기분이 괜찮았던 것 같았다. 그는 일을 하느라고 스스로를 잊을 수 있었던 것이다.

그러나 그는 꽃가루 탓인지, 나쁜 공기 탓인지 콧물과 재채기를 한 달 동안이나 쏟아내고 있었는데 그의 아내조차도,

"내가 그랬다면, 듣기 싫다고 이녁은 틀림없이 잔소리를 했을 거

야."

하고 말했다.

다음 날, 드디어 기다리던 비가 한 달 만에 내렸다.

그는 그 빗소리를 자다가 새벽에 들은 것 같았다.

툭, 툭, 툭.

열어둔 창 밖에서 빗소리가 났다.

'이제야 비가 오는군.'

그는 그렇게 생각하면서 다시 잠이 들었다.

그날은 하루 내내 비가 내렸고, 그는 기분이 그다지 나쁘지도 좋지도 않았다. 하기야 그가 축구 게임에서 대여섯 번을 내리 졌으니 기분이 좋을 리는 없었지만, 예전처럼 그걸 굳이 열 번이나 해서 머리가 띵하고 속이 매슥거리지는 않았다.

무슨 일이든 너무 애가 타도록 하지 말 것.

무슨 일이든 너무 애를 쓰지 말 것.

애가 마르면, 애가 터지면, 애를 졸이면 사람은 아프고 늙는다.

그런데 그날, 그는 그의 아내와 양양 바닷가에 다녀왔는데 거기에서는 비가 오지 않았지만, 돌아올 때는 비가 내리는 가운데 애를 쓰며 차를 몰았더니 집에 와서는 영 기분이 좋지 않았다. 그러니까 두 시간 만에 강원도까지 가서 두 시간 바닷가에 있다가 세 시간 만에 돌아왔는데, 그게 무척 힘들었던 것이다. 천천히 바깥을 바라보며 차를 몰 수 있었다면, 그렇게까지 그가 힘들지는 않았을 것이다.

그는 무슨 일이든 즐겁게 재미있도록 해야지, 그렇게까지 힘들게 애를 쓰며 해서는 안 되겠다고 생각했다, 사람이 기분이 좋으라고 사는 것이지, 너무 힘들게 애를 태우며 살아서 기분이 나쁘게 살 것까지야 있겠는가!

그래서 그런지 비가 온 다음 하늘이 새파래서 그런지, 다음 날은 그도 기분이 그런대로 괜찮았다. 하지만 그가 보기에 사람들은 그 좋은 날씨도 고맙게 받아들이지 못하고 괜히 심술을 부리며 차를 모는 것 같아, 그도 덩달아 짜증이 났지만 억지로 마음을 다스렸다.

그들은 하늘이 시뿌예도 짜증, 파랗게 맑아도 짜증을 냈다.

그건 왜 그럴까?

한마디로 말해서 오로지 저만 생각하지 남을 위해 살지 않기 때문이다. 그건 약은 것 같아도 어리석다는 말이다. 약빠른 고양이 밤눈이 어두운 것이다.

그건 그렇고, 그는 이제 그렇게 기분이 나쁘지도 않고 그렇다고 그렇게 좋지도 않았다. 그래도 그건 그에게는 며칠 앞보다는 훨씬 기분이 좋아진 것이었다.

'그러면 됐지.'

그는 그렇게 생각할 줄 아는 사람이었다.

그래서 그런지 그는 그날 밤에는 괜히 술도 한 잔 마셨고, 아내가 사온 깡통 맥주도 반반씩 나누어 마셨다.

그런데 잘 밤에 그런 걸 마셔서 그런지 밤새 그렇게 잘 잤다고는 말할 수 없었고, 새벽에 일어나서도 기분이 그다지 좋지 않았다. 그럴 때면 그는 차라리 벌떡 일어나 움직였다. 꼼지락거리며 누워 있어보았자, 몸이 풀리는 것도 아니었기 때문이다.

하늘은 맑았고, 그는 커피를 마시며 몸과 마음을 달랬다. 그리고 그가 아침을 먹고 개울물이 흐르는 데까지 걸어갈 때쯤에 그는 기분이 좋아졌다. 비가 온 뒤로 개울에 물이 조금 차올랐고, 해오라기 한 마리가 물고기를 잡아서는 입에 물고 달아났고, 두루미가 그의 발자국 소리에 깜짝 놀라 큰 잿빛 날개를 펄럭이며 날아갔다. 누런 꽃가루를 다 뿌리고 난 소나무는 한 뼘씩 가지가 자랐고, 새빨간 장미꽃도 피어서 코가 막힌 그도 그 냄새를 맡을 수 있었다.

그날 바람이 세게 불었지만, 날은 다시 더워지고 있었다.

그는 바람에 일렁이는 나무와 새파란 하늘을 바라보며 생각했다.

'이보다 더 아름다운 날이 있을까?'

그가 그렇게 생각했다고 그의 기분이 다 좋아진 건 아니었다. 그는 쉰이 넘어서면서 기분이 안 좋은 날이 많아진 것 같았다. 그렇다고 그가 다시 스무 살이나 서른 살, 마흔 때로 돌아가고 싶은 것은 아니었다. 그때도 그는 괴로운 게 참 많았다. 스무 살 때는 무얼 모른다고 군대에서 얻어터졌고, 학교로 돌아와서도 그는 참 많은 길을 쓸쓸히 홀로 헤매었다. 서른이 되고 짝을 지었지만, 겨우 몇 시간 글을 가르치던 그가 돈을 잘 버는 것도 아니었다. 그는 아이들이 태어나고 자라면서 그들과 즐겁게 지냈지만, 마흔 살에도 그는 자리를 잡지 못해서 이리저리 떠돌며 글을 가르쳤고 홀로 이야기를 썼다. 쉰이 되고서 그는 더 많은 거리를 걸으며 삶을 바라보았다. 그는 괴로웠지만 그건 이야기가 되었고, 삶은 돌고 돌아 그의 아들이 군대에 갔고, 그의 딸이 글을 가르치는 선생이 되었다.

그는 이제 쉰아홉 살의 글쟁이로 살고 있다.

다음 날도 바람이 불고 날은 맑았다.

그는 다시 장미 냄새를 맡으며 개울로 걸어갔지만, 아카시아 꽃은 지고 있었다. 어제는 못 보았던 가마우지가 홀로 물고기를 찾고 있었지만 잡지는 못했다. 그는 그걸 다리 위에서 가만히 내려다보았다.

개울을 따라 심지 말라고 해도 누군가 상추와 파를 심어 놓았고, 들풀과 토끼풀은 부쩍 자라나 있었다.

그의 기분은 어땠느냐고?

그런대로 괜찮았다.

들풀이 바람에 일렁이는 걸 바라보며 오랜만에 그는 가슴이 벅차올랐다. 왠지 차갑고도 쓸쓸한 것은 늘 그와 잘 맞았다. 야릇하게도 그럴 때 그는 오히려 기분이 좋았다. 그래서 그런지 무언가 외롭고 쓸쓸하게 느껴지는 을씨년스러운 늦가을을 그는 가장 사랑했다. 그가 그때 태어났고, 열 살을 그렇게 자랐고, 스무 살을 그렇게 보냈으며, 서른 마흔 살을 그렇게 살았다.

그러나 그가 방으로 돌아와 이야기를 한두 시간 쓰고 났을 무렵에는 그런 것들이 모두 사라져버렸으며, 그도 모르게 잠이 들고 말았다. 그리고 한 30분 뒤 깨어났을 때, 그는 기분이 좋다고는 말할 수 없었다. 그래서 그는 더는 쓸 이야기도 없고 해서 다시 차를 몰고 임진강 쪽으로 달렸다. 날이 맑아 북한의 마을이 더 가깝게 빤히 보였으며, 비가 왔다고는 하지만 그동안 메말랐던 임진강이 많이 얕아진 걸 볼 수 있었다. 통일의 관문 앞에서, 그는 더는 앞으로 나아가지 못하고 차를 돌렸다.

따지고 보면 그는 벌써 몇 해째 그런 일을 되풀이하고 있었다. 그건 그가 견딜 만하다고 봐야 할 것 같았다. 다만 쉰이 넘어서면서 휘몰아치던 그의 삶도 조금 풀이 꺾인 것이다.

'나이 탓일까?'

그를 그렇게 만든 것이 정말이지 나이 탓일까?

그는 왠지 그렇지만은 않은 것 같았다.

'그렇게 남북을 하나로 잇는 이야기를 많이 썼지만, 아직도 그 어느 누구도 자유롭게 오고가지 못하고 있지 않은가.'

그는 그것도 트럼프 탓이라고 생각했다.

그는 자유롭게 이야기를 썼지만, 그가 자유롭게 글을 가르치는 것을 막은 것은 누구인가? 그건 그가 자유롭게 말하고 생각하라고 가르치는 것을 싫어하던 놈들 탓이었다. 도연명도 오죽 했으면 몇 번이나 벼슬을 그만두고 집으로 돌아갔을까!

그래, 그런 것들 때문에라도 그가 기분이 나빴다고 치자.

그렇다면 이제 그걸 깨달은 그는 어떻게 해야 할까?

그는 이야기는 자유롭게 쓰고 있다. 그리고 아침나절에 들녘이나 개울가를 거닐 때 그의 기분은 괜찮았다. 그러니까 나이와 세상 탓에 그가 기분이 안 좋았다고 말할 수만은 없는 것이다.

그의 이야기를 한 지도 열흘이 지났다.

자, 이제 그의 기분은 어떤가?

야릇하게도 첫날 아주 안 좋았던 그의 기분이 많이 나아졌다는 것이다. 그건 그동안 그가 좀 바빠서 그럴 수도 있고, 비가 내려 하늘이 맑아져서 그럴 수도 있고, 기분이 나빠지려고 하면 걷든지 차를 몰고 강가로 나가서 그럴 수도 있다.

그러나 다음 날, 먼지가 가득해서 하늘이 시뿌예지면서 그는 그다지 기분이 좋지 않았다. 서울은 벌써 30도를 넘어섰다. 해마다 더위가 빨리 다가서고 있었다. 그게 다 비가 적게 내리고, 공해가 심해서 그런 것이다. 언제나 그 뒤에는 어떻게 해서든지 돈만 벌어 제 힘을 뽐내려는 것들이 있었다. 한마디로 덜 떨어진 것들인데, 어디에나 그런 것들이 설치고 있으니 그는 기가 막혔다. 사람이 푸른 하늘과 강물과 들녘을 사랑한다면, 그럴 수는 없는 것이다.

"그들은 무엇이든 가만히 놓아두지를 않아. 하늘도 강물도 들녘도 나무도 그냥 내버려두지를 못하지."

아무도 그의 말에 귀를 기울이지 않았기 때문에, 그는 늘 혼잣말을 했다.

그날도 그는 들녘을 거닐었다.

개울물을 졸졸 흐르고 있었지만 물고기는 보이지 않았다. 그래서 그런지 해오라기도 보이지 않았다. 가깝게 보이던 산이 멀리 뿌옇게 보였으며, 나무도 목이 말라 보였다.

그는 여느 날보다 좀 일찍 돌아와 이야기를 썼다.

아프리카의 열두 살의 아이가 아침부터 저녁까지 물고기를 말리고, 먹을거리를 찧고 빻고, 나무를 하고, 밭을 간다. 그렇게 해서 번 돈으로 그들은 하루에 한 끼를 먹고 학교에 돈을 내야 한다. 그는 그 방송을 보고는 그의 기분 따위는 잊기로 했다. 기분이 좋으니 나쁘니 할 것도 없이 먹고 살기 위해서 그들은 땀을 흘리며 일을 했다.

누가 그들을 그렇게 만들었는가?

누가 그들의 나라를 짓밟았는가?

누가 그들을 짓이기고 있는가?

우리나라도 마찬가지가 아닌가? 조용히 살고 있는 동네를 누가 갈아엎고 돈을 빨아내는가! 그냥 그들이 거기에서 잘살도록, 나라가 도와주면 되는 것이다.
 그는 이제 더는 그의 기분 따위는 이야기하지 않으려고 다짐했다.
 그것보다 그가 해야 할 일이 더 많은 것 같았다.
 날은 더워지고 있었고 하늘은 뿌옜지만, 그는 마음이 한층 가벼워
졌다.

                    - 끝 -   2019/5/24

버릇

힘이 있어야 다른 사람의 이야기를 쓸 수 있다.

그래서 난 내 이야기를 쓰기로 했다.

4월 마지막 날이라고 해서 뭐 별다른 것도 없었다. 난 그저 글만 쓰면 되니까.

그런데 내일은 일하는 사람의 날이라고 해서 쉰다. 아내가 오랜만에 나도 함께 가서 저녁을 먹기로 해서 몹시 기다려진다고 했다.

"그게 뭐가 그리 대단한 일이라고."

내가 퉁명스럽게 말했다.

"그래도 이녁이 오랜만에 가잖아."

아내가 살며시 웃으며 말했다.

"그게 뭐? 밥이야 집에서 먹으면 되지, 그게 아프리카 아이들이라도 돕는 일이야?"

내가 그렇게 말했더니 아내가 좀 놀라면서,

"아이, 참."

하며 혀를 찼다.

내가 그렇기 때문에 그들은 늘 그들끼리만 밖에서 밥을 먹거나, 심지어 다른 나라에 잘도 놀러 다닌다.

그러면 나는 이야기 쓰는 걸 대단한 일로 여기고 있다는 말이다. 그게 그런지, 개뿔도 아닌지 여러분이 헤아려보기를 바란다.

내가 왜 그런 말을 하는가 하면, 여러분이 이야기를 읽고 느끼고 깨우치는 게 많을 것이기 때문이다. 말할 것도 없이 내가 쓴 이야기보다 더 훌륭한 이야기는 많지만, 이 이야기도 그런지 안 그런지 잘 보라는 말이다.

내가 사는 동네 안 좁은 길에서도 한두 달에 한 번씩 차가 뻥뻥 부딪친다. 천천히 가야 할 네거리에서도 그냥 달리기 때문이다. 왜? 저만 가면 된다고 생각하는 어리석고 좀스러운 치들이기 때문이다. 나는 그런 길에서는 오히려 천천히 가는데 그들은 빨리 간다. 그렇기 때문에 바로 그 네거리 쪽으로 창문이 난 내 방은 봄부터 가을까지는 귀에 거슬리는 차 소리가 자주 난다. 틀림없이 천천히 가야 할 곳인데도 오히려 더 빨리 가기 위해 가속기를 밟기 때문이다.

이런 말이 있다.

사람은 스스로 어리석다는 것을 알면서도 더 어리석게 굴려고 맹세한다.

그런데 그런 좀팽이들은 왜 그럴까?

한마디로 슬기롭지 못하기 때문이다. 저 하나만 위하고, 저가 다른 이보다 더 낫다고 생각하기 때문이다.

안 바쁜 사람이 싸운다는 말이 있다.

그러면 싸우기 싫어서라도 그들은 정말 바빠야 하는 것이다.

말할 것도 없이 나는 바쁘다.

이야기 쓰느라고 바쁘고, 그런 차들 피해 다느라고 바쁘고, 그런 길에서 천천히 가느라고 바쁘다. 밥 먹으면 그릇을 씻고, 똥 누고, 동네를 한 바퀴 걷느라고 바쁘다. 그러다 돌아와 이야기를 쓰느라고 바쁘고, 잠이 들어버린다고 바쁘다. 그러다 깨고 나면 다시 이야기를 쓰느라고 바쁘고, 일을 하러 가느라고 바쁘다. 저녁에 집으로 돌아와 밥을 먹느라고 바쁘고, 쓰레기를 버리러 가느라고 바쁘고 방송을 보느라고 바쁘고, 축구 게임을 하느라고 바쁘고, 졸려서 자느라고 바쁘고, 아침에 일찍 일어나느라고 바쁘다.

나는 옆에 사람이 있을 때 가속기 안 밟고 천천히 가느라고 바쁘고, 멀리 들어 온 빨간 불에 서서히 선다고 바쁘고, 끼어드는 다른 차 비켜주느라고 바쁘다.

나는 옆 집, 밑 집 시끄러울까봐 문을 조용히 닫거나 살짝살짝 걷는다고 바쁘고, 동네에서 내 차나 다른 차바퀴 터지지 말라고 나사 못 주워 풀숲에 던지기에 바쁘다. 그들은 안 바쁘기 때문에 자꾸 집을 부수고 지어서, 땅에는 나사못이 많이 떨어져 있다.

"이녁은 게을러."

그런데 아내는 날더러 그렇게 말한다.

몸을 자주 안 씻고, 옷을 자주 안 갈아입고, 이를 자주 안 닦는다는 것이다. 이빨? 하루에 두 번 닦는다, 아침 먹고 닦고, 자기에 앞서 닦지만, 쉬는 날에는 밤에 한 번만 닦는다. 몸? 이레에 한 번 옳게 씻는다. 옷? 이틀에 한 번 갈아입는다.

나는 밥은 하루에 두 끼만 먹고, 웬만해서는 밖에서 밥을 먹지 않고, 우리나라 곳곳은 한 달에 한 번 놀라가지만, 다른 나라에는 거의 가지 않았다.

나는 사람이 모이는 곳에 가는 걸 좋아하지 않는다. 거기에는 슬기로운 사람보다 어리석은 사람이 많이 모이기 때문이다. 부처도 말했다, 차라리 혼자 갈지언정 어리석은 이와 길동무가 되지 말라고. 그들은 자꾸 무얼 먹고 사려고 한다.

내가 몸소 옷과 신발을 산 지는 스무 해도 넘었고, 요즘은 머리카락도 스스로 깎는다. 날마다 입는 옷은 늘 문 앞에 걸어놓기 때문에 언제나 바로 입을 수 있다.

아내가 말한 그 다음 날은 왔다.

거기는 한 사람이 4만 원씩 내고 먹을 수 있는 만큼 꾸역꾸역 먹는 곳이었다.

아아, 그날 나는 얼마나 괴로웠던가.

나는 여느 때도 밥 반 그릇에 국과 반찬 조금만 먹는 사람이다.

그런데 거기서 아내와 아들딸이 몇 그릇씩 가지고 온 먹을거리를 거의 다 먹을 수밖에 없었다.

"그만 가자."

나는 아내에게 몇 번이나 그렇게 말했지만, 아내는,

"난 아직 옳게 먹지도 못했어."

하고 말하며 늑장을 부렸다.

게다가 난 요즘 잘 마시지 않던 맥주를 석 잔이나 마셨다. 그거 없이는 꾸역꾸역 시간을 때우며 먹을 수가 없었다. 거기에 온 사람들의 얼굴은 어떤 뜻깊은 이야기를 나눈다기보다는 오로지 입만 오물거리고 있었다. 그래야 조금이라도 더 먹을거리를 뱃속에 처넣을 수 있다는 듯이 말이다.

그날 밤 난 집에 돌아와서도 내내 속이 더부룩했고, 새벽 두 시에 깨어났는데 몸이 아주 안 좋았다. 한방에서도 꾸역꾸역 처먹으면, 그날 밤은 괴로운 잠을 자게 된다고 한다.

그들이 나를 위해서 마련한 자리였지만, 난 참 괴로웠다. 그래서 내가 처음부터 가지 않겠다고 했던 것이다. 집으로 돌아오는 길에 내가 못마땅하게 여기며 말이 많아지자 아내가,

"그만 해라."

하고 말했다.

난 그처럼 여느 사람들이 흔히 하는 일에 잘 어울리지 못했다.

"진짜 글쟁이라면 누구나 그럴 걸."

나는 그런 말까지 했지만, 그들은 내 말을 헤아리지 않았다.

내가 까다로운 것일까, 그들이 무딘 것일까?

어떻게 그들은 아무렇지도 않게 그런 자리에서 그렇게 먹을 수 있

을까? 그건 그들이 보람찬 일을 안 하기 때문일 것이다. 진짜 바쁘지 않기 때문일 것이다.

난 이야기를 쓰며 집안일을 하고, 인쇄기에 잉크를 집어넣고, 거리에 놓인 돌이나 나사못을 치울 때만 보람찬 일을 하는 것이다. 그러려면 하루에 한두 끼의 밥만 먹으면 된다. 배가 부른데도 꾸역꾸역 처먹는 일만 되풀이하는 게 보람찬 일인가?

그런데 나도 모자라는 게 있었다.

요즘 들어 축구 게임을 너무 해서 나는 머리가 띵하고 속이 메스꺼웠다. 그게 뭐라고 난 그렇게 매달렸을까? 나는 두려워져서 그걸 그만두었다. 사람을 위해 이야기를 쓰겠다던 내가 나 하나조차 위하지 못하고 무얼 하겠다는 말인가? 그래서 난 그걸 그만두기로 했던 것이다. 나는 담배도 술도 이미 그렇게 끊지 않았던가.

축구 게임 겨루기를 한다고 바빴던 나는 왜 아내와 싸우려들었던 것일까? 그 겨루기에 자꾸 져서 몹시 짜증이 나서 그랬던 것이다. 내가 어리석었던 것이다. 내가 참 못났던 것이다. 나이가 예순이나 된 사람이 좀스러웠던 것이다.

아아.

난 참 몸과 마음이 괴로웠다.

아아.

이제 나는 다시 어리석은 나를 벗어던지고 새 길로 나아가야 했다. 그건 다시 이야기를 부지런히 쓰는 것이었다.

그런데 그날 저녁, 난 그 축구 게임을 또 하고 말았다.

하지만 여느 때는 열 번을 하던 겨루기를 다섯 번만 하고 관두었다. 그랬더니 몸도 마음도 괴롭지 않았고, 오히려 그동안 열 번이나 졌던 슬로바키아한테 이겨서 나는 드디어 준준결승에 나가게 되었다. 거기에서 그리스에게 3대0으로 지고, 나는 겨루기를 그만두었다.

그러니까 제가 제 마음을 다스릴 수 있으면 되는 것이다. 마음이 무엇에 매달려 끌려가지 않고, 바로 잡으면 되는 것이다.

계절의 여왕이라는 5월이 되었지만, 나는 야릇하게도 벌써 며칠째 콧물과 재채기를 쏟아내고 있었다. 따지고 보면 바로 그 5월 첫째 날 아들이 덥다고 냉방기를 켠 차를 타고 갈 때부터, 또 그날 땅속에 깊은 곳에 차를 두고 올라와 많이 처먹고 밤잠을 설칠 때부터, 나는 몸이 안 좋았던 것이다. 그래서 그저께와 어젯밤은 정말 괴롭게 밤을 보냈다.

그러나 나보다 더 괴로운 사람이 얼마나 많은지, 지난 며칠 사이에 대여섯 사람이나 스스로 목숨을 끊었다고 어느 라디오 방송에서 말했다. 나는 그런 뉴스를 텔레비전에서는 한 번도 보지 못했다. 나는 사람들이 살기가 힘들어 죽었다는 이야기를 누군가 막고 있다는 생각마저 들었다. 우리나라는 벌써 지난 2000년부터 온 나라 가운데서 스스로 목숨을 끊은 사람이 가장 많은 나라다.

왜 그럴까?

그건 사람이 살맛이 나지 않기 때문이다.

그건 사람이 신바람이 나지 않기 때문이다.

그렇게 누가 해야 하는가?

스스로 해야 한다고?

아니다, 나라가 해야 한다.

나라의 벼슬아치들이라는 것이 좀스럽고 어리석기 때문에, 살맛이 나게 신바람이 나게 다스리지를 못하는 것이다.

사람들은 몸과 마음이 얼마나 괴롭고 힘들었으면 제 목숨을 끊었을까? 그런 사람이 그렇게 많다는 것은 뭔가 나라가 잘못을 하고 있기 때문이다.

'사람을 위해 살자.'

나는 늘 그렇게 생각하며 이야기를 썼다.

그런데 나도 사람인데, 왜 나는 지난 며칠 동안 나를 위해 살지 못했을까? 그건 내가 어리석었기 때문이다.

자, 그러면 살맛나는 신바람 나는 이야기를 쓰자.

그런데 우리나라는 왜 이렇게 시끄럽고 먼지가 많은가?

그건 내가 보기에 집을 자꾸 부수고 짓기 때문이다.

정말이지 집도 공장도 이제 그만 짓자.

무너지지 않도록 고쳐야 되는 곳만 고치자.

차도 조용한 차만 제발 조용히 몰자.

짐차도 전기차가 있다. 비싸다고? 그러면 나라에서 아주 싸게 살 수 있도록 해주어야지.

내가 그런 이야기를 썼더니 전기 차도 바퀴에서 먼지가 많이 난다고 어느 방송에서 이야기한다. 그러면 기름으로 가는 차는 나무로 바퀴를 만들었나? 그리고 전기 차에 드는 전기를 꼭 화력 발전소에서 만들어야 하나? 나는 참 기가 찼다. 그런 생각을 하는 것들 뒤에는 언제나 벼슬아치와 장사치가 있었다.

나는 아직 콧물도 쏟고 축구 게임도 하고 있지만 잦아들고 있다.

5월 들어 비는 내리지 않았지만, 날은 그런대로 맑아서 나는 기분은 괜찮았다.

네거리에서 그대로 빨리 달려버리는 것들은 큰 벼슬아치나 장사치가 아닐 텐데, 그들은 왜 그러는가? 본디 사람이 좀스럽기 때문일 것이다. 그렇지 않은 사람은 느긋한 사람이다. 속 좁고 잗달고 좀스러운 것들 말고, 마음이 넓고 어진 사람은 어디에 있을까? 조금 열어놓은 창문 사이로 뻥뻥 부딪치며 네거리에서 하나같이 내닫는 차들. 그게 지겹지도 않은가? 난 지겨워서라도 그렇게 한결같이 달리지 못하겠다. 그들은 왜 그런가? 내가 보기에는 머리가 모자란다. 그렇다고 대가리만 굴리는 벼슬아치나 장사치가 머리가 좋다는 말은 아니다.

난 정말이지 지겨운 것은 못 참겠다. 머리, 옷, 움직임, 생각까지 그들은 어쩌면 그렇게도 똑같을까? 나도 예전에는 그랬지만, 언제부터인가 그게 지겨워져서 나는 달리 생각했다. 많이 배운 사람들도 그들의 틀 안에서 벗어나지를 못했다. 거기에서 벗어나면 죽나?

방송도 영화도 그들의 틀 안에서 벗어나지를 못했고, 노래도 이야기도 틀을 벗어나지 못했다.

"이녁이 쓴 이야기도 그렇지 않나?"

여러분 가운데 그렇게 말하는 사람도 있을 것이다.

"내가 쓴 이야기가 지겨우면, 안 읽게 될 것이다."

난 그렇게 말해놓고도 내가 쓴 이야기 가운데도 그렇게 느껴지는 것들이 있었지, 하는 생각이 들었다. 재미있는 이야기는 읽지 말라고 해도 읽게 된다.

북쪽으로 길이 뚫리면, 좀 더 숨통이 트일 것이다.

남북한 잘살아보려고 하는데 왜 미국이 그걸 막나?

1953년에 북한이 미국과 휴전 협정을 맺어서? 그렇다면 바다로 서로 오고가면 되지 않나?

그런데 그것마저 왜 미국이 막고 나서나?

참 어처구니없다.

하지만 북쪽이 뻥 뚫려도 속 좁은 것들은 그대로 있을 것이다. 그렇다고 구더기 무서워 장 못 담글까?

하나같이 어리석게 구는 사람은 제 버릇 개 못 주는 것이다. 그런 버릇은 그런 사람을 만든다. 나도 안 좋은 버릇은 고치는 게 좋다. 여러분도 그런 버릇이 다 있는 게 아닐까?

그럼 나는 어떤 버릇이 있을까?

이야기를 쓰는 버릇.

이레에 한 번 몸을 씻는 버릇.

했던 말 또 하는 버릇.

조용한 길을 걷는 버릇.

제멋대로 구는 버릇은 덜 떨어진 나라나 사람이 하는 짓이다. 그러니까 여러분도 차를 천천히 몰도록.

여러분도 나한테서 어떤 버릇을 찾아냈는가?

사람 모이는 데 안 가는 버릇.

네거리에서 천천히 가는 버릇.
제 이야기를 대단한 것이라고 생각하는 버릇.

- 끝 -   2019/5/10

내가 여러분에게 물은 것

동네를 한 바퀴 돌고 와서도 아침 내내 아무 것도 쓰지 못하다가, 잠이 들었다가 깨어나서도 나는 이야기를 쓰지 못했다.

이제 정말 혁명의 시대는 간 것일까?

난 그런 이야기를 많이 썼는데, 이제는 쓸 것도 없어서 요즘에는, 왜 하늘은 저렇게 시뿌연가, 하는 이야기를 썼다. 그리고 지난해부터는 의병과 독립운동 이야기를 꽤 썼다. 그것 말고는 원효, 6.25 전쟁 이야기도 썼고, 바로 어제까지는 우리는 지난 다섯 해 동안 왜 부쩍 늙었는가, 라는 이야기를 썼다.

"그러니까 쓸 이야기가 없을 만도 하네."

누군가 내 마음을 알아주는 사람은 그렇게도 말할 것이다.

그러나,

"그러면 안 쓰면 되네. 그렇게 쓸 게 없다는데 굳이 쥐어짜서 쓸 거까지야 있나."

하고 말하는 사람도 있을 것이다.

이야기를 안 쓰면 난 뭘 할까?

요즘에는 아들이 하는 축구 게임을 한다. 처음에는 잘 못해서 재미가 없었지만, 자꾸 하다가 보니까 진짜 축구를 하는 것처럼 재미가 있었다.

그래, 이제 우리나라에서 독재는 물러갔다.

그래도 아직 저 혼자만 잘살려는 벼슬아치나 장사치나 그런 나라는 많다. 나는 그런 건 딱 싫다. 그러면 여러분은 이 이야기를 읽으며 내가 정말 그런 사람인지, 아닌지 잘 헤아리기를 바란다.

요즘 거리에는 사람이 잘 안 다녀서 문을 닫은 가게가 많다.

집 안에 처박혀 컴퓨터나 방송만 보지 않고 보람찬 일을 한다면야 그것도 괜찮은 일이지만, 사람들 얼굴이 밝지가 않고 풀기가 없다.

왜 그럴까?

서른, 마흔 해 앞에는 독재가 물러가도록 돌을 던지고 싸우거나, 그렇게 되기를 바라며 사는 사람이 많았다. 그때도 먹고 살기 위해 하루하루를 사는 사람이 많았지만, 잘살게 된 요즘에도 그런 사람은 많다.

왜 그럴까?

나라가 더 고루고루 잘살도록 하지 못했기 때문이다.

이야기를 쓰는 사람은 손이 시리다.

그때는 독재를 물리치는 게 옳은 일이었다.

그러면 독재가 물러간 요즘은 무엇이 옳은 일일까?

사람을 위해 사는 일이 옳은 일이 아닐까?

그런데도 돈을 제 사람됨이나 아들딸보다 더 값진 것으로 여기는 노랑이가 많다. 돈을 모을 줄만 알고 쓸 줄은 모르는 것이다. 그들은 돈을 잃으면 모든 것을 잃는다고 여긴다. 그래서 그들을 돈을 위해 살지, 사람을 위해 살지 못하는 것이다.

4월이 되었지만 날은 찼다.

아침에는 0도까지 떨어졌고, 낮에는 10도를 웃돌았다.

난 어제부터 새 이야기를 꾸역꾸역 쓰고 있었다.

그런데 아침에 동네를 한 바퀴 돌다가 여느 때처럼 나중에는 아주 빨리 뛰었다. 숨은 찼지만 견딜 만하다 싶었는데, 집으로 들어오면서 나는 좀 어지러웠다. 그리고 방 안에 들어왔을 때는 속이 안 좋고 게울 것 같아 눈이 아뜩하고 머리가 얼떨떨해져 겁이 났다. 그래서 창문을 열고, 난 손톱으로 손끝을 누르고 누워서 이리저리 움직이다가, 그륵 트림을 하고 나서는 숨을 쉴 만했고, 잠깐 잠이 들었다가 깨어나니까 괜찮았다. 열어놓은 창문으로 찬바람이 들어와 추웠다. 밥을 남기는 게 아까워 꾸역꾸역 먹은 게 안 좋은 것 같았다.

하지만 나는 개떡같이 차를 모는 것들 때문에, 날마다 머릿골이 지끈지끈 쑤시는 탓도 있을 것 같았다.

개새끼들.

한마디로 좀스러운 것들이다.

그런 것들도 독재 때는 저 잘 났다고 돌을 던졌을 것이다. 이제 그런 일이 끝나자, 재미가 없어진 것들이 저만 빨리 가려고 남의 앞을 일부러 가로 막는 것이다. 아니면 아기똥하게 길을 비켜주지 않고 사내새끼가 좀팽이처럼 구는 것이다. 하기야 계집 가운데서도 그런 낭창한 것들이 요즘은 부쩍 늘었다.

저만 잘났다고, 저만 살려고, 저만 위하는 연놈처럼 좀스러운 것도 없다. 그래도 불알은 찼다고 사내라고 끄떡대는 것들을 보면 나는 참 한심한 생각이 들었다. 그러면 길이라도 한번 비켜주어야지.

계집 가운데도 계집답지도 않은 것들이 꼭 그렇게 차를 몰거나 성가시게 군다. 그게 바로 제가 못나서 그런 것이다. 사내는 사내답게 계집은 계집답게, 늙은이는 늙은이답게 젊은이는 젊은이답게 어린이는 어린이답게, 사람은 사람답게 살아야지.

그래, 좋다, 온 누리에 좀팽이 반, 멋진 사람 반이라고 치자.

그러면 여러분은 어느 쪽인가?

다들 저는 멋이 있다고 생각하겠지.

그럼 좋다, 이렇게 나누어보자.

그대는 속이 좁고 좀스레 구는가, 아니면 어질고 너그러운가?

마음이 넓지는 않다고? 그러면 그대는 슬기롭지는 않다. 어리석은 사람이라는 말이다.

저만 먼저 가고, 저만 잘살려는 이를 슬기롭다고는 말하지 못할 것이다. 그러면? 어리석은 것이지.

나는 그런 사람들을 지난 예순 해 동안 지켜보았는데 웬만해서는 그런 것을 고치지 못했다. 좀스럽게 자라고 배웠기 때문에, 더 넓고 훌륭한 것을 생각하지 못하는 것이다. 부처는 그런 이를 불쌍하다고 여겼다. 어진 이는 선업을 쌓는데, 좀팽이는 악업만 쌓으니 어찌 불쌍하지 않겠는가.

부처는 어리석은 것도 큰 죄라고 말했다. 어리석은 것을 깨치지 못하는 것도 악업을 쌓는 것이다.

그러니까 그런 것들은 불쌍한 대로 놓아두고 우리는 우리의 길을 가야하지 않겠는가. 그러면 나는 나의 길을 걸어가야지. 그 길을 일부러 가로막거나, 비키지 않는 것들도 꽤 있을 것이다. 나는 그럴 때 오히려 더 느긋하게 천천히 갔더니, 그것들은 더 열불이 났는지 더 미친 듯이 달아나버렸다.

여러분도 그럴 때는 잠깐 멈추고, 천천히 나아가길 바란다. 그러면 길은 저절로 열릴 때가 많다.

내 말을 믿지 못하겠다고?

나는 올해 예순 살로 이야기를 쓰는 글쟁이다.

나를 믿기에 그것으로는 모자란다고?

지난 서른 해 동안 배움터에 나가 글을 가르쳤다.

그래도 못 믿겠다면 앞에서도 말했지만, 이 이야기가 믿을 만하지, 읽는 재미라도 있는지 미루어 생각하면 될 것이다.

그래, 좋다, 여러분도 나름대로 힘들 것이다. 그러면 서로 제 갈 길을 가야지. 하지만 우리는 사람을 위해 살아야 하지 않겠는가? 힘든 이에게 길이라도 먼저 비켜주어야 하지 않겠는가? 어린이에게는 싱긋이 웃어주고 어르신에게는 먼저 길을 비켜드려야지.

강원도에서는 산불이 속초까지 번졌다.

그곳은 내가 한두 달에 한 번 차를 몰고 자주 가던 곳이었다. 몇백 채의 집이 잿더미가 되었다. 거기엔 지난겨울 눈이 너무 적게 왔다.

서울에는 황사 비가 내려 모든 차가 누렇게 흙먼지를 뒤집어썼다.

사람이 보람찬 일을 하지 않으면 몸과 마음이 녹슨다. 요즘 그런 사람이 너무나 많다. 배가 고팠을 때는 오로지 먹을거리를 얻기 위해서 일을 해야 했지만, 요즘엔 고프지도 않는 배를 채우기 위해 일한다.

내 몸과 마음에도 녹이 슬었을 것이다. 그래서 난 혈압 약을 먹고 이야기를 쓴다. 더는 마음에 녹이 슬지 않도록 보람차게 살려고 글을 쓰는 것이다. 그래, 그것도 재미있어야 쓰지, 억지로는 못 쓴다. 하지만 나도 이레에 하루, 이틀은 푹 쉰다. 쉴 때 무얼 하냐고? 아까 말한 축구를 하거나, 영화를 본다. 지난겨울에는 강원도 바닷가를 자주 갔다.

삶이 흥겹지 않은 것일까?

우리나라가 흥겹지 않을 것일까?

나는 요 몇 해 동안 도무지 신명이 나지 않았다. 그래도 삶이 녹슬지 않기 위해 나는 이야기를 썼다.

'나이 탓인지도 모르지.'

난 그런 생각도 들었다.

첫눈이 내려도 가슴이 설레지 않거든 늙은 줄이나 알아라, 는 어느 나라 글쟁이의 말이 있다.

그런데 어디든 우두머리들이 슬기롭다면, 우리는 더 신명이 나지 않을까? 정말 멋진 사람이 많다는 것은 멋진 일이니까.

그런데 나는 어디에서도 멋진 우두머리를 볼 수가 없었다. 내가 보거나 만난 우두머리들은 거의 다 멋대가리가 없었다. 왜 그럴까? 그들은 거의 다 비굴하게 그 자리에 올랐던 것이다. 그러니까 생긴 것도 보잘것없었다. 그렇지 않은 사람은 열에 하나일 것이다.

그러면 우리는 어떻게 해야 할까?

먼저 나는 무엇을 어떻게 해야 할까?

앞에서도 말했지만, 여러분이 보기에 나는 멋이 있는가, 아니면 멋대가리도 없고 엉터리로 보이는가?

나는 이야기나 줄곧 쓰면 될 것 같았다.

그게 내가 할 일인 것이다.

그럼 거리에서는?

사람에게 길 비켜주기.

배움터에서는?

젊은이에게 길 터주기.

집과 일터에서는?

더 보람찬 길 찾기.

그러면 슬기롭지 않은 우두머리 밑에서 일하는 여러분은 어떻게 해야 할까? 스스로 옳다고 생각되는 쪽으로 일을 하다가, 그걸 막는 연놈들이 있으면 싸우다가 때려치우고 나오면 된다. 그러면 일자리를 잃고 비틀거리게 될 것이라고? 그렇지 않다. 내가 지난 예순 해를 살아보니까, 잠깐 비틀거리는 것 같다가 곧 스스로 더 옳은 길을 찾게 되면서 흥겨워진다.

"그런데 그대는 아까 왜 그다지 삶이 흥겹지 않다고 했는가?"

누가 또 그렇게 물으면, 난.

"아무래도 나이 탓인 것 같지만, 이야기도 쓰고 축구 게임도 하고 있다."

하고 말할 것이다.

난 지난 서른 해 동안 300편이 넘는 이야기를 썼다. 그러니까 한 해 열 편의 이야기는 쓴 셈이다. 그러려면 한 달에 한 편의 짧은 이야기를 써야 하는데 나는 한두 편의 이야기는 늘 썼다. 나는 서른이나 마흔 살 때보다, 쉰, 예순 살이 되면서 더 많이 이야기를 썼다. 그건 어리석은 우두머리 밑에서 벗어나면서 그렇게 된 것이다.

2019년 4월 9일 화요일, 아침부터 하늘에는 구름이 잔뜩 끼었지만, 나는 텔레비전을 켜놓고 누워서 이야기를 쓰고 있었다.

2020년 4월에도 난 아마 그렇게 하고 있을 것이다. 그때도 재미있게 이야기를 쓰고 있을 것이다.

그러면 난 보람차다고 보아야 하지 않을까?

그래서 밥은 어떻게 먹고 사느냐고?

밥은 어떻게든 먹고 살게 된다. 밥 먹는 시간이 많으냐, 일하는 시간이 많으냐, 이야기를 쓰는 시간이 많으냐, 그 차이뿐이다. 나는 이야기를 쓰는 시간이 많고, 그다음은 일하는 시간, 밥 먹는 시간 순이다.

나를 못 믿겠다고?

그러면 믿지 않는 게 좋다.

다만 이 이야기가 재미있으면 읽으면 되고, 재미없으면 안 읽는 게 낫다는 것이다.

그래, 좋다, 까놓고 말하면 요즘 내 삶이 그렇게 재미있지는 않다. 그래도 어떻게 하겠는가, 살아야지. 난 날마다 이야기를 쓰고, 일을 하고(집안일도 한다), 텔레비전을 보거나 축구 게임을 하고, 밥을 먹고 밤 12시쯤 자서 아침 여섯 시 반에 일어난다.

멋진 사람을 만난다는 것은 신나는 일이다.

멋진 이야기를 읽는다는 것도 신나는 일이다.

멋진 이야기를 쓴다는 것도 괜찮은 일이다.

그런데 나는 요즘 그런 사람도 이야기도 잘 만날 수가 없었다.

을지문덕, 강감찬, 이순신, 안중근, 운봉길, 헤이그 밀사들, 윤동주, 그들은 훌륭한 삶을 살았다.

열흘 만에 봄비가 축축이 내렸다.

강원도에도 참 오랜만에 눈이 쌓였다고 한다.

나는 비가 내리는 동네 길을 덧옷에 달린 모자를 눌러 쓴 채 걸었다. 나는 얇은 장갑을 낀 채 손을 주머니에 넣었다. 뒷산에는 개나리와 목련이 활짝 핀 채 비를 맞고 있었다.

삶은 신명나는 것일까?

난 아무래도 나이가 들어서 그런지, 그런 것 같지가 않았다.

그렇다면 받아들여야지.

"스님, 저에게 길을 가르쳐주십시오."

"그래, 아침은 먹었느냐?"

"예."

"그러면 가서 그릇이나 씻어라."

길을 묻는 젊은이에게, 중국의 어느 스님은 그렇게 말했다.

딴 생각하지 말고 눈앞의 일이나 잘 하라는 말이다. 아침을 먹었으면 딴 생각하지 말고 그릇부터 씻고 물을 끓이고 쓰레기나 버리라는 말이다. 그렇게 자꾸 하다보면 길이 보인다는 말이지.

그럼, 글을 읽기 싫을 때는?

그때는 다른 일을 하거나 걸어야지. 한참을 걷다가 다리가 아프면 쉬었다가, 다시 글을 쓰거나 읽으러 가야지.

나에게 새로운 길이란 새롭게 이야기를 쓰는 것이다.

1930년, 이육사에게 새로운 길이란 시와 독립이었다.

그래, 내가 지치긴 지쳤다고 치자.

그건 내가 젊었을 때 피우고 마신 술 탓일 수도 있고, 모르고 중금속이 많다는 뜨거운 물을 받아 주전자에 끓여 마신 탓일 수도 있고, 개좆같은 것들이 많아서 그럴 수도 있다. 어찌 되었던 지쳤으면 쉬어야지.

자, 이제 앞에서 내가 물은 것을 여러분이 이야기할 때가 되었다.

무엇을 물었느냐고?

그래, 여러분도 바쁘고 지쳐서 모를 수가 있으니까 다시 한 번 말해주지.

 그래도 아직 저 혼자만 잘살려는 벼슬아치나 장사치나 그런 나라는 많다. 나는 그런 건 딱 싫다. 그러면 여러분은 이 이야기를 읽으며 내가 정말 그런 사람인지, 아닌지 잘 헤아리기를 바란다.

 난 여러분에게 그렇게 물었다.

 - 끝 -   2019/4/11

원효

661년 원효는 의상과 함께 당나라로 가다가 홀로 돌아왔다.

왜?

다음날 평택에서 배를 타고 당나라고 가려다가, 어떤 바위굴에서 하룻밤을 묵게 되었다.

그런데 자다가 몹시 목이 말라 손을 더듬어보니 물이 고인 바가지 같은 게 있어 마셨는데, 다음날 아침 깨어서 보니까 그건 바가지가 아니라 사람 머리뼈였다. 원효는 속이 뒤집혀 다 게워내고는 한참 생각에 빠졌다.

'아아, 간밤에는 그렇게도 달던 물이었는데, 그게 사람 머리뼈에 괸 물인 것을 보고는 다 게워내고 말았다. 아아, 모든 것은 마음먹기에

달린 것이다.'

그렇게 깨닫고(일체유심조), 원효가 신라 경주로 돌아왔을까?

우리도 배나 비행기를 타고 다른 나라로 가려다가 하루나 이틀 앞에 속이 뒤집힐 만큼 게워냈다면, 아무데도 가기 싫은 게 아닐까? 그래서 원효는 나이가 여덟 살이 적은 의상더러,

"당나라는 자네 혼자서 가게. 난 아무래도 그 먼 길을 갈 수가 없을 것 같네. 아니, 당나라에 가고 싶지 않네."

하고 말했던 게 아닐까?

의상은 홀로 당나라에 가서 지엄 스님에게 화엄경을 배우고 신라로 돌아와 화엄사, 부석사, 해인사 따위의 많은 절을 지었다. 그만큼 나라에서 그를 잘 받들었다는 말이다.

그러나 원효는 달랐다.

저자거리에서 북을 치고 돌아다니며 모든 사람이 나무아미타불 관세음보살, 만 외치면 괴로움에서 벗어날 수 있다고 이야기했다.

원효가 655년 서른여덟 살에 지아비를 잃은 요석 공주와 짝을 지어 생긴 아들이 설총이다.

그러면 스님이 그래도 되는 것일까?

님의 침묵을 쓴 한용운은 스님도 사랑할 수 있다고 말했다.

그래서?

원효는 어디까지나 사람 속에서 살았던 스님이다.

사람이 없는 조용한 산속에서 도를 깨치기는 좋겠지만, 물을 멀리하고 어떻게 물고기를 잡겠느냐, 는 말도 있다. 시끄럽고 어리석고 어지러운 사람 무리 속에서도 흔들리지 않았던 이가 바로 원효가 아닐까?

그래도 그렇지 요석 공주와 짝을 지은 것은 어긋난 짓이며, 파계승이라고?

원효에게 그런 계율이 뭐가 그렇게 대단하겠는가.

그래도 지켜야 될 것은 지켜야 한다고?

그럴지도 모르지.

"누가 나에게 자루 없는 도끼를 주면, 하늘을 떠받칠 기둥을 만들어주겠노라."

원효은 그렇게 말하며 저자거리를 돌아다녔다.

그 말을 듣게 된 태종무열왕 김춘추는, 자루 없는 도끼는 짝을 지을 계집을 뜻하고, 기둥은 훌륭한 나라를 만들 사람이라는 것을 알고는 어느 벼슬아치에게 가서 원효를 데리고 오라고 말했다.

그런데 그 벼슬아치가 원효를 데리고 경주 금성 안으로 들어왔을 때, 요석 공주가 있는 방 앞 연못 다리를 건너던 원효를 살짝 밀어 물에 빠뜨려버렸다. 그러고는 그가,

"아이고. 스님, 이거 볼 낯이 없습니다. 저기로 가서 옷을 갈아입으시죠."

하고 말하고는 요석 공주가 있는 방으로 원효를 데리고 갔다.

그런데 아버지인 태종무열왕에게 이미 이야기를 들었던 요석 공주는,

"저에게 하늘을 떠받칠 기둥을 만들어주십시오. 이제 아버지께서도 삼국을 한 나라로 만들려고 하십니다."

하고 말하고는, 원효에게 새 옷을 가져다주었다.

그렇게 해서 요석 공주가 655년에 낳은 아이가 바로 설총이다. 원효의 본디 이름은 설사다. 태종무열왕은 660년에 백제를 신라 땅으로 만들었고, 설총이 신라 10현 가운데 한 사람이 되었을 무렵 신라는 삼국을 한 나라로 만들었다.

원효가 의상과 처음으로 당나라로 가려고 했던 것은 661년이 아니라, 650년 원효의 나이 서른세 살 때였다. 그때는 압록강 너머 요동을 지나다가 고구려 순찰대에 붙잡히고 말았다.

하지만 원효가,

"우리는 다시 금강산 성불사로 돌아가는 길입니다."

하고 말하는 바람에 풀려났지만, 그들은 다시 경주로 돌아올 수밖에

없었던 것이다.

그리고 661년 두 번째로 원효가 의상과 함께 당나라로 가려 했던 곳이 바로 평택 항이었다. 이번에는 배를 타고 서해를 건너 산뚱 반도에 있던 신라방으로 가려했던 것이다. 거기에는 이미 신라 장사꾼과 유학승이 모여 있었다.

그러나 앞에서 말했던 바와 같이 원효는 당나라로 가지 않고 신라로 돌아왔다. 661년 태종무열왕이 숨졌다는 말을 듣고 경주로 돌아왔을 수도 있고, 굳이 당나라로 가지 않더라도 모든 것은 마음에 달렸다는 것을 깨달았기 때문인지도 모른다.

하지만 원효가 바위굴에서 자다가 아무리 목이 말랐다고는 하지만, 머리맡에 있던 아무 물이나 마셨을까? 뭔가 좀 야릇하지 않은가?

모든 것이 마음먹기에 달렸다는 것은 그때 사람이나 요즘 사람이 다 알고는 있지만, 그걸 몸소 이루어내기가 어려운 것이다. 원효는 그걸 사람들 속으로 들어가 <대승기신론소>나 <금강삼매경론> 따위의 그 많은 글을 쓰며 이루어낸 것이 아닐까? 그리고 뭔가 쉽지 않은가? 원효가 말한 대로 나무아미타불 관세음보살, 하고만 외우면 관세음보살이 나타나 괴로움에서 벗어나게 해준다니 말이다. 또 본디 관세음보살이 하는 일이 괴로워하는 사람의 소리를 듣고 도우는 것이니까. 그래서 마침내 그 사람의 손바닥 위에 나타난다고 하지 않는가!

게다가 원효는 그런 걸 저자거리에서 사람들에게 더 쉽게 말하고 다닌 것이 아닐까, 하늘이 무너져도 솟아날 구멍은 있다고.

아미타불도 괴로움의 바다에서 사람을 건져내어 바라는 바를 이루어주는 부처다.

그러나,

"그래, 그 나무아미타물, 관세음보살만 외치면 모든 괴로움에서 벗어난다고? 난 그렇지 않던데? 그 놈의 나무아미타불 관세음보살을 몇 백 번 외쳐도 먹고 살기가 힘들기만 한데?"

하고 원효에게 대드는 사람도 있었을 것이다.

"이녁은 나아질 것이오. 그런 걸 외운다는 것은 바로 스스로 나아지기를 마음먹었다는 말이니까. 하늘이 무너져도 솟아날 구멍은 있다고 생각하고, 이 술이나 한 잔 드시구려."

원효가 그렇게 말했다면 웬만한 사람은 다 배시시 웃으며 그 술을 마셨을 것이다.

또 누가,

"그래, 계집과 재미 볼 때는 좋았지, 이런 엉터리 중놈 같으니라고."

원효의 멱살을 잡으며 말했다면, 원효는,

"중도 사낸데, 서로 마음이 내키는 사내와 계집이 짝을 짓는 게 마땅하지 않소?"

하고 말했을 것이다.

또, 신라가 백제, 고구려, 당나라와 싸우고 있을 무렵에 함부로 누가 태종무열왕의 딸과 짝을 맺은 원효에게 그런 말도 못했을 것이다.

그로부터 서른한 해 동안 원효는 우리나라의 곳곳을 돌아다니며 많을 글을 썼고, 사람이 모이는 곳이면 어디서나 설법을 하다가 686년 예순아홉 살에 숨을 거두었다. 하지만 그때는 이미 설총이 서른한 살로 통일 신라 3대 문장가 가운데 한 사람이 되어 있었다. 원효는 그야말로 하늘을 떠받칠 기둥을 만든 셈이다.

또 그때나 요즘이나 부처의 가르침을 배울 때는 중국이나 왜에서도 원효가 쓴 <대승기신론소>와 <금강삼매경론>을 익힌다고 한다.

661년 원효가 당나라로 가려고 했을 때에는 설총이 여섯 살이었으니까 요석 공주가 길렀을 테지만, 설총이 열 살이 되었을 때부터는 틀림없이 아비 원효의 글을 읽었을 것이다. 그때는 무슨 뜻인지 몰랐다고 해도, 설총이 스무 살이 된 675년 무렵에는 제 아비 원효가 쓴 이야기를 재미있게 읽었을 것이다. 그리고 마침내 676년 신라는 삼국을 통일했으며, 그동안 백제와 고구려에 눌러앉아 있던 당나라 마저 물리쳤다.

원효는 말했다.

"다 같은 강물이라도 한강 물, 낙동강 물, 압록강 물이라고 사람들은 말하지만, 바다로 흘러가면 마침내 다 바닷물이 되고 만다."

그것은 산꼭대기는 하나이지만, 올라가는 길은 여러 갈래가 있다는 말과 같은 말이 아닐까? 꼭 돈이 있어야 꼭대기에 오를 수 있는 것이 아니듯이 말이다. 꼭 빠른 지름길이 아니더라도, 천천히 둘러가더라도 이르기만 하면 모든 것은 하나가 되는 것이 아닐까?

그러니까 처음부터 그 강물이나 바닷물이나 다 같은 물이며, 산꼭대기나 여러 갈래 길이나 다 같이 이어지는 길이며, 산꼭대기에서 솟은 물이나 흘러내려가는 물이나 다 같은 물이라는 것이다. 그래서 원효는 만법일심, 모든 법이 마음 하나로 돌아간다고 말했다. 모든 법이 한 마음에 있다는 것이다. 내가 마음 한 번 잘 먹으면 모든 것이 잘되고, 내가 마음 한 번 잘못 먹으면 모든 것이 잘못된다는 말일 것이다.

원효는 또 말했다.

"막히거나 걸리는 것이 없으면, 단번에 삶과 죽음을 벗어난다."

그 말은 마음에 거리낌이 없으면, 괴로움에서 벗어난다는 말이 아닐까? 흐르는 물처럼, 그물에도 걸리지 않는 바람처럼 살 수 있다면 우리는 괴롭지 않게 살 수 있는 것이 아닐까?

흐르는 물은 마침내 바다에 이르게 되지만, 고인 물은 썩는다.

그대는 흐르는 물인가, 고인 물인가?

원효는 집도 그런대로 괜찮았기에 열다섯 살 때까지 화랑에 있었고, 그의 어머니가 돌아가자 집을 떠나 중이 된 것으로 보인다. 그러니까 637년 원효가 스무 살 때부터, 650년 의상과 함께 처음으로 당나라에 가려다 고구려 순찰대에 잡혔다가 풀려나 경주로 돌아왔을 때인 서른세 살 무렵까지 원효는 가장 힘들고 괴로웠을 것이다.

그러나 655년 서른여덟 살의 원효가,

"누가 나에게 자루 없는 도끼를 주면, 하늘을 떠받칠 기둥을 만들어주겠노라."

하고 말하며 저자거리를 돌아다녔을 즈음에는, 마음에 거리낌이나 막힘이 거의 다 사라졌을 것이다.

그러나 그때까지도 원효는 뭔가 마음에 남아 있는 괴로움을 다 떨쳐내지 못했기 때문에, 661년 마흔네 살 때 의상과 함께 다시 당나라로 가려고 했던 것이 아닐까?

'되풀이되는 삶을 어떻게 슬기롭게 살 것인가?'

먹을거리를 얻지 못하더라도 두려워해서는 안 되고, 얻더라도 쌓아두어서는 안 된다.

'일하기에 앞서서나, 일하고 있을 때나, 일을 하고 난 다음에도 마음에 거리낌이 없어야 한다.'

앞에서도 말했지만, 원효는 그렇게 생각했을 것이다. 그리고 그건 틀림없이 그의 삶을 더 훌륭하게 이끌었을 것이다.

676년 신라는 매소성 전투와 기벌포 대첩에서 당나라까지 물리치고 마침내 삼국을 통일했다. 그때 경주 고선사에 머무르고 있던 원효의 나이 쉰아홉 살이었다.

그러나 686년 원효가 예순아홉 살의 나이로 숨을 거둔 지 100년이 지났을 무렵부터 신라는 우두머리와 벼슬아치들이 썩어 갔고, 935년 마지막 임금 경순왕이 고려 왕건에게 나라를 바치고 물러났다.

- 끝 -   2019/2/5

전등

서른 해나 지난 전등을 그동안 나는 잘도 지켰다.

하지만 이제는 더는 켤 수가 없어서, 나는 그걸 다른 새 것으로 갈 아야 했다.

전구만 갈면 되지 않느냐고? 형광등과 안정기를 잇는 데가 모두 낡 아서 버석버석 깨지는데도?

나는 혹시 가까운 가게에 있는가 싶어 들어가 보았지만, 형광등만 있지 등 기구는 없었다.

나는 그걸 사러 30분을 걸어갔다.

찬바람이 불어 두꺼운 덧옷에 달린 모자를 눌러 썼지만, 아랫도리 는 운동복 하나만 걸쳐서 그런지 추웠다.

"얼마죠?"

"13000원입니다."

"그럼 그거 하나 주세요."

내가 그렇게 말하며 신용 카드를 내밀자, 그가,

"카드는 부가가치세를 따로 내야 합니다."

하고 말했다.

"그럼 얼마인데요."

"14000원."

난 울며 겨자 먹기로,

"그렇게 하세요."

하고 말했다.

"형광등은 얼마죠?"

"2000원입니다."

"그것도 두 개 주세요."

"아이고 미미 말씀하시지, 이미 카드를 긁었는데."

하고 그가 말했다.

"두 개 4000면이면 부가가치세 1할에 4400원으로 하면 되겠네요."

내가 그렇게 말하자, 그가,

"5000원입니다."

하고 말했다.

난 속으로 성이 났지만, 아까 처음에 갔던 가게보다는 형광등이 싸서 다시 울며 겨자 먹기로,

"그렇게 하세요."

하고 말했지만, 속으로는,

'내가 다시 여기에 오나 봐라.'

하고 마음먹었다.

나는 그걸 들고 다시 30분을 걸어서 집으로 돌아왔는데, 아랫도리와 손발, 얼굴을 추웠지만 등과 배에서는 땀이 났다.

이야기를 쓰니까 난 자꾸 손등이 시렸다.

나는 먼저 오래된 둥근 형광등을 빼내고, 그 다음 쇠로 된 등 기구를 빼내려고 했지만, 무겁고 먼지가 엄청나게 나서 아무리 애를 써도 좀처럼 빠지지 않았다.

제기랄!

그래서 난 먼저 개폐기를 끄고, 면장갑을 낀 채 가위로 잘 잘리지도 않는 전깃줄부터 억지로 잘랐다. 아예 안전기를 내리고 해야 되겠지만, 나는 귀찮아서 두 선만 이어지지 않으면 전기는 안 들어오겠지, 하고 생각했다. 두 시간 뒤, 나는 마침내 서른 해나 된 등 기구를 빼냈지만, 먼지가 하도 많이 쌓여 있어서 나는 숨도 쉬지 않고 그걸 들고 밖에 나가 틀고는 세워두었다.

그런데 이번에는 새로 산 등 기구를 천장에 다는데, 그게 잘 맞지 않아 애를 먹었다. 마침내 거의 세 시간이나 씨름을 한 끝에 새로 산 긴 형광등 두 개를 달고는 개폐기를 눌렀더니 훤한 불이 들어왔다.

아아.

나는 속으로 감격의 눈물이 흘렀다.

아까 낮 12시에 전등을 사러 가서 난 네 시간 만인 4시에 새 불을 밝혔던 것이다. 누가 들으면 웃을 일일지도 모르지만, 사람을 불러 고치면 100000원은 들었을 것이다.

하여튼 난 뿌듯했고, 아내도 속으로는 그게 고마운지 먼지가 떨어진 방바닥을 싹싹 쓸고 닦아냈다.

하지만 서른 해나 된 전등은 거실에도 안방에도 아직 남아 있었다. 그건 아직도 불을 밝히고 있지만, 그렇게 밝지는 않았다.

글을 쓰는 사람은 손이 시리다.

창밖은 영하 7도였다.

밖은 너무 추웠다.

아침에는 영하 10도까지 뚝뚝 떨어졌다.

새해 아침이라 나는 떡국과 김치찌개를 한 그릇씩 먹었지만, 몸은 좀처럼 데워지지 않았다. 그날 거리에도 찬바람이 불었으며, 새해답지 않게 을씨년스러웠다. 아니, 차라니 새해나 한가위 때는 더 을씨년스러운 게 요즘 거리의 모습이었다. 그만큼 사람들은 새로운 꿈과 길을 찾지 못하고, 못나고 못되고 어리석게 가라앉고만 있었던 것이다. 그들을 옳게 이끌어 가는 사람도 없었고, 스스로 옳은 길을 찾지도 못해 모두 이리저리 헤매거나 갈팡질팡하고 있었다.

그러면 나부터라도 새 길을 또렷이 보아야 하지 않을까?

어두운 전등을 갈 듯 말이다.

내 차에도 오른쪽 뒤의 제동기 불이 하나 들어오지 않았다.

나는 그걸 벌써 며칠 앞부터 갈아야지, 하고 마음을 먹고 있었지만 갈지 못했다. 어제는 차 고치는 곳까지 가기는 갔는데, 거기에 이미 여러 대의 차가 있어서 선뜻 들어가지 못하고 돌아 나오고 말았다. 그래서 내가 전구를 사서 갈아 끼울 수 없을까, 하고 차의 뒤쪽을 열어보았지만 꽤 어렵게 줄이 이어져 있어서 어떤 것이 불이 안 들어오는지 알 수가 없었다.

나에게 새로운 길이 남아 있을까?

난 그런 걸 이야기로 써서, 꽤 많이 찾았던 사람이다.

자기 신념의 용기, 자기 긍정의 용기, 세잔.

차라리 혼자 갈지언정 어리석은 이와 길동무가 되지 말고, 스스로 길을 밝히는 등불이 되어라, 부처.

사람을 위해 살아라, 단군과 최제우.

이제 나에게 남은 새로운 길은 무엇일까?

아침은 먹었느냐, 그럼 딴생각하지 말고 그릇이나 씻어라, 중국 어느 스님.

새로운 길을 가르쳐 달라는 젊은이에게, 그 스님은 그렇게 말했다.

나는 아침을 먹고 그릇도 씻었고, 거리도 걸었으며, 전등도 갈았고, 이야기도 썼다. 그러면 그다음 내가 할 일은 무엇일까? 차의 제동기 불을 가는 것이라고? 그래, 좋다, 딴생각하지 않고 그것부터 갈아보겠다.

 그런데 그러려면 먼저 돈이 있어야지, 그걸 공짜로 갈아줄지 안 갈아줄지도 모르고, 밖은 춥고 손등은 시렸으며, 난 아직 남은 이야기를 쓰고 있었다.

 전조등을 가는 데도 만 원이면 되고, 제동기 불이나 꼬리 불은 자주 가던 곳에 가면 공짜로 갈아주기도 하니까 돈은 되었고, 이야기도 더는 쓰이지 않아 나는 자리에서 벌떡 일어나 밖에 나가 차를 대충 닦고는, 차 고치는 데로 갔다.

 "오른쪽 뒤 제동기 불이 안 들어와요."

 "브레이크 한 번 밟아보세요."

 "예."

 "네, 알았습니다."

 안경을 쓴 처음 보는 젊은이가 서슴지 않고 전구를 빼더니, 다른 것을 가지고 와서 끼워 넣으며,

 "다시 한 번 브레이크 밟아보세요."

하고 말했다.

 "네, 됐습니다. 들어옵니다."

하고 말하며, 트렁크 문을 닫았다.

 "고맙습니다."

 내가 돈을 주어야 하지 말아야 할지 몰라서 그렇게 말했더니,

 "예, 안녕히 가십시오."

하고 말하며 바쁜 듯 돌아갔다.

 그곳은 내가 자주 가는 데지만, 나는 그 얼굴도 모르는 새로 온 듯한 젊은이가 고마웠다.

 그러니까 10분 만에 제동기 불은 들어온 셈이었다. 무얼 걱정할 것도 없었던 것이다. 시간은 남아돌았고, 아직 한낮이라 집에 돌아기도 뭐해서, 나는 올해 공짜 건강 검진을 받아보기로 하고는 병원에 갔다.

"금식하고 오셨어요?"

그런 곳에 있는 사람들은 야릇하게도 한자말을 많이 쓴다.

"네, 어제부터 아무 것도 안 먹었어요."

난 그렇게 말했지만 거짓말이었다. 나는 어제 저녁부터 오늘 아침까지 다 먹었다.

"그러면 여기에 이거 쓰시고, 저기 1번부터 가세요."

무언가 서두르며 그녀가 말했다.

1번은 키와 몸무게, 허리둘레, 혈압을 재는 곳이었다. 키는 야릇하게도 5센티미터나 준 165센티미터, 몸무게는 75킬로그램, 허리둘레는 90센티미터였다.

제기랄!

하지만 혈압은 130에 80으로 괜찮았다.

그다음 내가 2번이 어디지, 하며 찾고 있는데 웬 입 가리개를 한 간호사가 내 팔을 잡고는,

"이쪽부터 오세요."

하고 말해서, 끌려간 곳은 방사선을 찍는 데였다.

"속옷만 입고 저기 서세요."

그 간호사도 무언가 서두르며 말했지만, 나는 속옷을 입지 않았기 때문에 웃통을 다 벗고는 방사선을 찍어야 했다.

빌어먹을!

그다음 그녀가 나를 끌고 나와 데려다준 곳은 피와 오줌을 뽑는 데였다.

젠장!

"따끔합니다, 좀 참으세요."

얼굴이 흰 종이처럼 하얀 다른 간호사가 나를 보지도 않고 말했다.

그건 따끔한 것이 아니라, 뜨끔했다.

"오줌은 종이 잔에 받아 저기에 놓고 가시면 됩니다."

아까부터 그 간호사는 내 얼굴을 한 번도 보지 않고 말했다.

나는 뒷간에서 오줌이 내 손에 묻지 않도록 그야말로 조심해서 자지에 종이 잔을 갖다 대고는 3센티미터쯤 받았다. 그런데 다 받고 보니까, 바로 옆에,

처음은 그냥 흘려보내고 그 다음에 나오는 오줌을 받으세요.

하고 쓰여 있었다.

젠장맞을!

'아휴, 정말, 잘 보이는 곳에 크게 써놓든지 해야지. 그리고 그 오줌이 그 오줌이지, 다르면 얼마 다르겠어.'

나는 그렇게 생각하고는 노란 오줌이 든 종이 잔을 들고 밖으로 나와 사람들이 보지 않을까 눈치를 살폈지만, 아무도 보는 사람은 없었다.

다음에 내가 갈 곳은 이빨을 보는 데였는데, 거기는 아무도 없어서 밖에 서 있는 나이가 든 간호사에게,

"여기는 사람이 없으니까 그냥 갈게요."

하고는 마지막으로 여의사가 있는 곳에 들어갔다.

"따로 먹는 약은 없지요?"

"고혈압 약 하나 있습니다."

"고혈압 약 말고 다른 약 먹거나, 딴 데 아픈 데나. 수술 받은 데는 없지요?"

"네."

거기서는 그렇게 몇 마디 말로 끝났다.

난 딴 데도 이곳저곳 쑤시고 아팠고, 수술 받은 곳도 한 군데 있었지만, 그녀의 말대로 모두 없다고 하고는 서둘러 거기를 빠져나왔다.

공짜 건강 검진도 30분 만에 끝이 났다.

나는 우리나라처럼 빠른 곳이 또 있을까, 싶었다.

이걸 살기 좋다고 해야 하는지, 모두 너무 서둘러서 넋이 나간다고

해야 하는지, 그래서 그렇게 탈이 많이 나는지, 나는 종잡을 수가 없었다.

제동기 불을 가는 것도, 건강 검진을 받는 것도 색다르고 새로운 길은 아니었다. 생각은 따라오지 않았지만, 나는 몸이 가는 대로 움직였던 것이다.

며칠 앞에 서른 해나 된 전등을 간다고 먼지를 마셔서 그런지, 난방기를 오래 켜서 차나 병원이 갑갑해서 그랬던지, 나는 다음날부터 정말 몸이 쑤시고 콧물과 가래가 자꾸 나왔다.

우라질.

몸은 안 좋더라도, 나는 새로운 길을 찾기는 찾은 것일까?

아니, 찾으려고 그런 곳에 간 것이 아닐까?

생각은 따라오지 않았지만, 몸이 가는 대로 움직였다.

손등은 더 시렸지만, 나는 남은 이야기를 마저 쓰고 있었다.

날이 좀 풀렸는데도 이야기를 쓰는 손등이 시려서, 나는 손을 자꾸 베개 밑으로 집어넣었다. 가스보일러를 켜면 코가 더 막힐 것 같아서, 나는 전기장판만 켜두었다.

그러나 나는 손등이 시려, 더는 이야기를 쓸 수가 없었다.

손을 따뜻한 베개 밑에 넣고 있는데, 난 어느 새 잠에 빠져들었다.

한 30분을 잤을까, 난 이야기를 써야지 하며 돌아누웠는데, 콧물은 좀 멈추어 있었다.

난 새로운 길을 찾은 것일까?

손등이 시린 것은 똑같았고, 이야기를 쓰는 것도 마찬가지였는데도?

어제 일은 어제로 끝났고, 난 오늘 또 새로운 길을 찾아야 하는 것이 아닐까?

그런데 날마다 내가 새로운 길을 찾을 수 있을까?

그렇다고 내가 날마다 전등을 갈고, 제동기 불을 갈고, 공짜로 건강 검진을 받아야 하는 것일까? 그럴 수는 없겠지만, 난 어떻게든 좀 움직여야 했다.

난 오늘도 아침을 먹고는 그릇을 씻고, 밖으로 나가 걸었다.

그런데 그때 아내의 전화가 왔다.

"가스레인지 위에 달린 환풍기가 안 돌아간다. 새로 고치는데 8만 원이나 든다는데 어떻게 하지?"

아내는 몹시 걱정을 하며 말했다.

내가 그걸 고칠 수 있는지 한번 볼까, 나는 이런저런 생각을 하며 집 쪽으로 걷고 있는데 아내의 전화가 다시 왔다.

"여보, 내가 고쳤어, 몇 달 앞에 고친 곳에 전화를 했더니 나사가 빠졌을 거라고 해서 내가 찾아서 고쳤어."

아내의 목소리가 다시 밝아져 있었다.

"그래? 잘됐네."

나는 그렇게 말하고는 서둘러 집으로 가려던 발걸음을 돌려, 다시 들녘을 천천히 거닐었다.

- 끝 -   2019/1/4

지겨운 것들

"지겨워."

요즘 내 입에서 부쩍 그런 말이 나왔다.

늘 똑같은 짓과 말만 되풀이하는 것들이 나는 지겨웠다.

그들은 눈에 뜨이게 무엇을 고치거나 바꾸지를 못했다. 그러니까 나아지는 게 없고, 우리는 지겨운 것이었다.

"이녁도 지겨워."

누가 나에게 그렇게 말하면 난 할 말이 없다.

지난 몇 해 동안 집 안도 옳게 치우지 못했고, 요즘은 추워서 문을 열어놓지 못해 치우지를 못한다.

난 무엇이 왜 지겨운가?

그런데 난 내가 지겨운 것은 아닌 것 같았다. 난 그나마 새로운 이야기도 줄기차게 쓰고 있으니까 내가 지겨운 것이 아니라, 막힌 길을 오래 달릴 때가 지겨운 것이고, 만날 엉망진창으로 차를 모는 것들이 지겨운 것이고, 며칠에 한 번씩 큰일이 터져 사람이 숨지는데도 뒷짐만 지고 있는 벼슬아치와 장사치가 지겨운 것이다.

그렇다면 나는 어떻게 해야 하는가?

지겨운 것은 지겨운 것이고, 그렇다고 내가 지겨운 것은 아니니까 난 어떻게 해야 할까? 따지고 보면 그런 지겨운 것들은 옛날 수레를 타던 때도 있었을 것이고, 그 앞에도 남의 먹이를 빼앗아 먹는 지겨운 것들은 있었을 것이다. 그러면 그는 그 먹이를 빼앗기지 않으려고 악을 썼을 테지만, 지겨운 것들은 그다음날도 나타났을 것이다.

그런데 그때는 그가 싸워서 이기면 그것뿐이었지만, 요즘은 싸워서 이겨도 지겨운 것들은 잘도 살아간다. 그렇다면 나는 야금야금 지겨운 것들을 무너뜨릴 수밖에 없다. 훌륭하게 글을 가르치고, 훌륭하게 움직이고, 훌륭하게 이야기를 쓰는 길밖에는 없다는 말이다.

그날도 나는 여태껏 어떤 글을 얼마나 썼으며, 어디에서 무엇을 가르쳤다는 서류를 부치기 위해 우체국으로 걸어가고 있었다. 난 쉰여덟의 나이에도 지난 서른 해 동안 해마다 몇 번씩 그렇게 이력서를 부쳐야 했다. 먹고 살기 위해 글을 가르쳤고, 그러기 위해서는 움직여야 했지만, 집에서 이야기는 줄곧 썼다.

그런데 날은 추웠지만 야릇하게도 나는 지겹지가 않았다. 길을 잘못 들어 돌고 도는 바람에 다리가 아파서 그런지도 몰랐지만, 삶이 지겹지는 않았다. 거기에는 새로운 길이 펼쳐져 있었으며, 나와는 다른 삶이 펼쳐져 있었다.

한 해가 저물어갈 무렵이라 거리는 을씨년스러웠고, 차가운 바람이 목을 타고 들어와 나는 지퍼로 턱 밑까지 옷깃을 바짝 채워 올렸다.

"저, 우체국은 어디로 가나요?"

난 길을 걷는 몇몇 이에게 물었지만, 그들도,

"글쎄요, 여기에서는."

하고 얼버무리며 길을 잘 몰랐다.

내가 보기에도 거기에서 우체국을 찾기란 참 어려워 보였다. 본디 내가 사는 곳에도 우체국이 두 군데나 있었지만, 돈이 안 벌리는지, 새 아파트 단지가 들어서서 그런지 모두 사라지고 말았기 때문에 나는 울며 겨자 먹기로 그 먼 데를 걸어서 찾아가고 있었던 것이다.

"차를 가지고 오셨어요? 버스를 타면 빠른데, 걸으면 여기서 20분은 걸려요."

그들은 그렇게 말했지만, 그러려면 난 처음부터 버스를 탔을 것이다. 그리고 색다르게 굳이 걸어서 거기로 가고 싶었다. 그래서 처음부터 길도 여느 때는 거의 가지 않았던 산길로 골라서 걸었고, 그렇게 산 중턱을 끼고 돌다보니까 난 어느새 남산까지 와 있었던 것이다.

내가 먼 길을 돌고 돌아 다리가 아파서 절뚝이며 겨우 우체국에 이르렀을 때는 이미 2시간이 지나 있었다.

"그건 안 되는데요."

내가 일부러 얼마 앞에 잃어버렸다가 차 안에서 다시 찾은 체크카드로 값을 치르려 하자, 우체국 사람이 그렇게 말했다. 그래서 난,

"그럼 이걸로 해보죠."

하면서 다른 카드를 기계에 집어넣었고, 그건 잘 되었다.

난 그 못 쓰는 체크카드를 새 걸로 바꾸기 위해 이번에는 은행까지 또 걸었다. 그 은행은 집으로 가는 길에 있었기 때문에, 난 거기에 앉아서 좀 쉬면서 그 일을 하면 되겠다고 생각했다.

도난, 분실 카드입니다.

은행에서 내가 아까 말한 그 카드를 기계에 집어넣었더니, 그렇게 적힌 쪽지가 나오고는 다시 게워내지 않고 그대로 삼켜버렸다.

제기랄.

나는 왠지 내키지 않는 그 쪽지를 든 채. 사람이 많은 은행 안에서 15분쯤 기다려야 했다. 그러는 동안 나는 그 은행 안에 커피가 나오

는 기계가 있어서 몇 번이나 눌러보았지만, 나오지 않았다. 그때 젊은 경비원이 나를 빤히 쳐다보았다. 커피는 동전을 넣어야 나오도록 되어 있었다.

　그때 다른 나라에서 온 듯한 아줌마와 어린 아이 둘이 은행 안으로 들어왔는데, 그 가운데 더 어린 아이가 물이 마시고 싶다고 말하는 것 같았다. 하지만, 그 아줌마는 물이 어디에 있는지 몰랐고, 그걸 빤히 지켜보던 내가,

"물, 여기 있네."

하고 작은 소리로 말했더니, 큰 아이가 작은 아이를 데리고 내 곁을 지나서 물이 있는 곳으로 갔다. 그러자 아까 말한 그 경비원이 와서 그들이 물을 따르는 걸 도와주었다.

　그런 모습은 결코 지겨운 것이 아니었다.

　난 왼쪽 다리의 장딴지 쪽이 아파서 다리를 뻗고는 비스듬히 벽에 기대어 앉아 있었다.

　은행에서 공짜로 커피를 주지는 않았지만, 체크카드는 그 자리에서 빨리 만들어주었다. 내가 새로 만든 카드를 기계에 집어넣었더니, 돈은 아직 100만 원이 남아 있다는 글이 나왔다.

　은행 밖으로 나왔을 때는 다리가 한결 나아져 있었다.

　다음날 서울은 영하 12도로 뚝 떨어졌다.

　난 추워서 아무 것도 생각이 나지 않았지만, 지겹지는 않았다. 추워서 얼이 번쩍 든 것이다. 그래서 난 요즘 너무 설치는 왜가 본디 버릇이 없어서 그렇다는 글을 쓰고, 이미 썼던 김덕령, 유관순, 이봉창, 윤봉길 이야기도 더 인터넷에 올려두었다.

　지겨운 것들은 언제나, 어디에나 있기 마련이었다.

　그렇다면?

　나는 그런 것들과 섞지 않기 위해서 힘썼다.

　어떻게?

　그런 것들과 어울리지 않고 홀로 쓸쓸한 거리를 걸었으며, 이야기

를 줄곧 썼지.

그런데도 왜 내 입에서는 지겹다는 말이 부쩍 나왔을까?

좀 지쳐서?

그럴 수도 있다.

그러나 성탄절부터 한 이레를 푹 쉬니까, 거리에 차를 몰 때 지겨운 것들 말고는 그다지 지겹지는 않았다.

지겨운 것들은 언제나, 어디에나 있었다.

그것들은 한마디로 멋이 없는 것들이었다.

멋있는 사람은 아름답고 슬기롭기 마련이었다.

멋있는 일은 물 흘러가듯 흘러가고, 꽃이 필 때 피고 떨어질 때 떨어지고, 비와 눈이 내리고, 해가 뜨는 것이었다. 그걸 억지로 제멋대로 바꾸려 들 때, 그런 것들이 바로 지겨운 것들이었다.

날은 더 추워져 영하 15도까지 떨어졌다.

그런데 어제부터 추워서 밖에 나가지 않고 이야기만 썼더니 난 속이 거북하고, 지겨워졌다. 그래도 밖에 나가 일을 할 때는 속이 거북하거나 지겹지는 않았다. 그러니까 밖에 나갈 때 나가지 않고, 속이 거북한 채로 이야기만 쓰던 내가 멋도 없고 지겨웠던 것이다.

사흘째 날, 난 쓰던 이야기를 덮고, 이불을 들고 밖으로 나가 널었다. 그리고 창문을 조금씩 열어두고 신발과 옷을 조금 치우고는 어제 끓인 주전자 물을 통에 담아 냉장고에 넣었으며, 누워서 쓰던 컴퓨터를 글방에 가져다놓고는 팔 굽혀 펴기를 열 번 했다. 그러자 지겹다는 생각이 달아나고 머리가 맑아졌으며 몸은 가벼워졌다.

삶은 바로 그렇게 살아야 하는 것이 아닐까?

박차고 일어나 다시 바람을 맞이하러 나아가는 것!

그러니까 나는 나도 지겨웠고, 지겨운 것들을 보는 것도 지겨웠던 것이다. 그 두 가지 모두 될 수 있으면 안 보는 게 가장 낫다. 피아노 소리가 시끄러우면 거기에서 멀어지는 수밖에 없다는 말도 있다. 안 보면 잊히게 마련이다. 더 몸과 마음이 아프기에 앞서 그런 것에서 벗어나거나, 아예 그런 것들을 물리쳐보는 것도 괜찮다. 그러려면 여러분의 몸과 마음이 아주 강해야 하는데, 머리는 슬기롭고 몸은 탄탄해야 한다는 말이다. 전철역에 이런 이야기가 붙어 있었다.

"스님, 저기 있는 껄렁패가 와서 때리는 어떻게 하시겠습니까?"

"그들이 내게 오지도 않았는데 그걸 내가 어떻게 알겠느냐. 그런 건 그때 가서 생각해도 늦지 않다."

그런 건 정말 중요한 일이 아니라는 말이다.

그러니까 여러분은 그냥 내가 어떻게 되는지 지켜보기 바란다.

나는 올해 쉰여덟 살로 이야기를 쓰는 글쟁이며, 이 나이에 이르기까지 아직 제대로 된 일자리 하나 얻지 못한 박사이기도 하다. 그래서 옳게 돈도 못 벌어보았고, 그래서 아내가 힘들었지만, 그것도 해가 가면서 나아졌고, 나는 부처의 말대로 차라리 혼자 갈지언정 어리석은 이와 길동무가 되지 않았다.

"이녁이 가장 어리석은 게 아닐까?"

누군가는 그렇게 말하거나 말거나, 나는 아랑곳하지 않게 되었다.

난 아직도 시끄럽고 지겨운 것들 옆에는 아예 가지 않거나, 일부러 멀리 돌아서 간다. 그러면 새로운 길이 보이고, 난 또 자유로워지곤 했다.

만날 똑같은 곳에서 똑같은 일이 되풀이되는 것도 지겨운 일임에 틀림이 없다. 지난 며칠 내가 그랬듯이 말이다.

그러니까 모든 걸 운명에 맡기고, 하늘이 무너져도 솟아날 구멍은 있다고 믿는 게 차라리 낫다.

이제 내 스스로는 지겹지 않은가?

아니, 또 그렇게 느껴질 수 있을 테지만, 나는 그것을 이겨내기 위해서 날마다 이야기도 쓰고, 어딘가에 글을 가르치러 갈 것이다. 그게 잘 되지 않더라도 나는 그 일을 되풀이할 것이며, 때로는 지겹게 느껴지더라도 또 이겨낼 것이다.

날은 조금 풀렸다.

그러면 내가 지겨운 것은 어떻게든 풀어나갈 수 있겠는데, 내 눈에 보이는 지겨운 것들은 어떻게 해야 되겠는가?

첫째, 그냥 참고 견딘다.

둘째, 어떻게든 바꾸어보려고 한다.

셋째, **훌륭한** 일은 못하니까 불쌍하게 여긴다.

여러분은 그 셋 가운데 하나를 고르지 말고, 나처럼 하면 된다. 때로는 그런 것들을 그냥 참고 견디다가 때로는 어떻게든 바꾸어보려 하고, 때로는 **훌륭한** 일을 못하는 그들을 불쌍하게 여기면 된다.

일을 하지 못하는 사람은 때로는 쉬는 것마저 지겨울 수가 있다.

그럴 때는 자리를 박차고 일어나 무턱대고 밖으로 나가라. 그러면 걷든지, 걸으며 생각하든지, 하늘이라도 새롭게 보고 느끼게 될 것이다. 그렇게라도 사람이 나아져야지, 어떻게 스스로 어리석다는 것을 알면서도 누구의 말처럼 어리석을 것을 거의 맹세하면서 살겠는가! 그리고 그대는 아직 나보다는 젊다.

나는 열흘 만에 다시 일터로 돌아왔지만, 지겹게 느껴지지는 않았다.

그런데 아침에 며칠 세워두었던 차에 시동이 걸리지 않아서, 전화를 했더니 10분 만에 축전지를 충전하러 차가 왔다. 날이 풀렸다고는 하지만 아침에는 영하 8도를 맴돌았다.

"시동 한 번 걸어보세요."

그 젊은이가 말했다.

"네."

이미 차에 타고 있었던 내가 열쇠를 돌리자 단번에 붕, 하고 시동이 걸렸다.

"한 30분 시동을 켜두세요."

"예, 고맙습니다."

내가 차 문을 조금 열고는 좀 뚱뚱한 그 젊은이에게 말했다.

'참, 우리나라 살기 좋은 나라야.'

나는 차를 몰고 일터로 가며 그렇게 생각했다.

이제 열흘 앞에 내가 지겹게 생각했던 것들은 강추위 속에 모두 사라져버린 듯했다. 세밑이라 그런지 거리도 조용했고, 지랄하듯이 차를 몰 던 것들도 많이 줄어들었다.

그런데 난 오늘 아침에 잊은 게 또 하나 있었다. 그건 또 어느 곳에 부쳐야 될 서류를 부치지 못했던 것이다. 그래서 난 부리나케 우체국으로 뛰어가서 3000원을 주고 빠른우편으로 부쳤다.

"전화번호를 알려주시면 언제 서류가 들어갔다고 알려드립니다. 010."

"네."

난 010 다음의 내 손전화기의 번호를 알려주었다.

'참, 우리나라 살기 좋은 나라야.'

난 우체국을 나오며 그렇게 생각했다.

날은 아직 추웠지만 하늘은 맑았으며, 거리에 사람은 없었고, 나는 아무 것도 지겹지가 않았다.

나는 정말 지겨운 놈이 아닐까?

그건 그날, 곧 드러났다.

내 차의 왼쪽 창문에 햇볕을 막으려고 붙인 얇은 필름 막이 찢어져서 저걸 언젠가는 갈아야지, 하고 생각한 게 벌써 몇 달이나 되었다. 언젠가 한번, 그걸 가는 데 드는 값이 얼마나 되느냐고 물었더니 30000원이라고 했다. 아니, 그까짓 비닐 같은 것 한 장 가는데 무슨 값이 그렇게 드는가 싶어 나는 그만두었다.

그런데 그게 점차 더 찢어져 아주 보기 싫게 되고 말았다. 그래서 나는 큰 가게에 몸소 가서 차창에 붙이는 그런 비닐이 있는가 보았지만, 아무리 찾아도 찾을 수가 없었다. 드디어 나는 그런 걸 도맡아서 갈아주는 가게로 갔다.

"비싼 것과 싼 것이 있습니다."

"싼 것은 얼마죠?"

"20000원입니다."

"그럼 그걸로 갈아주세요."

난 이게 웬 떡이냐, 싶어 주저하지 않고 갈기로 했다.

그런데 그걸 가는 게 참 까다롭고 어려웠다. 먼저 차창의 크기와 같은 쇠틀을 가지고 와서 두꺼운 필름을 거기에 대고 자른 다음, 차창에 붙어 있던 낡은 필름을 다 벗겨내고 면도칼로 유리를 깨끗이 밀고는 거기에 비눗물인지 무슨 물을 붓고는 아까 그 필름을 아주 조심스럽게 붙였다.

"내일까지 같이 붙여둔 종이는 떼지 마세요. 다 마를 때까지 차창을 내리시면 안 됩니다."

그 가게의 젊은이가 내가 준 20000원을 받으며 말했다.

몇 해 앞에도 차창을 내리지 말라고 했지만, 내가 아무 생각도 없이 버릇처럼 유리문을 내리는 바람에, 다른 차는 열 해가 되어도 멀쩡한 그 필름 막이 찢어진 것이다.

그런데 나는 결코 차창을 내리지 않겠다고 마음을 먹고, 또 옆에 탄 아내가 오늘은 아예 차창을 내리지 말라고 했는데도, 늘 내가 차 안의 공기를 바꾸던 좀 조용한 길에 들어서자 두 번이나 그 차창을 열었다 닫고 말았다.

'아, 참, 정말이지 내 성깔도 개좆같다.'

난 그런 생각을 하며, 또 지랄을 떤 내 스스로가 지겨웠다.

– 끝 –　2018/12/31

대홍수

서울 35도, 열흘 동안 비는 한 방울도 내리지 않았다.
"비는 수 목 금 내리겠습니다."
라고 그들은 말했지만, 수요일도 목요일도 비가 내리지 않자,
'비는 금 토 일 조금 내리겠습니다."
라고 그들이 말했다.

"웃기는 이야기야."

그는 그들이 무얼 잘 모른다는 생각이 들었다.

날은 며칠째 푹푹 쪘다.

냉방기를 켜놓은 집이나 차에 있는 사람도 모두 얼굴을 찡그리고 있었고, 그도 그랬고, 그렇지 않은 사람은 마음이 너그럽게 보이는 몇몇뿐이었다.

그런데 그날 저녁부터 그가 한 번도 본 적이 없는, 가운데가 뻥 뚫린 고리 모양의 짙은 잿빛 구름이 타오르듯 온 하늘은 뒤덮고 있었다.

"참 야릇한 구름이군. 아니, 저걸 멋지다고 해야 하나?"

그는 넋을 놓고 집 앞에서 하늘을 쳐다보고 있었다.

며칠 앞, 이미 중국 북경은 3억 톤의 빗물이 쏟아져 물바다가 되었다. 몇 십 년 만에 북경에 가장 많이 내린 비라고 한다. 그는 그걸 방송으로 지켜보았다. 길에 다니는 버스는 거의 반까지 물이 차올라 있었다. 북경도 열흘 동안 35도 무더웠고, 그때 열섬 현상으로 엄청나게 쌓인 뜨거운 상승 기류가 식으면서, 비를 퍼부었던 것이다.

밤이 되면서 아까 그가 말한 야릇한 구름은 보이지 않았지만, 더 찌는 듯이 더워서 그는 냉방기를 켰다.

"오늘밤 늦게는 비가 온다니까 좀 낫겠지."

그가 방송을 보고 있는 식구에게 말했다.

하지만 그날 밤은 너무 더웠다.

그도 웬만하면 선풍기를 틀고 잤지만, 그것도 두 시간만 돌아가게 맞추어놓곤 했는데 그날은 하도 더워서 냉방기를 켰고, 잠을 옳게 이루지 못했다.

투 둑, 투 둑, 투투. 툭툭.

창밖에 빗물 떨어지는 들렸다.

그는 살짝 눈을 떴다.

'비가 오나?'

그가 그런 생각을 하자마자, 후두두, 비가 쏟아졌다.

'비가 퍼붓는군. 아까 저녁에 본 구름이 예사롭지 않았던 거야.'

그는 그런 생각을 하며 오른손을 머리에 괴고 누워서 퍼붓는 빗소리를 들었다.

'비 한 번 엄청나게 오는군.'

그는 벌떡 일어나 베란다 쪽으로 가서 창문을 열고 밖을 보았다. 깜깜한 어둠 속에서도 퍼붓는 빗소리를 들을 수 있었다.

그는 잠자리로 돌아와 한동안 그 소리를 듣고 있었지만, 어느새 다시 잠에 빠져들었다.

다음날 아침, 밖이 왁자지껄한 것 같아 그는 부스스 눈을 떴다. 아직도 창밖에는 비가 퍼붓고 있었다.

'비가 저렇게 밤새 왔단 말이야? 그런데 왜 이렇게 시끄럽지?'

그는 베란다 밖을 내다보았다.

그의 집은 언덕 위에 있었는데, 아랫길 쪽으로 119가 왔는지 사이렌 소리가 났다.

"야, 일어나봐, 비가 엄청나게 온다."

일요일 아침이라 늦잠을 자고 있는 아내를 그가 깨웠다.

그가 살고 있는 연립주택 지붕 위에서도 물이 콸콸 아래로 떨어져 웬만하면 고이지 않던 아스팔트 바닥에도 발목까지 물에 잠겨 있었다. 무슨 일이 일어난 것 같았다.

그는 부리나케 텔레비전을 켰다.

아니나, 다를까, 거기에는 물바다로 바뀐 온 나라의 모습이 보였다.

서울 시내에 승용차는 물에 잠겨 다니지 못하고, 버스나 큰 짐차만 몇 대 겨우 물살을 헤치고 다니고 있는 게 보였다.

"여보, 저것 봐!"

그가 아직 이부자리에서 벗어나지 못한 그의 아내에 소리쳤다.

"허어."

그의 아내가 텔레비전을 바라보며 입을 딱 벌렸다.

"와아, 이건 물난리야, 큰일 났네, 어쩌지?"

그도 놀라서 어쩔 줄을 몰랐다.

저렇게 물에 잠겼다면 전철 역 아래 낮은 동네는 다 물에 잠겼을 것 같았다.

"아래 초등학교는 괜찮을까?"

그가 아내에게 말했다.

그의 아내는 그 말을 들었는지 못 들었는지 눈을 휘둥그레 뜨고는,

"우리는 어떻게 하지? 우리는 어떻게 가지?"

하는 말만 되풀이했다.

비는 그치기는커녕 갈수록 더 퍼부었다.

어디에서 그 많은 비가 쏟아지는지, 그가 보았다던 뻥 뚫린 고리 모양의 짙은 잿빛 구름 속에서 끝도 없이 쏘아지는 것 같았다.

낮에도 비는 잦아들지 않았고, 이미 불어난 물에 이제는 버스도 집차도 거리에 다니지 않았다. 기차도 비행기도 모두 멈추었다. 사람들의 삶이 멈추어버린 것이다.

"비는 앞으로도 며칠 동안 내린다는데."

그가 걱정스러운 얼굴로 밖을 내다보며 말했다.

아파트 1층에 사는 사람들은 이미 옥상이나 다른 곳으로 몸을 피했다. 그게 이제는 2층까지 물이 차오르고 있어서 낮은 곳에 사는 사람들은 3층에서도 마음을 졸이고 있었다.

"구름은 하루에 1300억 톤의 물을 머금고 있습니다. 그 가운데 우리나라에 300억 톤의 물이 쏟아지고 있습니다!"

방송에서 그렇게 말하고 있었다.

그러니까 얼마 앞에 중국에 내린 비의 300배가 내리고 있는 셈이었다.

"오늘 낮 12시부터 국가 비상사태를 선언합니다! 다시 한 번 알립니다. 정부는 오늘 날 12부터 국가 비상사태를 선언합니다!"

그의 집은 바로 옆에 한강이 흐르고 있는 초등학교와 전철역에서

가파른 언덕을 올라 중학교와 주유소를 지나 또 큰 길 하나를 건너서 산 중턱에 있었기 때문에 비에 잠기지는 않겠지만, 그의 아이들이 다니던 3층짜리 초등학교는 이미 물에 잠겨 지붕만 겨우 보였다. 그 지붕 위에 사람들이 있었고, 119 구조대가 고무보트를 타고 다니며 사람들을 구출하고 있었다.

모든 댐이 문을 열었고, 그 가운데서도 북한 황강 댐이 문을 열어 문산, 파주는 아파트 3층까지 물이 차올랐다. 한강과 임진강이 만나 서해로 흘러들어가는 강화도 물에 잠겨서 사람들은 모두 마니산 꼭대기로 올라갔고, 서울도 이미 물바다가 되어 있었다.

"이젠 전철도 버스도 기차도 다니지 못해. 높은 곳에 있는 사람들만 산길로 다닌다더군."

그도 집 앞 산에 올라 물에 잠긴 서울을 바라보았다. 믿을 수가 없었다. 초등학교, 아파트는 3층까지 모두 물에 잠겼지만, 하루가 지나면 물은 더 불어 있었다.

이튿날 저녁, 나무가 부러질 만큼 세찬 비바람과 함께 우르릉 쾅쾅쾅, 천둥소리가 온 하늘을 울리더니 좀 잦아드는가 싶던 비가 다시 퍼부었다.

"모든 시민들은 더 높은 곳으로 지금 즉시 대피해주시기 바랍니다. 다시 한 번 알립니다. 모든 시민들을 더 높은 곳으로 지금 즉시 대피하십시오!"

텔레비전과 빗소리 때문에 잘 들리지도 않는 동네 스피커에서 그런 소리가 흘러나왔다.

"아아, 이제 저 중학교와 주유소마저 물에 잠기면 어쩌지?"

그가 혼자 중얼거렸다.

아랫동네는 아파트 5층까지 물이 차오르고 있었다.

이젠 그의 집에 전기도 물도 가스도 들어오지 않았다.

그의 연립주택 앞에도 천막을 치고 사람들이 비옷을 입고 몰려 있었는데, 그들이 어디선가 고무보트에 싣고 온 컵라면과 물을 받느라고 줄을 서 있었다. 그의 식구도 밖에 나가 물을 받으러 줄을 섰고, 변기 물통에는 빗물을 받아 집어넣었다. 그는 베란다에서 못 쓰는 종이나 헌 책을 태워 밥을 했고, 거기에서 빗물을 끓여 마셨다.

"저 물속에서 건물들은 언제까지 버틸 수 있을까?"

그가 혼잣말처럼 넋두리를 늘어놓았다.

"다른 사람 걱정하지 말고, 우리 집 걱정이나 해. 밖에 나가서 물이나 더 받아놓고!"

그의 아내가 소리쳤다.

그 말에 그의 아들이 멀리 나갈 것도 없이 2층 복도에서 지붕에서 떨어지는 물을 대야 가득 받았다. 물은 그렇게 끓여 마시면 되었지만, 쌀과 반찬이 동나고 있었다. 나라에서는 모아둔 쌀을 나누어준다고 했지만, 언제 어떻게 나누어줄지는 알 수가 없었다.

더 큰일은 사흘째 아침에 일어났다.

제주도 남쪽에서 태풍이 우리나라 쪽으로 막 바로 올라온다는 것이었다. 처음에는 일본이나 중국 쪽으로 가겠다던 것이 바뀐 것이다. 하기야 이번에 국가 비상사태가 올 만큼 내린 큰비도 못 맞혔으니 무엇 하겠는가!

"정말 하늘에 구멍이 뚫렸나? 해를 못 본 게 며칠째야?"

그의 아내가 걱정스러운 얼굴로 말했다.

이제 집안에 먹을 것도 다 떨어져 뭐라도 구하러 나가야 했다. 그와 그의 아들딸은 주민 센터에서 나누어준다는 라면을 받으러 밖으로 나갔다. 우산을 써도 몰아치는 비바람에 옷이 다 젖었지만, 그런 것을 따질 때가 아니었다. 동네 높은 곳에 많은 사람들이 천막을 치고 밥을 하고 있었고, 옷가지가 빗속에 그대로 널려 있었다.

"라면이나 쌀 받으셨어요? 주민 센터에 가면 받을 수 있습니까?"

그의 아들에게 그들에게 물었다.

"글쎄요, 한 번 가보기는 가보세요. 아마, 없을 거예요."

여기저기 모여 있던 그들 가운데 비옷을 입은 한 사람이 말했다.

산 중턱에도 세찬 비바람이 몰아치고 있었다.

이제는 언덕 바로 아래에 있던 중학교도 1층이 물에 잠겼기 때문에, 그는 일부로 언덕 아래로 내려가지 않고 가운데를 가로질러 주민 센터 뒷문 쪽으로 걸어갔다.

"앞이 안 보여요. 아버지."

그의 딸이 겁에 질린 목소리로 말했다.

"모두 손을 꼭 잡아!"

그는 그렇게 말하며 딸의 손을 움켜잡았다.

멀리 아래쪽은 어디가 한강인지, 사람들이 살 던 곳인지 헤아릴 수도 없는 싯누런 물바다가 되어 있었다.

"라면이나 쌀 좀 받으러 왔는데요?"

그가 겨우 주민 센터에 이르러 말했다.

"없습니다. 내일 아침까지 기다리세요. 아침에도 일찍 오셔야 될 걸요."

그들이 퉁명스럽게 말했다.

"라면 하나도 없단 말입니까!"

그가 소리를 질렀다.

"네."

그렇게 말하는 그들 뒤쪽에서는 라면이 끓는 냄새가 났다.

"저건 라면이 아니고 고깃국이에요?"

그가 짜증스럽게 말을 내뱉으며 뒤돌아섰다.

"빌어먹을 놈들! 쯧!"

그날밤 그는 연립주택의 천장이 날아가는 줄 알았다. 베란다 창문이 깨지고 비바람이 몰아쳐 그는 더 두꺼운 안쪽 창문을 꽉 닫았다.

나흘째 아침, 그가 가장 먼저 일어나 밖으로 나와 보니, 그 많던 천막들이 거의 다 날아가고 남아 있는 것도 헝겊처럼 찢어져 나부끼고 있었다. 그리고 모여 있던 사람들이 모두,

"주민 센터로 가자! 본때를 보여주자!"

하고는 우산도 안 쓰고 떼를 지어 몰려갔다.

그의 아내는 주민 센터로 가려던 그를 막고는, 남아 있던 차에 설탕을 가득 타서 온 식구에게 나누어주었다.

오랜만에 달고 따뜻한 차가 몸에 들어가니까 식구 모두 기분이 좋았다.

"이제 어떡하죠? 태풍도 오늘이 고비라는데. 아, 그리고 소양강 댐이 위험하다나 봐요. 그 아래 청평 댐도 그렇고."

텔레비전이 나오지 않았기 때문에 오래된 라디오에 건전지를 넣어 들었던 그의 아들이 말했다.

"그게 터지면 한강이 더 넘쳐, 아니, 이제 어디가 강인지도 모르지만, 저 아래 중학교도 물에 잠기겠군."

그는 걱정이 되어서, 벌떡 일어나 베란다로 갔다.

씽- 씽-, 그가 문을 열자마자 비바람이 그의 얼굴을 때리며 문을 날려버릴 듯 흔들어댔다. 바닥엔 간밤에 깨진 유리와 날아 들어온 나뭇잎이 한데 뒤섞여 있었다. 그는 비가 쏟아지는 밖을 보며 한숨을 한 번 짓고는, 그걸 손으로 주워 모았다.

물살에 견디지 못한 건물과 아파트가 무너져 많은 사람이 죽었다는 말이 떠돌았고, 점점 더 많은 사람들이 산 위로 올라와 그가 사는 연립주택 복도에도 가득했다. 그래서 그는 웬만하면 밖으로 나가지 않고, 베란다에서 물을 받아 변기 물통에 채웠고, 거기서 물을 끓였다.

"당신은 배 안 고파?"

이틀째 설탕을 넣은 차만 먹은 그의 아내에게 그가 물었다.

"아뇨, 괜찮아요. 들리는 말로는 태풍이 지나가면 해군과 해경이 배로 먹을거리를 나누어준다는데. 빨리 비가 그쳐야지, 아아."

그의 아내의 뺨에 눈물이 흘러내렸다.

그날 밤 비바람은 조금 잦아들었지만, 복도에 있던 사람들의 입에서 소양강 댐인지 청평 댐인지 터졌다는 소리가 흘러나왔다.

"아아, 어쩌지 아빠. 물이 더 차오를 텐데?"

그의 딸이 두려운 듯이 말했다.

"괜찮을 거야. 저기 언덕 아래에서 여기가 얼마나 높은데?"

그는 그렇게 달랬지만, 두렵기는 마찬가지였다.

하늘에는 헬리콥터가 물에 빠진 사람을 구하러 여기저기 그물 바구니를 달고 날아다니고 있었다.

그날 밤, 서울의 모든 불빛은 꺼졌고, 오로지 하늘에는 헬기의 불빛만 가끔 보였으며, 빗소리와 온 도시를 삼킬 듯 휘젓고 있는 강물소리만 들렸다.

닷새째 아침.

그가 살고 있는 언덕 바로 아래 중학교와 주유소가 물에 잠겼다.

그 중학교는 그의 아들딸이 다니던 곳이었고, 그 주유소는 밥을 지으려 불을 지피려던 사람들에게 기름 한 방울 나누어주지 않다가, 고스란히 물속에 가라앉았다.

그날 낮 12시쯤.

마침내 비가 조금씩 그치고 있었다.

"아아, 이제는 먹을거리를 구하러 나가봐야겠어."

그가 그의 아들과 두 개의 큰 가방을 메고 밖으로 나왔다.

그때 복도에 있던 사람들이 소리쳤다.

"해군이 왔대. 바로 언덕 아래에!"

그와 그의 아들의 눈빛이 마주쳤다.

그들도 서둘러 복도에 남아 있는 사람을 피해 언덕 아래로 내려갔다.

아아.

거기에는 믿을 수 없는 모습이 펼쳐져 있었다.

커다란 해군 군함과 작은 배들이 싯누런 물 위를 떠다니고 있었던 것이다!

고무보트에 옮겨 탄 군인들이 쌀과 라면, 통조림, 군대 비상식량 따위를 담은 비닐 포대를 물이 찰랑거리는 언덕으로 던지고 있었다.

"아버지, 우리도 빨리 가서 저걸 받아요!"

그의 아들이 소리치며 먼저 언덕을 달려 내려갔다.

"아아. 그래, 그래."

그때. 그는 멀리 하늘이 파랗게 바뀌고 있는 것을 바라보았다.

아아.

- 끝 -　　2016/8/3

거꾸로 살기

힘이 없고 머리가 아프고 차를 몰 때는 진땀까지 났던 까닭이, 뜻밖에도 혈압이 높아서 그랬다는 것을 알게 된 그가, 약을 한 열흘 먹었더니 몸이 조금씩 나아졌다.

'이제 괜찮아지면, 약을 안 먹어도 될 거야.'

그는 그런 생각을 하고 있었다.

또 간도 안 좋다고 나와, 그는 그날부터 술을 마시지 않았다.

올해 그는 나이 쉰일곱 살인데, 벌써 지난해나 저지난해부터 피에 기름기가 많다는 것을 알고는 있었지만, 술과 단 커피를 줄인다든지 하지 않았다. 그러고 보면 걷기는 꽤 걸었는데도, 그는 몸이 안 좋아 지쳐 있었던 것이다.

지난 몇 해 동안 그도 바뀌었다.

몸이 좀 안 좋아진 것, 짝짓기를 하는 횟수가 눈에 뜨이게 줄어들었다는 것, 담배는 벌써 끊었지만 술도 안 마시게 되었다는 것, 아들과 딸이 다 컸다는 것, 지난해는 가지 않았던 배움터에 다시 나가 가르치게 되었다는 것, 그가 이야기를 쓰는 글방이 하나 생겼다는 것, 따위일 것이다.

그렇다면 그에게 바뀌지 않은 것은 무엇인가?

아직도 스스로를 믿고 있다는 것, 이야기를 쓰며 글을 가르치고 있다는 것, 아직 짝짓기를 하려고 한다는 것, 밥을 먹고는 설거지를 하거나 빨래를 하고, 물을 끓이고, 쓰레기를 버리거나 동네를 한 바퀴 돈다는 것, 따위일 것이다.

"그런 게 얼마나 이어졌다는 말입니까?"

누가 그에게 그렇게 물었다고 치자.

"한 스무 해 됩니다. 아내와 짝을 지은 다음 몇 해가 지나면서 스스로를 더 굳게 믿는다거나, 설거지나 빨래를 하게 되었다거나 쓰레기를 버리거나, 동네를 한 바퀴 돌았기 때문입니다."

그가 옛날을 떠올리며 말했다.

하지만 그 이야기를 듣고 있던 사람은 뜨악해지고 시무룩해졌다. 그의 얼굴 생김새나 몸짓, 목소리도 뭔가 떨떠름했고, 또 따지고 보면 그런 하찮은 것을 왜 괜히 물었나 싶었기 때문이기도 했다.

2월의 막바지에 눈이 퍼부었다.

그는 그 눈길을 달려 남쪽으로 내려갔다. 하루에 다녀오기는 먼 길이었다. 그가 떠날 때에는 이미 낮 두 시가 가까워졌을 때였다. 삶에는 귀찮은 일들이 일어나기 마련인데, 막상 마주치다보면 별 것도 아닌 것이 많다. 그러니 겁쟁이처럼 미리 걱정하지 말라! 그는 그날 밤 늦게 눈길을 뚫고 잘 돌아오게 될 테니까.

몸은 조금씩 나아지고 있었다.

그는 핏속에 기름기가 많다고 해서 또 그 약을 먹었다.

"약은 그만 먹어도 되나요?"

그가 안경을 낀 의사에게 물었다.

"아니오. 몇 달 동안 더 먹어보고 생각해봅시다."

깡마른 의사가 그에게 상냥하게 말했다.

그는 그 의사를 믿을 수밖에 없었다.

그날 퍼붓는 눈발이 나무와 들판과 산에 쌓이고 있었지만, 그는 차를 조심해서 모느라고 몹시 지쳐 있었다. 아직 몸이 안 좋아서 그런

지, 차 안이 갑갑해서 그런지, 차창을 조금씩 여는 데도 지쳐 있었다. 하지만 뒷자리에 앉은 그의 아내는,

"정말 멋지군."

하며 즐거워했다.

"그래, 남쪽으로 내려가는 날 하나는 기가 막히게 잘 골랐군."

그가 아픈 걸 참고 조금 비아냥거리듯 말했다.

그날 밤 늦게, 그는 두 시간이 돌아올 거리를 네 시간이나 걸려서 눈길을 뚫고 겨우 서울로 돌아왔다.

그는 약 하나를 먹고 몇 시간이 흐른 다음에 다른 알약을 하나 더 먹었다. 그래서 그런지 며칠 만에 그의 아랫도리에도 다시 조금씩 힘이 돌아오는 것 같았다.

보름 뒤, 그가 갔던 남쪽 길이 꿈처럼 느껴질 즈음에 그는 까칠한 성깔 탓에 그에게 새 옷을 사준 아내와 또 싸우고 말았다.

왜?

그는 양복을 사는데 가기 싫어했고, 할 수 없이 그의 아내는 그에게 잘 맞는 윗도리와 아랫도리를 달라고 했고, 그는 그렇게 했다. 하지만 나중에 그의 아내가 소매를 너무 짧게 한 것이 아닌가, 하고 걱정을 했고, 그는,

"괜찮아. 아무렴 어때."

하고 말했지만, 그의 아내는,

"그래도 그렇지, 이렇게 짧으면 어떻게 입어?"

하며 그녀의 오른손을 왼손 손목에 대며 큰 소리로 말했다.

그래서 그들은 싸웠던 것이다.

참으로 안타까운 것은, 그때 그는 이야기의 마지막을 쓰고 있었기 때문에 거기에 온 마음을 쏟고 있을 때여서, 소매가 기니 짧으니 하는 소리는 그의 귀에 들어오지도 않았고, 아무렇게나 되어도 좋다고 생각하고 있을 때였다는 것이다. 그래서 그들은 별 것도 아닌 것을 가지고 서로 싸웠던 것이다. 그는 스스로가 참으로 초라하고 볼품없

이 느껴졌다. 그리고 오랜만에 마침내 그는 깨지라고 유리 물병을 바닥에 던지고 말았는데, 그게 가방에 부딪쳐 깨어지지는 않고 물만 이불에 쏟기고 말았다. 그러자 그의 아내는 소리를 질렀고, 다른 방으로 갔고, 그는 쓰레기를 버리려고 일부러 밖으로 나가고 말았다.

그런데 그가 물병을 던지고 난 다음에 노여움이 야릇하게 사라졌다. 그건 번쩍 든 물병에서 물이 쏟기며 그의 머리 위에서 목덜미를 차갑게 적시고 흘러 뜨거운 기운을 식힌 것이었다. 불처럼 끝까지 타올랐던 그 찰나에 쏟아진 차가운 물이 그를 기꺼이 식혀주었다.

'야릇하군. 그동안에 그런 불같은 수컷의 힘을 나타내지 못해서 짜증을 냈던가?'

그는 그런 야릇한 생각마저 들었다.

"그동안에 몸이 안 좋아서 그랬는지, 힘이 없고, 겁이 나고, 짜증이 나고, 진땀까지 나서 내가 그랬던 것 같아."

다음날, 그가 그의 아내에게 웃으며 말했다.

"당신은 언제나 겁을 내곤 했지."

그의 아내가 담담하게 그렇게 말했을 때, 그는 깜짝 놀랐다.

'아아, 내가 겁쟁이라는 말인가? 아직도 그렇다는 말인가?'

그는 그날도 약을 먹었다.

1597년 정유재란 때, 새끼줄에 목이 묶인 채 왜로 끌려간 20만 명의 조선 사람들은 거의 다 돌아오지 못했다. 왜놈 새끼들! 그는 언젠가 왜에 끌려갔던 우리나라 선비 강항이 쓴 간양록을 읽어보리라 마음먹었다. 사람을 옳게 지키지도 쓰지도 못했을 때, 그런 가슴 아픈 일들이 일어나는 것이라고 그는 생각했다.

그런데 그가 요즘 마음이 조마조마했던 까닭은 어디에 있었는가?

첫째, 세상이 술렁거리고 뒤숭숭해 어디에도 믿을 것이 없었던 탓이 클 것이다. 둘째, 그가 지난해는 가르치던 일을 하지 못해서 그럴 것이다. 셋째, 짠 것과 술을 자주 먹어서 몸이 안 좋아서 그랬을 것이다. 둘째와 셋째는 풀리어 나나가고 있으니까 되었고, 세상은 그가 우두머리가 되면 바꿀 수 있겠지만, 그게 안 된다면 차라리 김소월처럼 세상모르고 살 일이다. 전쟁이 일어난 것도 아닌데도 어수선하고, 조마조마하다면 뭔가 잘못된 것이다. 그게 무엇일까? 나라가 사람을 옳게 지키지도, 옳게 쓰지도 못한 탓이 아닐까? 그런 가운데서 그는 어떻게 해야 할까? 가장 먼저 떠오르는 것이 뜻깊은 일을 해야 한다는 것이다. 그게 그에게는 훌륭하게 가르치고, 재미있는 이야기를 많이 쓴다는 것일 게다.

그런데 그의 이야기가 지난해부터 영 재미가 없어졌는데, 그는 어떻게 하면 다시 즐겁게 이야기를 쓸 수 있을까? 한 마디로 말해서, 쓰면서 재미있고 신바람이 나던 것이 그에게 사라진 것이었다.

그래서 그는 여태껏 살아오던 것과 다르게 거꾸로 생각하고 움직여보기로 했다. 어슬렁어슬렁 걷던 것을 가볍게 뛰어보았고, 낯을 가리지 않고 사람들 있는 곳에 들어가 그들에게 말도 걸고 그가 할 일을 했으며, 이야기를 어떻게 끝맺을까, 하고 생각해보지 않던 것을 생각해보았던 것이다. 이제 봄도 왔으니 참 치우지 않던 집안도 깨끗하게 쓸고 닦고 해야 할 것이며, 이미 지난 한 달 동안 단 커피도 술도 마시지 않았다. 그러한 것이 그를 앞으로 어떻게 바꿀지는 더 기다려봐야 하겠지만, 그는 몸이 좋아지고 있는 것을 느낄 수 있었다.

또 그는 하지 않던 절을 엎드렸다 일어서 두 손을 모으며 열 번이나 했는데, 그게 목뼈를 바로잡아 몸이 튼튼해진다는 말을 어디에선가 들었기 때문이었다. 그건 또 그가 텔레비전을 켜놓은 채 이야기를 쓰다가 잠에 빠져드는 걸 막기 위해서, 일부러 그렇게 한 것이었다. 그의 아내 말대로,

"하루에 한 시간 겨우 일을 하는 사람이 그렇게 지친다면, 열 시간 일하는 나는!"

라면, 그는 참 보잘 것 없는 놈이다.

그는 또 거의 하지 않던 팔굽혀펴기도 열 번을 했다.

왜?

괴롭지 않게 살기 위해서, 누구를 괴롭히지 않고 즐겁게 살기 위해서다.

깡마른 의사는 그에게 한 달 더 약을 먹고, 그 다음에 피를 뽑아 다시 한 번 보자고 했다. 그는 그렇게 따르겠다고 말했다.

3월에 들어서자 그는 배움터에 가서 어떻게 말하고 어떻게 쓸 것인가,를 가르치게 되었는데, 한 두 시간 서 있었더니 왼쪽 다리의 오금이 저리고 아팠다.

제기랄.

배우는 이들은 모두 스무 사람이었는데 모두 다른 나라에서 온 사람들이었다. 그래서 그는 그 나라말과 우리말, 영어까지 섞어서 어떻게 말하고 어떻게 생각하고 쓸 것인가,를 가르치느라 애를 먹었다.

따지고 보면 어떻게 말하기는, 제 생각대로 말하면 되고, 그렇게 느낀 바를 쓰고 말로 나타내면 된다. 하지만 요즘 사람들이 그렇게도 잘 못하니까, 우리나라 사람에게나 그들에게나 다 가르쳐야 하는 것이었다.

그러면 그는 말을 아주 잘하고, 멋진 생각으로 멋지게 글을 쓰며 멋지게 살고 있는가? 아니다. 여태껏 여러분이 보아온 대로다. 그래서 그는 아까 말한 대로 거꾸로 살기 위해서, 뛰지 않던 운동장을 두 바퀴 돌았다. 숨이 차고 다리가 아팠지만, 그게 다 몸이 바뀌려면 견디어야 한다고 생각했다. 그리고 날마다 한 바퀴씩 더 뛰어보리라고 다짐했다. 허파와 염통이 좋아지면 피가 더 잘 돌 것이고, 그러면 피도 기름기가 빠져 깨끗해질 것이라고 그는 생각했다.

"그래도 이녁은 그만하면 멋지지 않나요?"

하고 또 누가 그에게 물었다고 치자.

"예, 그런 것도 있지만, 몸에서 냄새가 납니다."

"그건 누구에게나 납니다. 그렇다고 날마다 씻을 수는 없는 일이고."

그 누가 그를 달래주었다.

배움터에서 가르치던 첫날, 그는 아내가 사준 옷을 입고 갔다. 그는 본디 몸매가 없었지만, 그래도 그렇지 소매는 괜찮은 것 같았지만, 바지가 좀 짧은 것 같았다.

"그건 이녁이 아주 두꺼운 체육복을 아랫도리 대신에 입었기 때문입니다. 그렇게 입고 몸매가 날 사람이 누가 있겠어요. 그리고 소매가 딱 맞다니, 그건 아내에게 고마워할 일이군요."

누구라도 그렇게 말했다.

하기야 그는 겨울에는 속옷을 입지 않고 체육복을 입고는 그 위에 바지나 윗도리를 걸치곤 했는데, 그건 게으른 그에게는 거저 그만이었다.

"제발 속옷 좀 입어. 어떻게 속옷도 안 입고 그렇게 입어!"

하고 그의 아내도 질색을 했지만, 그는,

"속옷을 입으면, 불알이 짓눌려서 갑갑해."

하고 말했다.

그가 그날 다 가르치고 밖으로 나왔을 때는 온 옷에 분필 가루가 부영게 묻어 있어, 그는 들고 있던 출석부로 툭툭 털었다. 본디 사람이 깔끔하지 못해서 그렇지만, 그는 그런 것도 늘 마음이 다른 곳에 가 있기 때문이라고 생각했다.

그러니까 그는 스스로를 철석같이 믿고 있는 것이었다. 그러던 것이 몸이 좀 안 좋은 바람에 흐트러졌는데, 땅에서 넘어진 사람이 마치 그 땅을 짚고 일어나듯이 그는 다시 일어서고 있었다. 그래서 요번에는 이제껏 해왔던 것과는 색다르게, 거꾸로 살아보기로 했던 것이다.

하루 앞에는 두 바퀴를 돌았던 운동장을 그날은 세 바퀴 뛰었는데도 그렇게 힘들지 않았다. 운동장이라고 해봐야 농구장만 한 곳이었지만, 그는 다음날 네 바퀴를 뛸 생각을 했다.

방송에서는 이 세돌 9단과 컴퓨터가 바둑을 둔다고 떠들썩거리고 있었다. 그런 세상에 그는 사람과 새와 하늘과 바람을 생각하고 있었다. 그가 사는 곳에 참새들은 모두 통통하고 깨끗했다. 그는 앞으로 어디까지 나아갈 수 있을까? 밖에는 바람이 불었고 그는 그 작은 마을 속을 거닐다가 다시 뛰었으며, 그가 집 안으로 들어왔을 때 바람은 문밖까지 따라와 있었다.

'눈물은 흘려서는 안 되지, 그건 중늙은이에게 어울리지 않아.'

그는 까닭 없는 눈물을 흘리지 않으려고 마음먹었다.

'여태껏 살아왔던 거와 거꾸로 살면서도 스스로를 믿을 수 있을까?'

그는 토요일쯤 춘천을 지나 인제 쪽으로 차를 몰고 가다가 가장 먼저 나타나는 이름난 절이나 유적지에 들러볼 생각을 했다. 그러자 그는 왠지 신이 났다. 낯선 거리, 낯선 땅에 들어선다는 것은 언제나 설레는 것이었으며, 그는 늘 그렇게 진부령과 미시령과 한계령을 넘었다. 앞이 안 보이는 안개에 덮였던 진부령과 밤안개가 무섭게 깔린 대관령, 눈이 수북이 덮힌 미시령, 한여름 장맛비에 깎이고 패였던 한계령, 아아, 그는 왜 굳이 그런 곳을 잊지 못할까? 또 제주와 거제와 통영과 남해는 어땠는가? 아아, 그는 다시 눈물이 나려했다.

"이제는 설악산을 그렇게 넘어가지 않아. 벌써 몇 해 앞에 미시령에 굴이 새로 뚫렸거든."

아까 그 누군가가 말해주었다. 그러자 그가,

"알고 있어. 그러나 차를 몰고 가다보면 뜻밖의 길로 가게 되지. 나는 늘 그렇게 가고 싶어."

하고 말했다.

"그러면 가려던 곳에 못 갈 수도 있잖아?"

"새로운 곳에 가는 게지."

"그러면 아내와 싸우지 않나?"

"싸우면 늘 지지만, 두려운 건 이겨내야지, 새 길이든, 아내든, 짙은 안개든, 눈이 덮인 길이든."

"어떻게?"

"낯선 길을 두려워 말고, 아내보다는 스스로를 믿고, 짙은 안개와 눈이 덮인 길은 불을 켜고 천천히 가면서 물기를 없애는 바람을 틀어놓고, 바퀴에는 미끄럼 방지제를 뿌려야지.”

“그러나 자네는 하늘과 땅속과 물길로 가는 걸 두려워하잖나?”

“그래, 정말 하는 수 없다면 모를까, 거의 가지 않아.”

“그러면 앞으로 낯선 나라로는 가지 않겠군.”

“일부러 위험함 길을 찾아가지는 않는다고 해두지.”

그러면서 그는 눈발이 퍼부었다는 인제 말고, 토요일쯤 눈이 덜 온 곳으로 달려가다 가장 먼저 눈에 들어오는 유적지에 가볼 생각을 했다.

그날 눈이 내리지 않은 작은 마을에서, 그는 운동장을 네 바퀴 뛰었다. 그리고 그 다음날은 다섯 바퀴를 뛰었다. 그는 다시 앞으로 나아가기 위해 거꾸로 살고 있는가?

- 끝 -   2016/3/10

올해도 그는 그럴 것이다.

새해가 밝았다.

그도 이제 쉰여덟 살이 되었는데, 만으로 따지면 쉰일곱 살이지만, 우리나라 나이로는 쉰아홉 살이다. 그래서 그는 어디를 가나 그냥 쉽게 쉰여덟 살이라고 말해버렸다.

아직까지 그를 좋아하는 사람은 그의 아내와 아들딸뿐이었지만, 그는 글을 가르치고 쓰는 글쟁이라서 그냥 제 멋에 살고 있었다.

그런데 올겨울은 두드러지게 추워서(들리는 말로는 서른 해 만에 가장 추운 12월이었고, 한강도 가장 빨리 얼었다고 했다), 그도 그 나이에도 느긋하지를 못했다. 그래서 그런지 그는 예쁜 계집 생각도 안 나고, 술 맛도 그렇게 없었다. 그는 담배는 마흔 때 벌써 끊었지만, 술은 줄곧 마시다가 지지난해부터 몸이 안 좋아 팍 줄였다.

그는 요즘 눈도 더 침침해져 잔글씨는 통 보이질 않았는데, 눈을 찡그리고 봐야 겨우 읽을 수 있었다. 그래서 글을 가르칠 때 그는 꼭 안경을 썼지만 헐거워져서 눈 아래로 곧잘 흘러내리곤 했다.

올해 그는 또 무엇을 할 수 있을까?

다른 이들은,

"새해는 더 잘 되게 해주십시오."

하고 빌었지만, 그는,

"부디 지난해만큼만 할 수 있기를 바랍니다."

하고 말했다.

그는 그만큼 부지런히 글을 쓰고 가르쳤던 것이다.

그러던 것이 몹시 추웠던 지난 12월 어느 한 곳에서,

"올해는 못 모시게 되었습니다."

라는 말을 그는 들었다.

그러나 그는 이제 막 새해가 밝았고, 글을 가르치러 가는 것도 봄이 와야 되니까 아직 두어 달 남아 있다고 생각했다. 그는 지난해두 곳에 나가서 가르쳤는데, 올해도 그렇게도 되면 좋은 것이고, 한군데라도 괜찮다.

또 그는 지난해 한 달에 두세 편의 이야기를 썼고, 올겨울에 틈이나면 그걸 묶어 책으로 만들어야겠다고 생각했다. 그걸 그가 할 수있을지 없을지는 더 두고 봐야 알 것이고, 봄에 더 글을 가르치게될지도 두고 봐야 될 것이다. 그렇다면 그게 바로 그가 올해 할 수있는 일이 아닐까?

다른 글쟁이들은 한 해에 두세 편 이야기를 쓰는데, 그가 한 달에그렇게 쓴다는 것은 대단한 일이 아닐까? 비록 그게 짧은 이야기라도 해도, 그가 재미있게 쓸 수 있다면 그건 값진 일이라는 말이다.

그에게 글을 배우던 이 가운데는,

"다음해는 무엇을 가르칩니까?"

하고 물으며 또 배우고 싶다는 이도 있었다.

그런 그들에게 그가 딱 부러지게 이야기를 할 수 없을 때, 그는 참으로 안타까웠다. 왜냐하면 그는 이곳저곳을 떠돌며 이레에 한두 번나가서 글을 가르치는 글쟁이였기 때문이었다.

1월 8일, 새해가 밝은 지 여드레가 지났다.

그는 벌써 보름째 왼쪽 귀에 물이 들어간 것처럼 멍멍했는데, 그건잦은 재채기와 콧물과 가래 탓이었다.

"병원에 한번 가보세요."

그런 그의 말을 들은 사람이면 누구나 그렇게 말했지만, 그는,

"병원에 갈 것 같으면 벌써 갔겠지요. 갔다고 해도 거기서 주는 약은 먹지도 않는걸요, 뭐. 이러다가 저절로 뻥 뚫립니다. 늘 그랬으니까."

하고 말했다.

올해 그는 무엇을 할 수 있을까?

그는 어떻게든 글을 가르치긴 가르칠 것이다.

올해 그는 무엇을 할 수 있을까?

그는 늘 쓰던 대로 많은 이야기를 쓸 것이다.

올해 그는 또 무엇을 할 수 있을까?

그것 말고 그는 거의 다른 이가 하는 것과 마찬가지 일을 하지 않을까?

"돈은 그만큼 못 벌 텐데요?"

"벌지도 모르지."

"자주 놀러 다니지는 못할 텐데요?"

"시간이 많아 더 잘 놀러 다닌다."

"맛있는 거 먹으러 다니지 못할 텐데요?"

"시장이 반찬이다."

그만하면, 그는 다른 이가 하는 것과 마찬가지 일을 하는 게 아닐까?

돈 벌고 먹고 자고 사고 싸는 일 말고, 다른 이가 하는 게 무엇일까? 더 훌륭한 일을 한다고? 무슨 일을 한다는 말인가? 사람을 위해 그들이 하는 일이 무엇인가? 그걸 그에게 말할 수 있다면, 그도 코가 납작해질지 모른다.

"건방지군."

사람들은 대번에 그를 보고 그렇게 말할 것이다.

그러면 건방지지 않는 그들이 사람을 위해 하는 일은 무엇인가? 돈

을 모아 사람을 돕고 있다고? 그는 글을 써서 사람을 돕고 있다고 생각한다. 그건 저가 좋아서 하는 일이라고? 그래야 오래 할 수 있다.

"그가 나라를 다스리지는 못하지 않는가?"

"그 말은 맞다. 나는 벼슬아치가 저와 나라를 잘 다스리기를 바라고 있다."

그가 그렇게 생각하고 있다면, 그의 코가 납작해진 것은 아니다.

그리고 이쯤에서 하는 말이지만, 그의 코는 잘생겼다. 콧날이 우뚝 솟은 것은 아니지만, 용코로 미끈하다. 그래서 그런지 그를 잘 아는 사람은 그가 생각날 때면 그의 코밖에 떠오르지 않는다고 한다.

심지어 그는 그의 아내 코도 잘생겼다고 생각한다. 한방에서는 코가 큰 다른 나라의 계집은 잘생긴 것이 아니고, 등이 미끈한 사람을 사내나 계집이나 잘생긴 사람이라고 한다.

그렇다면 그의 등은 어떤가?

그는 팔다리가 길지는 않지만, 그의 등은 마치 씨름꾼의 등처럼 넓고 미끈하다.

그렇다면 여러분은 이제 그가 잘생겼다고 생각할 것이다.

맞는 말이다.

그런데 야릇한 것은 그런 그를 싫어하는 사람들이 많다는 것이다. 아니, 좀팽이들이 그를 싫어한다는 게 맞겠지.

그는 길이 막히면 먼저 비켜주고, 길을 걷다가도 다른 차가 못 빠져나가면, 이리저리 손짓을 해서 빠져나가게 해준다거나, 아이들이나 늙은이가 다칠까봐 돌부리나 나뭇가지는 발로 한쪽으로 밀어두고, 뾰족한 나사못은 제 차 바퀴도 터질 수 있으니 주워서 풀숲에 버리고 간다. 그러니까 그는 좀팽이는 아니라는 말이다.

올해 그는 또 무엇을 할 수 있을까?

이런 말이 있다.

그가 무엇을 할 수 있느냐 하는 것은, 이미 그가 이미 이루어낸 것을 보면 된다.

그렇다면 그가 이루어낸 것은 글을 많이 쓰고 가르친 것이다.

올해 그는 또 무엇을 할 수 있을까?

그는 둘로 나누어진 우리나라가 하나가 되기를 바란다. 그래서 그는 어제도 임진강을 따라 통일의 관문 바로 앞까지 갔다 왔다.

그런데 여느 날과 달랐던 것은 방송국에서 나온 차가 많았다는 것이다. 왜 그랬을까? 그건 바로 오늘 남과 북이 서로 만나 이야기를 나누기로 했기 때문이었다. 그는 지난달에 '북진교'라는 이야기를 썼는데, 그것도 남과 북이 자유롭게 오고 가게 되기를 바라는 이야기였다.

올해 그는 무엇을 할 수 있을까?

그는 글을 쓸 수는 있는데, 가르치지 못할 수도 있다. 그렇게 되지는 않았지만, 된다면 버는 돈도 줄어들 것이다. 하지만 그는 아직 강을 건너갈 배도 없는데, 강 건너 일을 미리 걱정하지 않기로 마음먹었다.

'어떻게든 가르칠 수 있을 거야.'

그는 그렇게 생각하기로 했다.

'겨울에 쉬는 동안 이야기나 쓰는 거야.'

올해 그는 또 무엇을 할 수 있을까?

그는 쓴 이야기를 책으로 묶어내는 것도 참 귀찮았다. 그래서 자꾸 미루고 있지만, 그는 어느 날 문득 그 일을 해치울지도 모른다. 그는 지난 열 해 동안 그렇게 살아왔다. 그 앞에는 글을 쓰기보다 그는 가르치는 일을 더 많이 했다.

올해 그는 또 무엇을 할 수 있을까?

그건 그때 가봐야 아는 것이 아닐까?

아직 1월이다, 그는 2월에도 어딘가에 글을 가르치러 가겠다고 부지런히 글을 써서 보낼 것이다. 3월에는 어딘가에 글을 가르치러 갈 테고, 4월에는 배우는 이들에게 시험을 치르게 할 것이며, 5월에도 글을 가르치고 쓸 것이고, 6월에는 여름 방학을 맞을 것이다. 그리고 그는 7월과 8월에도 다시 가을에 글을 가르치러 가겠다고 어딘가로 부지런히 글을 써서 보낼 것이고, 9월에는 그 어딘가에 글을 가르치러 갈 테고, 10월에는 배우는 이들에게 시험을 치르게 할 것이며, 11월에도 글을 가르치고 쓸 것이고, 12월에는 다시 겨울 방학을 맞을 것이다. 그는 그렇게 지난 스물여덟 해를 보냈다.

올해 그는 무엇을 할 수 있을까?

아니, 그는 무엇을 할 수 없을까봐 두려운 것이 아닐까?

그는 글은 늘 쓸 수 있다고 했으니, 글을 가르치지 못할까봐 두려운 게 아니냐 이 말이다.

그래, 그 말도 맞다. 하지만 그는 어떻게든 가르치게 될 것이다. 늘 그랬으니까. 그는 해낼 것이다. 아침은 먹었느냐, 그러면 그릇이나 씻어라, 라는 말이 있지 않은가! 그는 대가리 박고 눈앞에 닥친 일을 해나갈 것이다.

올해 그는 무엇을 할 수 있을까?

"그건 그때 가봐야 안다. 그리고 이미 말하지 않았는가."

그는 그렇게 말할 것이다.

그러면 여러분은 그가 무엇을 하기를 바라는가?

이야기나 재미있게 쓰라고?

그러면 우리는 그가 무엇을 하기를 바라는가?

그건 저 하기에 달렸다고?

그는 사람을 위해 일할 수 있기를 바란다.

그는 왼쪽 귀가 벌써 한 달째 멍했다. 그동안에도 그는 병원에 가지 않았던 것이다.

'꽤 오래 가는군. 술을 조금씩 마시기 때문에 더 오래 가는 걸 거야. 하지만 그렇다고 술을 안 마실 수는 없지. 요즘은 맥주 한두 병

이니까. 하루의 지친 일이 끝나면 저녁에는 꼭 한 잔 마시고 싶어지거든.'

그는 그렇게 생각하고 있었다.

그걸 미련하다고 생각할 수도 있지만, 그는 그 까짓것은 이겨낼 수 있다고 생각하는 것이다. 그렇게 생각하다가 그가 큰코다칠 뻔 했던 것이 혈압인데, 하는 수 없이 병원에 갔다가 약을 먹으라고 해서 지지난해부터 먹게 된 것이었다.

그는 눈이 오면 즐거웠지만 눈길을 조심해야 했고, 글을 쓰고 가르치는 건 재미있었지만 사람을 가르치긴 어려웠다.

올해 그는 또 무엇을 할 수 있을까?

그는 저 할 일을 다 하고 있다고 믿고 있다. 그것보다 일을 더 했다가는 그는 몸이 안 좋아질 수 있다고 두려워한다. 그는 지난해보다 더 많을 걸 바라지 않지만, 성깔이 더 좋아지기를 바란다.

그가 먼저 비켜준다고는 하지만 아직 차를 몰 때 서두르고, 괜히 아내에게 짜증을 내고, 남의 허물만 곧잘 탓하고, 비딱한 데가 있다. 올해 그걸 그는 어떻게 고칠 것인가? 왜 지난해나 저지난해 고치지 못했는가?

그는 올해도 바다로 자주 갈 것이다. 그러면 고쳐질지도 모른다. 하지만 바다 속에서도 폭풍이 일지 않는가!

늘 남과 북이 자유롭게 오고 갈 수 있기를 바라며 이야기를 쓰는 그와, 오늘 남한과 북한이 오랜만에 만난다고 하니 북적대는 것과 무엇이 다른가? 자꾸 차이를 두지 말고, 다르지 않다고 해두자.

올해 그는 무엇을 할 수 있을까?

올해 그는 무엇을 더 낫게 바로잡을 수 있을까?

그는 무엇이든 잘 할 수 있을 것이다.

지난해 그는 무엇을 했는가?

지난해 그는 많은 글을 쓰고 가르쳤다고 했다.

지난해 그는 무엇을 더 낫게 바로잡았는가?

지난해 그는 술을 적게 마셨고, 생각나는 것은 그것뿐이다.

그의 왼쪽 귀는 아주 조금씩 나아지고 있었다. 그는 곧 다 나을 것이라고 믿고 있었다. 그는 꿈이 깨어져 괴롭고 속절없이 느껴질 때마다 주인공이 오줌을 싼다거나 망치 소리를 듣게 된다는 이야기는 읽은 적이 있지만, 그처럼 왼쪽 귀가 멍해져 소리를 잘 듣지 못하게 된다는 것은 들은 적이 없었다. 하지만 그게 세상과 전혀 동떨어진 것도 아니라고 그는 느끼고 있었다. 그만큼 세상에는 엉망진창인 것들이 많았고, 못됐고 좀팽이 같은 것들이 설치며 괜히 사람을 괴롭히는 것들이 많았다. 그런 것들은 안 보고 안 듣는 게 가장 낫지만, 구더기가 무서워 장을 못 담글 수는 없으니까, 두 번째 그런 것을 보거나 듣게 되면 힘껏 반드시 밟아주어야 한다.

올해 그는 무엇을 또 할 수 있을까?

2018년도 열흘이 지났다.

지난 열흘 동안 그는 무엇을 했는가?

그가 추위에 움츠러들어 있었다는 것은 맞는 말이다.

그러나 그런 가운데서도 그는 이런저런 이야기를 쓰고, 새로운 곳에 글을 가르치러 가고 싶다고 우편물을 보냈다. 그것 말고는 다른 사람이 하는 일은 웬만큼 했다.

올해 그는 무엇을 할 수 있을까?

똑같은 일만 되풀이 한다고?

버트란드 러셀은 <행복의 정복>에서 이런 말을 한 적이 있다.

사람이 행복하기 위해서는 되풀이되는 지루한 것을 견딜 줄도 알아야 하고, 먹고 입고 사는 집 말고도 다른 사람에게 대우 받고 있다고 느껴야 한다고.

올해 그는 무엇을 할 수 있을까?

올해 여러분은 무엇을 할 수 있을까?

올해 우리는 무엇을 할 수 있을까?

아무 것도 할 수 없다면, 아무 것도 이루어놓지 못한다.

그가 듣기로 괴테도 그와 비슷한 말을 한 것 같은데, 그는 글을 쓸 수 있고 가르칠 수 있다. 그가 글을 가르칠 때마다 하는 말이 있다.

"글을 잘 쓰려면, 많이 읽고 써봐야 한다."

그런데 그가 방송에서 들은 이야기지만, 다른 나라 사람이 이렇게 말한 적이 있다고 한다.

"한국 사람은 참 야릇하다. 책을 잘 읽지도 않으면서 노벨 문학상을 바라니 말이다."

요즘은 눈이 침침해서 잘 안 읽지만, 그도 몇 해 앞에는 많이 읽었다. 그러면 요즘은 안 읽느냐고? 아니다, 그는 그가 인터넷에 쓴 이야기를 글씨를 크게 해서 많이 읽는다.

올해도 그는 그럴 것이다.

- 끝 -   2018/1/10

바다와 우편물

나는 일을 야무지게 하는 사람은 아니었다.

오늘도 부쳐야 할 두 통의 우편물을 가지고 오지 않았는데, 내일 부쳐도 될지 안 될지, 그것마저도 잘 모르고 있었다. 우편물을 내일 부쳐서 모레까지 들어가도 되는 것인지, 안 되는 것인지도 몰랐다.

오늘 아침 난 그걸 왜 잊고 그냥 왔을까?

그건 눈이 새벽에 눈이 내려서 얼른 나가 차에 쌓인 눈을 치우기에 마음이 바빠서, 문간에 놔둔 우편물을 잊었던 것이다.

"온통 잊고, 모르는 것뿐이군."

누군가 그렇게 말을 한다고 해도, 나는 그저께 하루 내내 참 힘들게 그 우편물을 쓰고 쌌던 것이다. 그러니까 보기보다 내가 그렇게 게으르기만 한 것은 아니다.

나는 왜 그렇게 야무지지 못하고 빈틈이 많을까?

그건 늘 이야기를 쓰기 때문일 것이다.

마음이 느긋해야 하늘도 보이고, 눈도 보이고, 바람 소리도 들리는 것이다.

그런데 눈이 온 것까지는 좋지만, 아침에 바쁘니까 차에 쌓인 눈을 치우고도 서두르지 않으면 늦기 쉬운 것이다.

그러니까 나는 느긋해야 하는데, 한편으로는 늘 바빴던 것이다. 아내와 아들딸을 차로 데려다주고 데려오기 일쑤였고, 글을 가르쳐야 보람도 있고 돈을 버니까 이리저리 가르치러 뛰어다녔고, 또 가르치겠다고 한 뭉치 서류를 우편으로 보내야 했던 것이다.

'어떻게든 잘 될 거야.'

나는 그렇게 생각했다.

내일까지 꼭 보내야 한다면, 나는 돈을 더 주면, 그날 보내면 그날 받을 수 있는 정말 빠른우편도 있을 것이라는 생각이 들었다. 그렇다면 먼저 오늘 집에 돌아가 그 배움터에서 정말 내일까지만 우편물을 받는지, 아니면 모레까지 보내도 되는지 알아봐야 할 것이다. 나는 그때까지 모든 걸 잊거나 참고 있기로 했다. 발버둥 쳐보았자, 쓸데없을 것 같았다.

눈은 아침 10시까지도 보슬보슬 내렸다. 나는 길이 미끄러워 바짝 신경을 써서 차를 몬다고 어깨 죽지가 다 욱신거렸다.

따지고 보면 나는 어제도 인제를 지나 동해 고성 바닷가를 아내와 다녀왔다. 설악산 진부령을 넘을 때도 눈은 내리지 않았지만, 바람이 아주 찼다. 파도는 거세고 멀리 수평선에도 바닷물이 톱날처럼 서 있었다.

검은 겨울 바다에는 너울이 일고 있었다.

"꽤 느긋한 데가 있는데?"

누군가는 나를 그렇게 볼 것이다.

그러나 어제 오늘 나는 바빴던 것이다. 그래서 나는 이야기를 쓰지 못했고, 오늘 낮이 되어서야 나는 겨우 이야기 몇 줄을 썼다. 그러면 나는 낮부터는 조금 느긋해졌다는 말인데, 그것도 이야기를 쓰려다 아무 생각도 떠오르지 않아 잠깐 잠이 들고 난 다음부터였다. 내가 쓰고 싶은 이야기는, 덩그러니 집에 놓여 있을 우편물과 너울이 이는 바다다. 어떻게 그 두 가지 이야기를 이을 수 있을까?

그날 저녁 집에 가서 알아보니까 우편물은 그 다음날까지 보내도 되는 것이었다. 나는 그때서야 겨우 한숨을 돌렸다. 다음날 아침, 나는 그 우편물 두 개를 모두 빠른우편으로 보냈다. 모두 7000원이 들었다.

그렇다면, 이제 우편물은 떠났으니까 너울이 일던 바다와 이어지는 이야기도 없어진 것일까? 그건 더 두고 보자.

"500원짜리 동전뿐이라서."

나는 그렇게 말하고는 구세군 자선냄비에 800원을 넣었다.

그게 어떻게 800원이 되냐고? 그러면,

"100원짜리 동전 3개와 500원짜리 동전 1개 넣어요."

하고 다 말할 수는 없지 않은가?

그렇다고 아무 말 없이 동전만 딸랑 넣기는 미안해서, 난 그렇게 말했던 것이다. 아무튼 자선냄비에 돈을 넣고 나니까, 난 왠지 뿌듯했다.

난 그날 돈이라고는 정말 동전뿐이었다. 그렇다고 신용카드를 자선냄비에 넣을 수는 없지 않은가? 다음에 내 주머니에 5000원짜리나 10000원짜리가 있다면, 나는 그 돈을 자선냄비에 넣을까? 그건 그때 가봐야 안다. 나는 발걸음마저 왼쪽으로 가고 싶으면 왼쪽으로, 오른쪽으로 가고 싶으면 오른쪽으로 걸어가는 사람이니까.

겨울바다에 일던 너울은 어떻게 되었을까?

아직 그 고성 바닷가에는 거센 바람에 너울이 일고 있을까?

서른 해 만에 가장 추운 12월이라고 방송에서는 말하고 있었다.

1987년 그해 겨울, 난 무엇을 했을까?

아주 괴롭고 힘든 겨울이었다는 것은 떠올릴 수 있었다. 그걸 여기에서 다 말할 까닭도 없지만, 난 그 겨울을 겨우 넘기고부터 차츰 몸과 마음이 나아졌다. 난 그때 참 많은 이야기를 썼고, 그걸 우편물로 부쳤지만 어디에서도 받아주지 않았다. 실리지 못한 이야기는 겨울 바다의 너울이 되었을 것이다. 그때 나는 스물일곱 살이었고, 이제 쉰일곱 살이 되었다.

다시 하루가 지나고, 내 손전화기에 반드시 그날까지 가야 했던 우편물이 잘 갔다는 글은 왔지만, 한 군데는 아직 아무런 알림 글이 오지 않았다. 거기는 좀 더 먼 곳이라고 그럴 것이라고 나는 생각하고 말았다.

오늘 밤에는 눈이 많이 내릴 것이라고 한다.

눈이 내려도 바다에는 너울이 일까?

나는 딱 한 번 눈보라가 치는 바다를 제주도에서 본 적이 있다.

저녁부터 내리던 눈이 밤에는 거센 눈보라가 되어 몰아쳤다. 나는 임진강과 한강이 만나는 쪽 자유로를 달리고 있었지만, 앞이 보이지 않을 만큼 거센 눈발이 쏟아졌다. 아니, 그건 달리는 게 아니라 엉금엉금 기는 것이었다. 나는 제발 아무 탈 없이 집에 갈 수 있기를 바랐다. 미끄럼 방지제를 바퀴에 뿌렸지만, 길은 아주 미끄러웠다. 이미 몇몇 차는 부딪쳐 길가에 서 있어서, 길은 더 막혔다.

동해 바다에도 눈보라가 치면서 너울이 일 것이다.

두 번째 우편물도 잘 갔다는 글이 손전화기에 왔다.

12월 21일, 난 배우는 이들에게 마지막 시험을 치르게 했다. 여느 해보다 꽤 뒤늦게 치르는 시험이었다. 무엇을 가르쳤냐고? 삶과 글. 여러분은 아래 빈칸을 메울 수 있는가?

7. 육 첩 방은 남의 나라, (　　)에 밤비가 (　　　　).
8. (　　)처럼 올 (　　)을 기다리는 최후의 나.

- 윤 동주 <쉽게 쓰인 시> -

7번에는 창밖과 속살거리는데, 를 써야 하고, 8번에는 시대와 아침을 써넣어야 한다.

그런데 그것과 우편물과 너울 사이에 이어지는 이야기가 있는가?

있다.

우편물 속에 나는 그런 글을 가르치겠다고 써넣었다. 겨울 바다 너울은 자꾸 봐야 글을 잘 쓸 수 있다. 그러면 다 이어졌는가?

우편물을 보내면, 나는 글을 더 가르칠 수 있을까?

너울을 보았다고 글을 더 잘 쓸 수 있을까?

그럴 것이다.

열흘 동안 영하 10도를 맴돌던 날은 조금씩 풀리고 있었다. 나는 좀 더 살 만해졌다고 느꼈다. 나는 며칠 앞에 몰아쳤던 눈보라에 눈이 쌓인 집 앞 공원을 걸었다. 한 10센티는 눈이 쌓여 있었고, 누군가 만들다가 넘어진 큰 눈사람도 있었다. 나는 거기를 그냥 지나치려다 넘어진 눈사람 얼굴을 다시 세우고, 위에는 돌탑처럼 눈 뭉치를 몇 개나 더 쌓아 올렸다. 마치 눈 탑 같아서 나는 이걸 아내나 아들딸에게 나중에 보여주려고 사진을 찍었다. 내가 쌓은 눈 탑은 보기에 따라서 새로운 눈사람 같기도 했고, 돌탑 같기도 했다.

'잘 만들었어. 눈과 코, 귀에 꼭 나뭇가지를 꽂아야 하는 건 아니야.'

나는 일부러 만들고 싶은 대로 만든 눈사람을 보며 생각했다.

'저런 눈사람 같은 눈 탑을 세운 사람은 잘 없을 걸.'

나는 몇 번이나 뒤를 돌아다보았다.

난 왠지 뿌듯했다.

그리운 일과 가슴 사무치는 일은 그렇게 어렵고 힘든 것이 아니다. 언제 어디서나 말 한마디, 생각이나 손짓 한 번으로 쉽게 이룰 수 있는 것이었다.

지난 시험에 한 예비역 병장 학생이 글을 신나게 가르쳐주어서 고맙다고 시험지 끝에 써놓았다. 난 왠지 뿌듯했다. 그는 시험을 칠 때 5분 만에,

"다 썼는데요."

하고 말해서, 내가,

"5시까지 앉아 있어."

하고 말하니까, 그가 또,

"지난주에 4시 50분에 나가도 된다고 했는데요."

하고 말하기에, 나는 그게 우습기도 해서,

"연장!"

하고 말했더니, 모든 이가 웃었다.

그는 빈칸에 쓴 모든 걸 다 맞히었다.

글을 잘 쓰려면, 먼저 많이 읽고 많이 써야 한다, 다른 길은 없다, 나는 그렇게 가르쳤다.

나는 며칠 뒤, 아마 또 하나의 우편물을 보내게 될 것이다. 그때까지 한 번 더 너울을 보러 갈지, 그건 알 수 없다. 난 늘 그런 짓을 지난 서른 해 동안 되풀이했다. 그래서 글을 가르치고 쓸 수 있었다. 다른 길은 없었다.

성을 쌓는 이는 움직이는 이를 이기지 못한다는 몽골 말이 있다. 그렇다면 나는 한 곳에서 성을 쌓지 않고 이리저리 가르치러 돌아다니며 많은 것을 보았던 것이다.

요즘에는 힘들게 우편물을 보내지 않아도, 전자우편에 이런저런 것을 덧붙여 보내면 글을 가르치러 오라는 데도 있다. 나한테는 그게 더 나았다.

거리에는 쌓인 눈이 녹아내리고 있었고, 사람들은 더 속이 좁아지고 좀스럽게 굴고 있었다. 왜 그럴까? 그들에게는 가슴 속에 너울이 없는 것이 아닐까? 바다에 이는 큰 물결 같은 것 말이다.

이제 여러분은 내가 말하던 우편물과 너울 사이에 이어지는 이야기가 있다는 것을 알겠는가? 억지춘향이라고? 반드시 그렇지도 않다는 사람도 있을 것이다. 야릇하게 이어지는 이야기가 있다는 생각도 들 것이다.

며칠 뒤 보내겠다던 또 하나의 우편물마저 나는 오늘 또 가지고 오지 않았다. 그건 내 생각으로 내일까지는 들어가야 할 것 같은데, 내일 부쳐서 모레 들어가면 그들이 안 된다고 할지, 아아, 나는 또 괴로웠다. 나는 늘 우편물을 그걸 문간 옆에 세워두면 잊어버리고, 발에 차이도록 문 바로 앞의 바닥에 놓아두면 잊어버리지 않았다.

지난 며칠 따뜻해서 비가 와서 그랬던지, 눈사람과 눈 탑은 녹아 밑동만 남아 있었다.

"어디 저 남쪽 멀리서 가르치러 오라면 가도 될까?"

그날 밤, 내가 아내에게 물었다.

"거기가 어딘데 가. 거기서 새로 방 얻는 돈이 더 들어가겠네."

아내가 성을 내며 말하는 바람에, 나는 이어서 하려던 말이 쏙 들어가고 말았다.

그러나 다음날, 나는 도산서원에서 젊은이를 가르치던 퇴계 이황처럼 글을 가르쳐야 하지 않을까, 하고 생각했다. 하기야 퇴계는 집이 있던 안동에서 가르쳤고, 내가 말하던 그 먼 남쪽에는 내 집이 없지만 말이다.

나는 다시 한 번 보러 갈지도 모른다던 동해 겨울 바다의 너울을 보지 못했지만, 서해 대천 항에는 다녀왔다. 거기에 이르렀을 때는 이미 밤이었고, 바다는 조용했으며 항구에는 큰 고깃배만 가득했다.

그러고 보면 나는 겨울 바다를 다녀온 다음날이면, 부쳐야 할 우편물을 두 번이나 잊고 가지고 오지 않았다. 살아 있던 바다와 살기 위해 부쳐야 하는 우편물 사이에 내 삶이 있었다.

북한은 동해 바다로 미사일을 쏘아대고, 큰 나라는 저희끼리 으르렁대고, 병원에서 아기가 넷이나 죽어나가고, 큰 건물에 불이나 스물아홉 사람이나 죽었다. 나라 안팎이 왜 이렇게 어지러운지 나는 그 까닭을 생각해보았다. 그건 모두 못난 사람의 욕심 탓이 아닐까? 어떻게든 힘과 돈을 더 차지하고 가지려는 마음 말이다. 사람을 먼저 생각해야지. 사람을 위해 살아야 하지 않을까?

타고 갈 배도 없는데, 강 건너 일을 걱정한다는 말이 있다.

나는 아직 그 남쪽 배움터에 가르치러 가겠다고 우편물을 부치지도 않았고, 거기에서 나를 뽑지도 않았다.

날이 좀 풀리면 공기가 더러워지고, 추워지면 맑아지는 날이 되풀이되었다. 그래서 아픈 이들도 많았고, 나도 콧물이 찔찔 흐르고 몸이 안 좋았다. 그 공기마저도 사람의 욕심 때문에 더러워진 것이다.

자꾸 가르쳐야겠다는 내 욕심은 없는 것일까? 나는 글도 많이 쓰고 있다. 나는 글을 쓰고 가르치는 게 재미있고 보람찼다. 나는 글을 써서는 돈을 못 벌었지만, 글을 가르치고는 살기 위한 돈을 조금씩 받았다. 나는 너울이 될 수 있을까?

나무가 크면 그늘도 크고, 바다가 크면 너울도 크고, 사람이 훌륭하면 마음도 크다.

삶을 서두르며 살지 않기 위해 나는 바다로 갔다. 삶을 부지런히 살기 위해 나는 우편물을 부쳤다. 언제나 내 삶은 그 한가운데에 있었다. 글을 쓰기 위해 나는 바다에 갔고, 글을 가르치기 위해 나는 우편물을 부치고 또 부쳤다.

내가 말하던 그 세 번째 우편물을 나는 오늘 또 부쳤다.

그건 꼭 내일까지 들어가야 되는 것은 아니었지만, 나는 빠른우편으로 부쳤다.

"3500원입니다."

나는 좀 비싸다는 생각이 들었지만, 울며 겨자 먹기였다.

영하 15도, 거리에 나와 움직이는 사람도 차도 줄어들었다. 나는 추위에 몸서리를 치면서도 일부러 몸을 움직였고, 하늘은 맑았으며, 녹았던 눈사람 밑동은 아직 얼은 채 조금 남아 있었다.

어젯밤에도 나는 전자우편으로 어느 배움터에 글을 가르치러 가겠다고 써넣었다. 춥고, 몸도 안 좋았지만, 나는 더 부지런히 삶을 살기로 했다.

내 삶의 너울은 어디에서 와서 어디로 가는 것일까?

"여보세요? 점수가 80점이라고 생각하는데 75점이 나와서."

나에게 글을 배우던 이가 그렇게 말했다.

나는 나온 점수대로 성적을 다 주고 싶지만, 요사이 배움터에서는 얼마까지는 얼마만 주라고 정해져 있기 때문에 그럴 수가 없었던 것이다. 내 성깔에는 나온 대로 다 주는 것이 맞다. 배우는 이들은 배우는 대로 얼마나 힘들었을까? 그 쓸쓸하고 추운 배움터를 오고 가는 것도 젊은이들에게 쉽지는 않았을 것이다. 나 같은 중늙은이야 다른 할 일도 없으니까, 쉬엄쉬엄 몸도 풀고 움직이러 일부러 나와도 되지만 그들은 그렇지가 않을 것이다. 뭔가에 쫓기는 듯 조마조마하고 뒤숭숭할 것이다.

해가 바뀌고, 나는 다시 남쪽 통영 바닷가를 다녀왔다.

거기는 섬과 섬 사이로 바다가 길게 들어와 있는 곳이었다. 너울은 없었고, 아침에 밀려든 밀물이 꽉 찬 바다는 잔잔했다.

서울로 돌아온 다음날, 나는 이번에는 잊지 않고, 또 하나의 이력서가 든 우편물을 서쪽 바다가 있는 곳으로 보냈다.

- 끝 -   2018/1/4

북진교

    지난 며칠 동안 왜 아무 것도 쓸 수가 없었을까?

    먼저 생각이 잘 떠오르지 않았다. 쓸 만한 이야기가 없었다는 것은 내가 그다지 즐겁게 움직이지 않았는 말이 아닐까? 살아나는 불씨처럼 말이다.

    그러다가 나는 차를 몰고 임진강을 따라 37번 국도로 들어섰다.

    그때 멀리 다리가 보였고, 나는 차를 왼쪽으로 돌렸다.

    비탈진 시멘트 길 아래 짐차가 보였기 때문에, 나도 차를 몰고 천천히 가파른 둔덕을 내려갔다.

    그런데 거기가 바로 임진강이었고, 차나 사람이 다니지 못한다고 써놓은 높은 다리가 하나 있었는데, 그게 바로 1950년 6·25전쟁 때 북쪽으로 진격해 나가던 북진교였다. 나는 뜻밖에 그 북진교 아래에 섰다.

    차가운 임진강물은 진흙 바닥이 훤하게 보일 만큼 맑았다. 나루터에는 네댓 척의 고깃배가 떠 있었고, 어부는 보이지 않았다.

    조심성이 많은 나는 찰랑이는 강물 바로 앞까지 내려가서는 북한에서 떠내려 온 목합 지뢰가 있을까봐, 일부러 큰 돌 위에 두 발을 딛고 섰다. 거기가 바로 파주 진동이었고, 그 앞에는 남방 한계선 철책이 있었다.

그 임진강을 따라 북동쪽으로 거슬러 올라가면 소양강과 평화의 댐, 그 다음은 북한의 금강산댐이 나오고, 남서쪽으로 내려가면 한강과 만나 서해 바다로 흘러들게 된다.

헤엄을 잘 치지 못하는 나도 통나무나 튜브가 있으면 건너갈 수 있을 만큼 임진강은 폭이 좁았고, 겨울에 꽁꽁 얼면 걸어서도 넘어갈 수 있을 것 같았다.

따따따 따.

그때 북쪽에서 기관총을 쏘아댔고, 철모를 쓴 나는 북진교 다리 돌난간에 머리를 처박으며 수색대원들에게 소리쳤다.

"머리 박아, 죽기 싫으면!"

나는 돌난간에 등을 기댄 채. 기관총이 뿜어져 나오는 북쪽 둔덕을 노려보았다.

무엇을 위한, 누구를 위한 싸움인가?

우리는 북한의 개성 오른쪽을 뚫기 위한 수색대였는데, 북진교 위에서 북한군의 기관총을 맞았던 것이다. 북한군 정찰대가 철책까지 내려온 것이었다.

1950년 6·25전쟁 때도 국군 1사단 병력이 미군과 함께 압록강까지 치고 올라갔지만, 중공군에게 밀려 남쪽으로 물러섰다. 그때는 북한의 우두머리 김일성이 제 야욕을 채우려고 남한으로 쳐들어 왔지만, 북한에는 중공군이 남한에는 미군이 들어오면서 서로 물고 뜯다가 몇 십만 명이 죽고는 3년 만에 끝이 났다. 지도 위 가로로 똑바로 그어졌던 삼팔선이 비뚤비뚤한 휴전선으로 바뀌어졌을 뿐이었다.

누구를 위한, 무엇을 위한 싸움인가?

"야, 무전병, 전차 불러, 빨리 전차 오라고 해!"

탕탕, 탕탕.

나는 쏟아지는 총알을 피해 머리를 박고 있는 다리 건너 쪽 무전병에게 소리쳤다.

그렇게 한 10분쯤 흘렀을까, 갑자기 땅바닥이 울리는가 싶더니 우리 케이 원 전차 한 대가 나타났다.

쾅, 쾅!

전차에서 두 발의 포가 다리 건너 둔덕을 때렸다. 그리고 한 순간, 모든 것이 고요해지더니 적의 기관총 소리도 들리지 않았다.

"앞으로."

나는 이 하사와 김 병장에게 다리 북쪽 끝을 가리키며 말했다.

조금 뒤, 돌난간을 타고 다리 끝까지 기어갔던 이 하사가 두 손을 휘저으며 아무 것도 없다는 손짓을 했다. 우리 전차는 아직 다리 남쪽 끝에 서 있었다.

적은 기관총을 쏘는 병사 둘 만 쓰러져 있을 뿐, 나머지는 보이지 않았다.

"아무래도 북쪽으로 달아난 것 같습니다."

"그래? 그래도 주위를 잘 살펴봐."

나는 다시 찾은 북진교 위에 서 있었다.

'임진강까지 바로 앞까지 내려온 적의 정찰대는 북으로 달아났다. 그렇다면 우리도 휴전선을 넘지 않는다면 전쟁은 일어나지 않을 수도 있다.'

나는 갑자기 그런 생각이 들었다.

지난 며칠 동안 남과 북이 곳곳에서 맞붙었지만, 기관총과 대포 몇 발에 지나지 않았다. 북한군도 포천 미군 기지에 대포 몇 발을 쏘았을 뿐, 서울 쪽으로는 한 방도 쏘지 않았다. 우리도 개성 공단과 만월대, 선죽교를 피해 북한 군부대가 있는 곳에만 몇 발을 쏘지 않았는가!

'그런데 우리 수색대는 개성까지 들어갈 수 있을까? 돌아선다면 명령을 어기는 것이다. 하지만, 우리 열 사람의 목숨도.'

나는 자꾸 그런 생각이 들었다.

"이 하사, 우리가 개성까지 갈 수 있을까? 아니, 갈 수야 있겠지만,

대원들은 다 살아남을 수는 없을 것이다."

"대장님, 하지만."

"이번 전쟁은 비무장지대에서 끝날 거야."

나는 바로 눈앞에 펼쳐진 철책을 바라보며 말했다.

남북으로 2킬로미터씩 4킬로의 비무장지대 철책만 벗어나면, 북쪽으로는 바로 개성, 남쪽으로는 철원과 파주였다.

우리는 비무장지대 안으로 걸어 들어갔다. 나는 개성까지는 갔다가 돌아와 수색 임무를 마치자고 대원들에게 말했다. 우리는 비무장지대 안에 있는 태극기가 펄럭이는 우리 초소와 인공기가 나부끼는 북한군 초소를 다 피해 개성까지 들어가기로 했다.

비무장지대 안은 조용했다.

한겨울이라 풀마저 얼어 있었지만, 푸른 나뭇잎이 다 떨어져 갈대와 덤불 속에 몸을 숨기지 않으면 우리가 고스란히 드러날 것 같았다. 우리 공군기가 이미 하늘을 장악하고 있었기 때문에, 북한군은 밤에만 움직이거나 몇몇 정찰대만 돌아다니고 있었다.

저녁 무렵 우리는 북방 한계선 철책 바로 앞 마른 수풀에 엎드려 있었다.

아무래도 밤까지 기다렸다가 철책을 뚫고 들어갈 수밖에 없을 것 같았다.

그런데 나는 망원경으로 북쪽 철책 너머를 바라보다가 깜짝 놀랐다. 백 대도 넘을 것 같은 북한군 전차가 모두 위장망에 덮여 있었기 때문이었다.

"이 하사, 저걸 사진으로 찍고 문자로 위치를 보내."

우리가 손전화기로 찍은 위치는 나중에 우리 공군기가 때릴 곳이었다. 우리 무전기는 적이 들을 수도 있었지만, 아직 우리 손전화기는 적군이 풀 수 없었다.

이윽고 밤이 왔고, 우리는 서둘러 군용 비빔밥을 먹었다.

보름이 이틀 지난 이지러진 달이라고 하지만 너무 밝아서, 나는 북쪽 철책을 무사히 뚫을 수 있을지 걱정이 되었다.

그때 나는 갑자기 어제 봐두었던 날씨가 떠올랐다.

"이 하사, 오늘 비나 눈 온다는 말 있었지?"

내가 이 하사에게 물었다.

"예, 밤늦게나 새벽에 눈이 조금 온다고 했습니다."

이 하사가 눈과 뺨을 검게 칠한 얼굴로 말했다.

"그러면 그때까지 우리는 매복을 한다. 저 달 봐. 너무 밝잖아?"

나와 이 하사는 하얀 큰 달을 바라보았다.

툭, 툭.

이 하사가 철책을 끊고 있었다.

밤새 눈이 내렸지만, 달빛은 사라졌다.

우리는 북한 철책을 뚫었지만, 언제 어디서 적군이 나타날지 몰랐다.

바로 그때였다.

따, 따, 따, 따.

땅에 엎드려 있는 우리는 머리 위에 북한군의 총알이 날아왔다.

"모두 엎드려! 옆으로 피해!"

내가 소리쳤다.

"후퇴, 후퇴, 후퇴해!"

나는 아까 우리가 뚫었던 철조망으로 다시 돌아가라고 소리쳤다.

"아, 아, 악!"

우리 수색대원의 비명 소리가 내 귀를 찔렀다.

김 병장이 대원 몇몇과 함께 철조망을 다시 빠져나가고 있었고, 나와 이 하사는 적군의 총알이 날아오는 곳으로 총을 쏘았지만, 적의 기관총을 당해낼 수는 없었다.

"이 하사, 어서 먼저 가!"

내가 그렇게 말했지만, 이 하사는,

"아닙니다. 대장님부터 가십시오."

하고 말했다.

"아냐, 그럼 셋 만에 같이 뛴다, 이 하사, 알았나!"

내가 눈보라가 몰아치는 이 하사의 얼굴을 보며 말했다.

"하나, 둘, 셋! 뛰어."

나와 이 하사는 허리를 잔뜩 숙인 채 철조망으로 뛰어갔다.

따따따, 따.

적의 총알이 우리에게 날아왔다.

"아악."

내가 철책의 구멍을 빠져나왔을 때, 이 하사가 바로 뒤에서 비명을 질렀다.

내가 뒤를 돌아보았을 때, 이 하사는 이미 철조망에 얼굴이 걸려 있었다.

"이 하사!"

난 머리를 땅에 박은 채 이 하사를 떼어 내려 했지만, 쏟아지는 적군의 총알 앞에서 아무 것도 할 수도 없었다.

몇 시간 뒤, 나와 수색대원 여덟 명은 비무장 지대 안에 있는 우리 지피 초소로 돌아왔다.

무엇을 위한, 누구를 위한 싸움인가?

우리는 우리의 임무를 다한 것일까?

이번 전쟁도 먼저 미국이 북한을 일부러 건드린 것이었다.

몇 달 앞, 남과 북이 서로 만난 다음 개성 공단이 다시 열렸고, 이번에는 아예 동해선 철도로 금강산을 열고, 그리고 개성과 파주를 자유롭게 오고갈 수 있게 하자는 이야기까지 나오자 미국이 폭격기로 개성을 먼저 때렸던 것이다.

나는 다시 북진교 아래에 서 있었다.

나는 나에게 맡겨진 일을 다 한 것일까?

미국과 일본은 남한과 북한이 가까워지는 걸 바라지 않는다. 하지만 우리는 한 겨레가 아닌가! 우리에겐 우리의 할 일이 있는 것이다.

12월로 들어서면서 날은 영하로 뚝 떨어졌다. 그리고 며칠 앞 눈이 내린데다 어제부터는 서울 영하 12도, 파주 영하 15도로 떨어져 모든 것이 꽁꽁 얼어붙었다. 나도 얼어붙어 꼼짝하기도 싫었지만, 그래도 몸을 움직이는 것이 늘 나았다.

임진강부터 서서히 얼어붙고 있었다. 그게 더 얼으면 얼음덩이가 한강으로 흘러왔다. 며칠 뒤, 나는 차를 몰고 다시 임진각을 지나 통일의 관문 쪽으로 달렸다.

'북진교까지 갈 시간은 없을 거야.'

나는 그게 못내 아쉬웠지만, 북진교엔 다음에 또 갈 수가 있을 것이다.

멀리 개성 송악산에 눈이 하얗게 쌓여 있었다. 그리고 임진강 바로 건너 북한 마을에도 눈이 내렸는데, 거기는 그대로 땅과 집이 얼어붙어 있었지만, 남쪽에는 햇빛이 논에 비치고 있었다.

나는 통일의 관문 바로 앞에서 차를 돌렸다.

오른쪽 임진각 벌판에도 눈이 쌓여 있었고, 그 아래 개울은 얼음이 꽁꽁 얼어 있었다. 나는 다시 오른쪽으로 임진강을 바라보며 달렸다. 난 언제 그 너머 북한 땅을 마음대로 달릴 수 있을까? 나는 어서 서로 자유롭게 오고갈 수만 있기를 바랐다.

나는 스물한 살 때 남방 한계선 철책을 지켰다.

살을 에는 북풍 속에 밤새 초소를 지키고 있으면, 내 눈썹과 수염에는 하얗게 얼음이 얼어 마치 산타 크로스처럼 되고 말았다. 저녁 여섯 시에 철책에 들어간 우리는 밤 12시에 잠깐 쉬기 위해 막사로 돌아와 라면을 먹고는, 다시 새벽녘까지 눈을 뜨고 북쪽을 바라보고 있어야 했다.

영하 30도, 나는 몸이 얼지 않도록 앉았다 일어서기를 백 번씩 되풀이했는데, 그렇게 하고 나면 방한화에 땀이 고여 물소리가 났다. 소총과 기관총을 놓은 곳 바로 아래에는 한 번씩 몇 백 개의 쇳조각이 터지는 크레모아 여닫개가 있었다. 거기는 북진교에서 한 시간 반쯤 떨어져 있는 곳이었지만, 그때는 그걸 알지 못했다.

나는 언제쯤 북진교 아래에 다시 가볼 수 있을까?

겨울은 깊어가고 한강도 1946년 그 다음으로 가장 빨리 얼었다니까, 임진강은 꽁꽁 얼어붙었을 것이다. 그래서 그런지 나는 올겨울 두드러지게 추위를 탔다. 그리고 그다지 기분도 좋지 않았다.

나는 어제 글을 가르치러 갔을 때, 배우는 이들에게 물어보았다.

"지난 며칠 아주 추웠지? 춥지 않았다는 사람, 추워서 오히려 좋았다는 사람 있으면, 손 한번 들어봐? 내 몸에도 시베리안 허스키의 피가 흐르는군, 하고 느낀 사람은 없나? 나는 젊었을 때는 추운 날 하늘을 더 바라보곤 했는데. 하여튼 여름에 더위 불쾌지수가 있는 것처럼, 이번 겨울은 그런 추위 불쾌지수가 있어서 짜증이 나는 것 같아. 그러니까 너무 제 탓만 하지 말도록."

내 말에 그들은 아무도 손을 들지 않았다. 그들도 추워서 더욱 몸과 마음이 움츠러들었을 것이다.

그래도 나는 올겨울이 야릇하게 춥다는 것을 미리 알아맞힌 셈이었다.

1950년, 소련을 등에 업은 북한이 남한으로 먼저 쳐들어왔지만, 우리가 미군과 같이 다시 임진강을 건너 압록강 바로 앞까지 북진을 했을 때, 중공군이 다시 남쪽으로 밀고 내려왔다. 왜 미군과 중공군이 끼어들었을까? 그건 우리 스스로 막을 힘이 없었기 때문이었다.

그러나 이제는 다르다.

우리는 스스로를 지킬 수 있는, 세계에서 열 번째로 힘이 있는 나라가 되었다. 그러니까 슬기롭게, 떳떳하게 맞서면 다른 나라가 결코 쳐들어올 수가 없다. 나도 언제 다시 북진교 아래에 가볼 것이다. 거기는 우리의 땅이고, 우리의 강이 흐른다. 한 줄기 한 핏줄이 흐르는 강이 바로 임진강이다.

이 하사는 돌아오지 못했다.

그러나 몇 달 뒤, 북한은 마침내 이 하사의 주검을 남한으로 돌려보냈고, 그때부터 남북한은 서로 자주 이야기를 나누게 되었다. 그리고 다시 몇 달 뒤, 개성 공단과 금강산 철길이 열리더니, 아예 개성과 파주를 자유롭게 오고가자는 말이 나왔다.

나도 곧 북진교를 건너 개성으로 들어갈 수 있을 것 같았다.

- 끝 -　　2017/12/16

입력 신호가 약하거나 없습니다.

텔레비전이 또 안 나왔다.

'뭐가 잘못된 걸까?'

그가 이야기를 쓰는 글방에는, 바로 앞방(앞집이라고 해도 괜찮다)에 사람이 들어가면 방송이 잘 나오는 것 같았다.

아무리 그래도 한국방송 두 군데, 문화방송 한 군데, 서울방송 한 군데, 교육방송 두 군데 가운데서 한 군데는 나왔는데, 그날은 아무데도 안 나왔다.

제기랄!

그래서 그는 안 나오는 방송을 꺼버리고 밥을 먹고, 컴퓨터를 켜서 이야기를 썼다. 그리고 그는 똥을 누고는 옷을 걸쳐 입고 추운 방을 서둘러 나왔다. 그러다가 문득 그는,

'방송이 왜 안 나오는지, 저 단자함이나 한 번 열어봐야지.'

하고 생각했다.

그는 젊었을 때부터 그런 단자를 꽤 만질 줄 알아서, 웬만한 것은

다 고치지는 못해도 소리나 화면이 나오게 끔은 했다. 하지만 요즘 단자함은 왜 그렇게 어지럽게 되어 있는지, 이게 다 그 놈의 디지털 때문인 것만 같았다.

게다가 어느 줄에라도 그가 살고 있는 방 101호라고 써놓으면, 그 줄만 따라 가보면 알 만할 텐데 이건 뭐가 뭔지, 어디가 어디인지 그 단자함에는 온통 거미줄보다 줄이 더 얽히고설켜 있었다.

젠장!

그는 그런 줄을 만지다가 다른 집에도 방송이 안 나올까 싶어 겁이 덜컥 나서, 서둘러 뚜껑을 닫고는 찬 바람을 쐬러 공원 쪽으로 걸어 나갔다.

왜놈들은 지진이 나면 물도 불도 쓸 수가 없으니까, 똥간을 물을 안 써도 되는 옛날 뒷간처럼 쓸 수 있도록 하고, 가스불이 없으니까 공원에 놓인 긴 의자를 들어내면 거기에 쇠판이 얹혀 있어서 밑에 나무로 불을 땔 수 있도록 만들어 놓았다. 마시는 물도 땅속에 늘 깨끗이 흐르도록 해놓았다. 그러니까 반드시 요즘 것이 다 좋은 것은 아니라는 말이었다.

공원 옆 들녘엔 겨울이 찾아오고 있었고, 하늘은 곧 눈이라도 한바탕 쏟아 부을 것처럼 우중충하게 내려앉아 있었다. 그가 그렇게 몇 번 공원과 들녘을 소리 없이 걷고 난 다음 글방으로 돌아왔지만, 방송은 안 나왔다.

빌어먹을!

그는 가스보일러를 켜고 전기장판도 켰다. 그리고 누워서 컴퓨터를 켜고는 이야기를 쓰려고 생각에 잠겼다.

'이제 또 무슨 이야기를 쓰지?'

그가 어제 다 썼던 이야기는 '야관문'이었다. 몇 달 앞에 강원도 정선에서 사온, 피를 잘 돌게 해서 사내나 계집 거기에 좋다는 야관문 약초 이야기였다. 혹시 여러분도 그 이야기가 궁금하다면 찾아서 읽어보든지, 야관문이 궁금하면 요사이 웬만한 장터에는 다 파니까 사서 주전자에 때려 넣고 끓여 마시면 될 것이다.

그의 서울 집에는 남아도는 작은 디지털 텔레비전이 하나 더 있기는 있다. 그걸 가지고 오면 방송이 나올 것 같은데도, 생각만 그렇게 했지 그는 귀찮아서 곧 잊어버리곤 했다, 그가 쓰는 글방에는 본디 아주 오래된 텔레비전이 하나 놓여져 있었는데, 그건 아날로그식이라서 아까 말한 그 단자함에서 전파를 디지털로 바꾸어 그의 글방으로 들어온다는 것쯤은 그도 알고는 있었지만, 잘 나오던 방송이 요즘 안 나온다고 해서 울며 겨자 먹기로 서울 집에 있는 안 쓰는 디지털 텔레비전을 가지고 오기엔 뭔가 억울했다. 뭐가 억울한가 하면 그 글방에 그가 공짜로 있는 것도 아니고 전세로 3500만 원이나 주었기 때문이고, 또 그의 앞방(앞집이라고 해도 괜찮다)에 사람이 들어와 텔레비전을 켜면 그의 텔레비전도 나오기 때문이었지만, 또 무엇보다도 지난달까지만 해도 여섯 군데 방송이 다 잘 나오던 게 어느 놈이 무얼 어떻게 그 단자함을 만졌기에 안 나오느냐, 이 말이었다.

시!

그는 텔레비전을 가지고 오는 것이 정말 귀찮은 것일까, 억울한 것일까? 아니면 귀찮기도 하고 억울하기도 해서 더 못 가지고 오겠다는 말일까? 그렇다면 그건 그가 어리석다는 말일까, 아니면 슬기롭다는 말일까? 방송이 안 나와서 텔레비전을 끄니까 이야기가 술술 더 잘 쓰인다면, 그건 오히려 그에게 잘된 일이 아닐까? 그건 떡 본 김에 굿하는 꼴이 아닐까?

디지털 신호를 굳이 아날로그로 바꾸어서 보지 말고 오래된 텔레비전은 콱 갖다버리고, 디지털 텔레비전으로 막바로 보면 되지 않을까? 하지만 요즘은 큰 거를 버리는데도 돈이 들고, 또 무엇보다도 그 글방의 낡은 텔레비전은 아무리 오래 되었다고는 해도 그의 것은 아니었고, 그가 3500만 원을 다시 돌려받고 그 집을 떠날 때에는 그게 고스란히 남아 있어야지, 그렇지 않으면 그가 물어내야 할지도 몰랐다.

네미!

그는 이야기를 쓰면서도 몇 번이나 텔레비전을 켜보았지만, 앞방에 사람이 안 들어왔는지 방송은 지지직거리며 안 나왔다.

그날, 그는 웬만해서는 저녁에 글방에 가지 않지만 다른 일이 있어서 가게 되었는데, 아니나 다를까 다시 켠 텔레비전은 마찬가지였다. 낮보다는 눈곱만큼 나았지만, 그가 김밥과 라면을 먹는 동안에 맨송맨송 먹기가 서글퍼서 하는 수 없이 켜놓은 방송에는 젊은 계집들의 발랑 까진 춤을 추며 노래를 부르고 있었다. 그래도 안 보는 것보다는 낫다고 생각하며 보다가, 그는 하도 젖비린내가 나는 것 같아 꺼버렸다. 그러다가 한 5분이 지나 그는 느닷없이 다시 텔레비전을 켰는데, 이번에는 사내들이 노래를 부르고 있어서 더 김이 빠지는 것 같았다.

'어이쿠, 이제는 집에 있는 텔레비전을 꼭 갖다 놓아야 되겠군.'

그는 그런 생각이 들었다.

그러나 화면도 잘 안 나오는데도 그런 노래는 왜 그렇게 시끄러운지, 그는 먹은 것을 치우다가 그만 물 잔을 쏟고 말았다.

빌어먹을!

그 물이 하필 전기 화로 쪽으로 흘러들어, 그는 마른 수건으로 닦으면서도 감전 되지나 않나 싶어 손이 떨렸다. 그는 그게 다 잘 나오지도 않는 텔레비전 탓인 것만 같아서 서둘러 꺼버렸다.

젠장맞을!

그러나 그는 또 드러누워 이야기를 쓰다가 가슴이 눌려 아파 오면, 어느새 텔레비전을 버릇처럼 켜는 것이었다. 하지만 화면은 지지직거리며 안 나와서, 그는 다시 꺼버리곤 했다.

그날 밤은 그의 아내가 10시까지 꼭 데리러 오라고 했기 때문에 그는 하는 수 없이 글방에서 이야기나 쓰며 기다리고 있게 된 것이었다. 하지만 그때는 아직 저녁 6시였고, 그는 과연 밤 10시까지 텔레비전도 안 켜고 컴퓨터로 이야기만 쓸 수 있을지 아리송했다.

'아, 이젠 정말 텔레비전을 가지고 와야지.'

그는 그런 다짐을 하면서 또 텔레비전을 켰지만, 아까 나오던 그 노래 방송만 지지직거리며 나올 뿐이었다.

제미!

그는 어느 사이에 잠이 들었다.

그러다가 그가 잠깐 눈을 떴을 때는 7시 45분이었는데, 또 다시 잠이 들었다. 그리고 잠이 깼을 때 그가 손전화기를 보니까 8시 45분이었다. 한 2시간을 잔 것 같았다. 그러고도 그는 돌아누워 눈을 감고 있었는데 밖에는 사람들이 오고 가는 소리, 문이 덜컥, 하는 소리가 나서 영 더는 잠이 오지 않았고, 웬지 마음이 조마조마해서 다시 텔레비전을 켰는데, 이번에는 교육방송 한 군데가 지지직거리면서도 낮보다는 조금 더 잘 나왔다. 그래서 그는 다른 할 일도 없고 해서 그걸 좀 지켜보았다. 다른 나라 학생들이 학교에서 여러 가지를 만들어보는 내용이었다. 하지만 그건 곧 끝이 나버렸고, 그다음에는 또 재미없는 게 나오면서 화면도 더 잘 보이지 않아서, 그는 다시 텔레비전을 껐다.

그의 아내에게 언제 어디로 오라는 전화는 그때까지 오지 않았다. 아무래도 일이 좀 늦어지는 것 같았다. 그는 밤에는 이런 데서는 못 살겠구나, 하는 생각마저 들었다. 아직 밤에는 안 익숙해서 그런지 누군가 문밖에 와 있는 것 같기도 하고, 누군가 나가고 들어올 때마다 덜커덕거리는 문소리가 너무 났다.

9시 30분, 그는 다시 이야기를 한 10분 동안 썼다. 그럴 때는 문밖이 아까보다 훨씬 조용해졌고, 이젠 사람들도 다니지 않는 것 같이 느껴졌다. 눈을 감고 있을 때는 거의 모든 소리가 들렸는데, 예를 들어 밖에 비가 와서 물이 홈통을 타고 내리는 소리라든지, 아니면 옆방이나 위층의 어느 놈이 오줌을 길게 누는 소리가 났던 것이다. 하지만 비가 왔다면 물 흐르는 소리가 들려야 하는데 이제 안 들리는 걸 보면, 아까 그건 틀림없이 사내가 길게 오줌을 누는 소리였을 것이라고 그는 또 혼자 생각했다.

그런데 그가 새로 텔레비전을 가지고 온다고 해도, 이렇게 밤늦게까지 그 글방에는 볼 일은 없을 것 같았다. 그는 그 곳에 월, 수, 금 낮에만 잠깐 있었기 때문이었다. 낮이라고 해봐야 아침 10시부터 낮 2시까지 4시간만 머물러서, 방송이 안 나온다고 해서 그가 굳이 새로 텔레비전을 가지고 와야 될 까닭도 없었다. 아, 그러고 보면 이제는 앞방에 사람이 들어온 것 같은데도, 텔레비전이 안 나오는 걸 보면 누군가 정말 그 단자함을 만졌거나, 아예 그 디지털 신호를 아날로그로 바꾸어주는 기기를 빼버린 것인지도 몰랐다. 왜냐하면 웬만하면 어느 방(집)이나 거의 다 새 디지털 텔레비전을 가지고 있지, 그처럼 집주인이 들여놓은 옛날 것을 그대로 보고 있지는 않았기 때문이었다.

그는 모처럼 저녁잠을 잔 탓인지, 밤의 고요함 탓인지, 밤늦게까지 글방에 홀로 있어서 그런지, 이야기는 술술 잘 쓰였다.

그로부터 며칠 뒤, 그가 차를 대는 곳에 누군가 집을 옮기는지 버리고 간 것들이 쌓여 있었다.

'옆방이 나갔나?'

그는 그렇게 생각하고는 글방에 들어와 텔레비전을 켰는데, 어, 그게 뜻밖에 잘 나왔다. 아무래도 누군가 단자함을 만졌거나, 옆방이나 윗방이 나가면서 텔레비전과 이어진 줄을 없앴기 때문에 그가 보는 텔레비전 디지털 신호가 바뀐 것 같았다. 어쨌든 그날부터 그는 얼굴을 찡그리지 않고 여섯 군데나 되는 방송을 다 볼 수 있었다.

'이게 어디야. 살다보면 이런 날이 온다니까.'

그는 그런 가벼운 일에도 신명이 났다. 그도 꽤 방송을 보는 편이지만, 그건 거의 다 뉴스나 기록물이었다. 쉰 줄에 들어서며 눈이 침침해지고 난 다음부터 그는 잔글씨로 빽빽한 책보다는 방송의 강연이나 기록물을 거의 빠지지 않고 보았다.

11월이 깊어 가면서 추위도 자주 찾아왔다.

그는 모자가 달려 있는 두텁고 빨간 윗도리를 걸치고 있었는데, 그게 바람도 안 들어오고, 또 속옷을 하나만 입어도 따뜻했다. 또, 그는 손이 시려서 두꺼운 까만 장갑을 끼었고, 얇은 양말은 꼭 두 켤레를 신었다.

그가 먼저 해야 될 큰일은 무엇인가?

텔레비전이나 다른 작은 일에 자꾸 얽매일 것이 아니었다. 본디 그는 큰일을 먼저 생각하는 버릇이 있었는데, 요즘 바빠서 그런지, 좀팽이 같은 것들때문에 이런저런 짜증이 나서 그런지 해야 할 일을 잊고 있었던 것이다.

그에게 큰일은 사람을 위해 일하는 것이었다,

그게 그에게는 이야기를 쓰는 것이었다.

길에서도 그는 만나는 여느 사람에게 먼저 길을 비키곤 한다. 그걸로 된 것이다. 그는 어두운 길을 밝히는 한 줄기 불빛이 되고자 했다. 그래서 텔레비전이 잘 안 나오는 것은 짜증은 나지만, 그에게 그렇게 큰일은 아니었다. 하지만 방송이 내내 잘 나오지 않는다면, 그도 남는 텔레비전을 가져다 놓을 것이다.

그러나 세상에는 좀팽이 같은 것들이 돈이나 힘을 가진 자리에 앉아 제멋대로 굴곤 하는데, 그건 아직 진짜로 깨닫지 못했기 때문이지만, 그도 그런 것들을 전혀 안 만날 수도 없었고, 다 피할 수도 없었다. 웬만해서는 그가 나서서 그런 것들이 몰려 있는 데는 찾아가거나, 만나러 가지는 않지만, 어쩔 수 없이 만나게 된다면 미리 바짝 얼을 차려두어야 했다. 왜냐하면 그런 좀팽이들은 늘 무언가를 미리 갖추고 있다가, 남의 마음을 후벼 파서는 눌러버리려고 하기 때문이었다. 그래서 그는 한 번은 참더라도 두 번째 못된 짓을 하면 틀림없이 밟아주라는 말처럼 살려고 했지만, 세 번, 네 번을 참을 때도 많았다. 하지만 그렇게 하고 나면 오히려 참은 그의 마음이 안 편했기 때문에, 참는 게 두 번으로 짧아졌다가, 또 다음부터는 한 번만 참아주자고 다짐을 하곤 했다. 오죽하면 그처럼 이야기를 쓰는 어느 글쟁이가 '개새끼들'이라는 이야기를 썼을까?

방송에서는 오랜만에 국회 청문회가 나왔다. 그는 그걸 벌써 한 시간째 켜놓고는 듣는 둥 마는 둥 하면서 이야기를 쓰고 있었다. 지난 봄에만 하더라도 그런 청문회를 보고 있으면 좀팽이 같은 것들이 미꾸라지처럼 요리조리 빠져나가는 것을 보면 성이 났는데, 요즘은 그런 것들이 좀 덜 나오는 것 같았다. 또 그다음 방송에서는, 지프차로 군사 분계선을 넘어 온 북한 병사 한 명과 총을 쏘며 뒤따라오는 북한군의 모습이 나왔다. 그런 모습은 다른 나라에서는 거의 볼 수 없는 것이었다. 남쪽으로 넘어온 북한 병사는 총에 맞아 쓰러졌고, 뒤를 따라온 북한군 몇몇은 군사 분계선을 넘었다는 것을 알고는 깜짝 놀라서 물러났으며, 쓰러진 북한 병사를 우리 군인들이 기어가서 끌고 나왔다. 그 북한 병사는 다섯 군데나 총에 맞았지만, 수술을 받고는 마침내 살아났다.

지난 닷새 동안, 끊기지 않고 잘 나오는가 싶던 텔레비전이, 다시 세 군데가 아예 안 나왔고, 나머지 방송도 썩 잘 나오는 것은 아니었다.

제기랄

그가 텔레비전을 다시 가지고 와야 될까?

그러는 동안에 눈도 왔고, 다음 날 그와 그의 아내는 오랜만에 밖에서 자장면을 사먹었다.

그런데 그 중국집에서 그의 등 뒤에 앉은 몇 사람이,

"북한에서 누가 넘어왔다는 거야? 탈북민인가?"

"군인이라던데."

"그래? 몇이나?"

"몰라."

하고 건성으로 말했다.

그는 그들이 한 이틀 텔레비전을 안 본 것이 틀림없다고 생각했다.

보았다고 해도 뉴스는 안 본 것이다. 바빠서 그럴 수도 있지만, 그가 보기에 그들은 그런 것에 그다지 관심을 두지 않는 것 같았다. 그 북한 병사는 목숨을 걸고 자유를 찾아 남쪽으로 넘어온 것이다.

자장면을 먹고 난 다음, 그와 그의 아내는 차로 임진강을 한 20분을 달려 파주 통일의 관문 앞까지 갔다. 멀리 자유의 다리가 보였지만, 거기에서 더는 앞으로 갈 수 없었다. 그곳은 나무마저 헝클어져 있는 곳이었다.

'어떻게 하면 끊어진 남과 북을 이을 수 있을까?'

그는 그런 생각을 이야기로 참 많이 썼지만, 요즘은 오로지 제 몸 하나만 생각하는 사람들이 너무 많았다.

'그걸 좀팽이라고 하는 게지. 우리가 북한 사람에게 더 관심을 가져야 하지 않을까?'

그 다음날, 그가 텔레비전을 켰을 때 화면에는 다음과 같은 글귀만 나올 뿐 아무 것도 보이지 않았다.

입력 신호가 약하거나 없습니다.

그날 남과 북엔 눈이 내렸다.

- 끝 -　　2017/11/24

그녀를 처음 만났을 때

내가 그녀를 처음 만났을 때, 그녀는 스물세 살이었다.

나는 스물아홉 살이었고, 그때가 1989년이었다.

"밥은 무얼 먹을까요?"

나는 그렇게 말하면서 그녀와 나란히 골목길을 걸었다.

내가 들어선 곳을 허름한 밥집이었고, 거기에서 우리는 비빔밥을 먹었다.

그런데 내가 놀란 것은, 그녀가 그늘 처음 만난 내 앞에서도 숟가락 가득 비빔밥을 떠서는 먹을 때마다 깨끗하게 싹싹 비우는 게 아닌가! 그녀는 참 맛있게 먹었다. 그래서 나는 생각했다.

'그래, 바로 이거야. 내숭은 전혀 떨지 않으면서 튼튼하겠어.'

내 생각은 맞았다.

그녀는 그날부터 나를 좋아한 것이다.

나는 그렇게까지 그녀가 마음에 든 것은 아니었지만, 처음에 내가 기다리고 있던 곳으로 들어서던 그녀를 바라보며, 나는 저 사람이면 좋겠다고 생각했고, 아니나 다를까 그녀는 내 앞에 앉았던 것이다. 아주 짙게 화장을 한 그녀의 얼굴은 통통했다.

그로부터 한두 달 뒤, 나는 그녀를 만나기 위해 또 기차를 타고 내려갔다. 그녀가 역에 나와 있었던 것은 아니지만, 우리는 거리를 한참 걷다가 볼 만한 것도 없어서 아무데나 들어간 곳에서 재미도 없는 영화를 보았다.

또 한 달이 지나 여름이 왔고, 내가 그녀와 나란히 걷고 있을 때 비가 쏟아져 우리는 우산 하나는 쓰고 걸었는데, 바깥쪽 어깨가 비에 젖어서 내가,

"저쪽 어깨 비에 젖었죠?"

하고 말하니까 그녀가,

"아니, 괜찮아요."

하고 말했다.

그래서 그랬던지, 나는 그녀에게 5000원짜리 스카프를 하나 사주었고, 나중에 들은 이야기지만, 그녀는 그날부터 그걸 줄곧 자랑하고 다녔다고 한다.

그로부터 한 달 뒤, 그러니까 내가 그녀를 만난 지 석 달 만에 우리는 짝을 지었다. 그날 예식장에서 그녀는 벌벌 떨었고, 기차를 타고 부산 바닷가로 갈 즈음에야 나아졌다.

그로부터 몇 해 뒤, 나는 그녀에게 꼼짝도 못하는 지아비가 되고 말았다. 어찌된 일인지 싸울 때마다 나는 졌고, 물러설 수밖에 없었다. 그래, 내가 돈을 잘 못 벌었던 것은 맞다.

그로부터 스무 해 뒤, 나는 비로소 그녀와 힘이 비슷해졌다. 그래서 난 때때로 물러서지 않을 수도 있었지만, 아직까지 그녀를 내가 언제나 먼저 달래야 했다.

처음부터 다리가 나보다 굵었던 그녀는 먹기도 잘 먹어서 그런지 튼튼한 아들딸을 낳았고, 또 50킬로였던 나를 70킬로로 만들어 놓았다. 그래, 그런 것들은 나도 고맙게 생각하지만 그녀는 나한테 고마운 게 없을까?

"없다."

내가 언젠가 물었을 때, 그녀가 그렇게 말했다.

"정말 없을까?"

"없다."

내가 몇 번을 물어도 그녀는 그렇게 말하곤 했다.

내가 보기에 그녀는 더 나아졌다. 얼굴도 더 멋있어진 것 같고, 아는 것도 많아진 것 같고, 성깔도 좋아진 것 같았다. 나는 그게 다 내 탓 같은데, 그런데도 그녀는 내게 고마운 게 없다는 말인가?

"그걸 왜 이녁 탓이라고 생각해?"

그녀가 날카롭게 물었다.

"음, 말이야, 그게, 내가 글쟁이라서 그런 게 아닐까?"

"그게, 그것과 이어지는 게 있나?"

그녀가 서서히 거칠어지고 있었다.

"옛날을 생각해봐, 내가 보기에 이녁은 많이 달라졌어, 얼굴도 성깔도 머리도.

내가 거기까지 말하자, 그녀의 얼굴이 조금 일그러져서, 나는 눈치껏 물러날 수밖에 없었다.

처음 만났을 때 빗물에 한쪽 어깨가 차갑게 젖었던 그녀가, 이제는 손발이 시리고 간지럽다고 한다.

"두꺼운 양말 신어. 장갑도 끼고."

나는 그렇게 몇 번이고 말했지만, 웬만해서 그녀는 장갑을 끼지 않았다.

하지만 나는 10월인데도 얇은 양말을 두 컬레나 신고 있었다.

바로 집 앞에서 가을이 물들어 가고 있는데도, 사람들은 멀리 나가서 가을을 찾고 있었다.

우리가 처음 만났을 때 나는 그녀가 비빔밥을 잘 먹는다고 생각했지만, 이미 그 앞부터 그녀는 거의 모든 것을 잘 먹었던 것이다.

그녀가 달라진 것은 요사이는 거의 화장을 하지 않는다는 것이다. 그건 안 해도 고와서 그럴 수도 있겠지만, 게을러서 그럴 수도 있다. 내가 보기에는 그 둘 모두 탓이다. 그녀가 또 달라진 것은, 나 빼놓고도 아들딸과 영화를 곧잘 본다는 것이다. 그건 순전히 내 탓이다. 내가 영화관에 가기 싫어하기 때문이다. 아니, 난 사람 모이는 곳에는 아예 잘 가지 않는다.

우리가 처음 만났을 때 내가 사준 스카프를, 그녀는 짝을 짓고 난 다음부터 단 한 번도 머리에 쓰거나 목에 감지 않았을 뿐더러, 아마 어디에 있는지도 모를 것이다. 그것도 그럴 것이 함께 찼던 똑같은 우리의 시계마저 어디론가 사라져버리고 말았다.

아아, 어쩌다가 이렇게 되었을까? 옛날을 흘러갔고, 또 흘러가고 있어서? 그래, 그렇게 쉽게 생각하는 것이 머리가 덜 아프고 나을 것이다. 그리고 따지고 보면 난 요즘이 더 낫다. 둘 다 혈압 약 먹는 것 빼놓고, 둘 다 머리숱이 적어진 것 빼놓고, 나만 이마에 주름살이 졌지 그녀는 말짱하지 않은가!

우리가 짝을 짓던 날 벌벌 떨었던 그녀가 떠는 모습은 짝을 짓고 난 다음부터는 결코 볼 수가 없었다. 요즘 아주 배짱이 좋아진 나보다 더 좋다고까지는 말할 수 없겠지만, 그녀는 튼튼하고 씩씩했다.

나보다 나이가 여섯 살이 적은 그녀는 쉰한 살, 나는 쉰일곱 살이다. 만약 그게 뒤바뀌어 그녀가 예순세 살, 내가 쉰일곱 살이라고 해보라, 내가 살 수가 있겠는가! 나는 못 산다. 하지만 고왔던 그녀의 손은 아직 고운데, 방귀는 서로 트는 사이가 되어버렸다.

처음에 내가 그녀에게 반했던 것은, 많은 걸 찍어 발라 왠지 넌지시 관능적인 데가 있어 보이던 그녀의 얼굴 탓이었다. 하지만 그게 한 겹 두 겹 벗겨질 때마다, 나는 조금씩 마음이 상했지만, 나는 두 눈 딱 감고 그녀와 짝을 지었다. 그랬더니 하늘이 도왔는지, 그녀는 해가 갈수록 고와졌다.

"내 얼굴이 처음에 어땠어?"

나도 그녀에게 물어보았다.

"권투 선수 같았어. 머리카락을 곱실거리고, 코는 뭉툭하고, 입술은 툭 튀어나왔고."

그녀는 뜻밖의 말을 했다.

나는 잘생겼다고 말할 줄 알았는데, 그녀는 내 얼굴을 그렇게 본 것이다.

제기랄!

그래도 그녀가 나를 좋아했다면, 그건 무언가 수컷다운 데가 있어서 그랬을 것이다. 그렇지 않고서야 돈도 잘 못 벌던 나를, 얼굴도 권투 선수처럼 생겼다는 나를, 키도 작은 나를, 말도 서툴렀던 나를 왜 골랐다는 말인가!

맞선 자리에 먼저 나가 기다리고 있던 나는 처음에 멀리서 그녀가 들어올 때, 제발 내 앞에 앉기를 바랐는데, 아니나 다를까, 그녀의 발이 내 앞에서 멈추었다. 아아, 나는 이게 웬 떡이냐, 싶었고, 울긋불긋한 것을 잔뜩 찍어 바른 그녀의 얼굴에 나는 단번에 홀리고 말았다.

아아, 그랬던 그녀가 날마다 살이 쪘는지, 아니면 처음부터 나보다 몸무게다 더 나갔다는 걸, 그때는 왜 몰랐을까? 내가 그때는 50킬로 였는데, 모르긴 몰라도 그때 이미 그녀는 60킬로는 되었을 것이다. 그건 요즘도 마찬가지다. 나는 70킬로, 그녀는 75킬로. 하지만 나를 살찌운 건 바로 그녀였고, 그것에 대해서 나는 아직까지 고맙게 생각하고 있다고 이미 말했다.

돈에 눈 뜨지 못했던 나보다 그녀는 일찌감치 돈에 눈떠 있었고, 나는 그 돈 타령에 시달려야 했다. 내가 그것도 받아들일 수밖에 없었던 것은, 너무 돈을 못 번 탓이다. 그래도 요즘은 좀 나아졌는데, 그건 그녀도 일을 하기 때문이었다.

내가 그녀를 처음 만났을 때 그녀는 예뻤는데, 몇 달이 지나자 심드렁해졌지만, 짝을 짓고 난 다음부터 서서히 오늘날까지 그녀는 좋아졌다. 그러니까 가장 처음에 어떻게 느꼈느냐, 곱게 느껴졌느냐, 그렇지 않았느냐, 가 중요하다. 왠지 처음에는 마음에 안 들었는데 나중에 마음에 들었다는 것보다, 왠지 처음에는 마음에 들었는데 나중에 안 들게 되었다고 해도 그게 낫다는 말이다. 그래서 나는 요즘도 왠지 가기 싫은 곳은 안 간다. 가면 꼭 안 좋은 것을 만나게 된다.

그녀는 멍청한 나보다 머리가 빨리 잘 돌아가, 먹을거리도 금방 맛있게 만들줄 알았고, 한 번 간 곳은 어떤 길도 잘 알았으며, 사람 말귀를 잘 못 알아듣는 나보다 그녀는 남의 말을 대번에 알아들었다. 그녀도 그런 내가 답답했을 테지만, 잘 참으면서 그냥 넘어가는 것 같았다.

내가 그녀를 처음 만났을 때, 나는 그녀가 거센 줄은 꿈에도 몰랐다. 힘도 나와 비슷하고 앞에서도 말했듯이 허벅지는 나보다 더 굵어서, 그녀가 안 들어간다고 버려둔 바지를 내가 입으면 허리만 꽉 끼지 내 다리는 들어간다. 그래서 그런지 나보다 그녀는 일도 더 많이 한다. 나는 무슨 일이든 오래는 못하는데 그녀는 꾸준히 한다. 그렇다고 그녀가 부지런한 것은 결코 아니지만, 게으른 건 나도 마찬가지여서 우리는 둘 다 집안을 잘 안 치운다.

내가 그녀를 처음 만났을 때, 그녀는 다소곳했다. 그랬던 그녀가 요즘은 대들뿐더러, 내가 마음에 안 들 때면 손가락이나 손바닥으로 내 이마를 톡톡 친다.

제기랄!

나는 그게 싫은 것은 아니지만, 어떨 때는 짜증이 난다. 계집이 감히 사내 이마나 머리를 톡톡 치다니, 이게 말이 되는가 싶어서다. 하지만 그녀는 다른 계집처럼 결코 되바라지지는 않았다. 아기똥하고 낭창낭창하고 되바라진 계집만큼 못 볼 것도 없다.

그런데 그녀 말로는 내가 되바라졌단다. 그건 차를 몰 때나 무슨 일을 살짝살짝 할 때 보면 알 수 있단다. 그렇지만 나는 사람을 위해서 일하고 있다고 아직 생각하고 있다.

이제 그녀는 쉰한 살이 되고, 나는 쉰일곱 살이 되어버렸다. 그래도 그녀는 내가 보기에는 곱다. 그녀도 나를 젊게 보지 나이보다 늙게 보지는 않는다.

"나를 마흔일곱 살로 보는 사람도 많아. 심지어 서른일곱 살로 생각하는 사람도 있지."

하고 내가 우스개를 떨면 그녀는,

"뭐? 뭐라고? 말도 안 되는 소리."

하고 웃고 만다.

나는 그녀가 마흔한 살쯤으로 보이지만, 그녀가 어떻게 서른한 살을 보냈는지는 생각나지 않는다. 그만큼 바쁘게 부지런히 살아서 그럴 것이다. 그때는 아이들이 대여섯 살일 때고, 내가 돈을 잘 벌지 못해 무척 힘들었을 것이다. 그렇지만 그 덕분에 시간은 많아서, 우리는 아이들과 강화도를 며칠에 한 번씩 놀러가곤 했다.

내가 그녀를 처음 만났을 때, 그녀가 나한테 물었다.

"말은 높일까요, 낮출까요?"

"응, 낮춰."

내 그 한마디 때문에, 나는 아직까지 그녀에게 꼼짝 못하고 살고 있다. 싸우고 난 다음 백 번이면 백 번, 천 번이면 천 번 먼저 잘못했다고 하는 것은 나다.

그때 내가 만일,

"뭐라고? 내가 여섯 살이나 많으니까, 말은 높여야지."

하고 말했더라면, 삶은 무척 달라졌을 것이다.

아니, 그렇게 되었더라면 싸우기는 덜 싸웠을지 모르지만, 재미는 덜했을 것이다. 싸움을 이겨내고 차츰 덜 싸우게 되면서 서로 재미있는 것이 낫지 않을까? 안 싸우고 재미없는 것이 서로 더 견디기 힘들 수도 있다.

내가 그녀를 처음 만났을 때, 그녀는 키가 커보였는데, 나중에 알고보니 160센티미터가 될까 싶었다. 하기야 나도 167센티미터니 할 말은 없지만 말이다.

내가 그녀를 처음 만났을 때, 그녀는 나를 빳빳이 바라보지 않고 고개를 숙였든 것 같은데, 요즘은 그렇지 않다. 그런데 그런 그녀가 나를 바라볼 때마다 느껴지는 것은, 아무리 보아도 처음 만났을 때보다는 그녀의 얼굴이 훨씬 더 잘생긴 것 같다는 것이다. 그래서 내가,

"그게 다 탓이야. 지아비가 슬기로운 글쟁이라서 이녁 얼굴이 바뀐 거야. 그렇지 않았더라면(나와 짝을 짓지 않았더라면), 이녁은 고릴라처럼 바뀌고 말았을 걸."

내가 또 그렇게 말하면, 지어미는 펄펄 뛴다. 나도 마찬가지라는 것이다.

이제 이 이야기도 마칠 때가 되었다.

이미 달은 11월로 들어섰다. 나는 울긋불긋하게 물든 나무에서 몰려다니는 바람에 나뭇잎이 떨어지는 거리를 걸었다. 거기엔 하늘마저 조용했으며 새들도 날아다니지 않았다.

나는 가끔 그녀가 나보다 여섯 살이 적다는 것을 잊고 그녀를 잘 돕지 않았는데, 오늘 그녀가 꽤나 힘들게 일하고 있다는 것을 새삼 느끼었다. 그렇다면 자꾸 물러나거나 발을 빼지 말고, 먼저 차가운 물에 손을 담그듯 나서야겠지. 오늘, 못 쓰게 된 세탁기를 빼내고 새 것을 들여놓는데, 한 사람만 와서 내가 도울 수밖에 없었다. 하지만 그 사람이 물 빠지는 것을 거꾸로 꽂아놓고 가는 바람에, 난 아내의 잔소리를 들으며 세탁기를 돌려놓고는, 다시 똑바로 바로 잘 되었는지 이리저리 맞추어야 했다. 어느새 내 몸에서는 땀이 났고, 난 왜 그걸 미리 그 사람에게 말하지 않았느냐며 아내를 탓했지만, 난 그때 힘이 들어 얼굴이 발개진 아내를 보았다.

'아아, 난 너무 나만 생각하고, 사람을 위한 이야기를 쓴다고 우기지 않았을까? 제 아내 하나 위하지 못하고?'

아내는 나보다 여섯 살이나 적다. 내가 그녀를 돕지 않으면 누가 돕겠는가? 그렇다면 집안을 치우거나 쓰레기를 버리거나, 다른 큰일을 내가 좀 더 나서서 해야겠다는 생각이 들었다. 내가 그녀를 처음

만났을 때, 나는 그런 것은 생각하지도 못했다.

　내가 그녀를 만난 지 몇 해나 되고 그동안 나는 그녀를 위해서 무엇을 했던가? 지난 스물여덟 해 동안 나를 위해서는 글도 많이 읽고 썼지만, 내가 그녀를 위해서 한 일은 무엇인가? 나는 내가 편하고자 나는 나대로, 그녀는 그녀대로 생각하고 움직이고 일하는 것이 좋다고 생각했다. 그게 때로는 옳기도 했고, 우리는 그런대로 자유롭게 즐겁게 살았다. 그렇다면 나는 앞으로도 그렇게 살면서 좀 더 그녀를 도와주면 되지 않을까? 한마디로 몸과 마음이 힘이 드는 일을 내가 먼저 나서서 하면 된다.

　그런데 그녀가,

"이녁은 생각만 그렇게 하지, 여태껏 잘 안 했잖아?"

하고 묻는다면, 나는 뭐라고 이야기할까?

　　　　　　　- 끝 -　　2017/11/1

원효

발　행 | 2021년 02월 01일
저　자 | 김 영관
펴낸이 | 한건희
펴낸곳 | 주식회사 부크크
출판사등록 | 2014.07.15.(제2014-16호)
주　소 | 서울특별시 금천구 가산디지털1로 119 SK트윈타워 A동 305호
전　화 | 1670-8316
이메일 | info@bookk.co.kr

ISBN | 979-11-372-3509-0

www.bookk.co.kr